古典詩歌研究彙刊

第三十輯

龔鵬程 主編

第 **1** 冊

漢唐間南北詩人對地域意象的
不同形塑——以《樂府詩集》為中心

潘 玲 著

國家圖書館出版品預行編目資料

漢唐間南北詩人對地域意象的不同形塑——以《樂府詩集》為
中心／潘玲 著 -- 初版 -- 新北市：花木蘭文化事業有限公司，
2021〔民110〕
目 4+208 面；17×24 公分
（古典詩歌研究彙刊 第三十輯；第 1 冊）
ISBN 978-986-518-539-8（精裝）
1. 樂府 2. 詩評
820.91　　　　　　　　　　　　　　　　　　110011260

ISBN-978-986-518-539-8

9 789865 185398

古典詩歌研究彙刊
第三十輯 第一冊　　　　　　　ISBN：978-986-518-539-8

漢唐間南北詩人對地域意象的不同形塑
——以《樂府詩集》為中心

作　　者　潘　玲
主　　編　龔鵬程
總 編 輯　杜潔祥
副總編輯　楊嘉樂
編　　輯　許郁翎、張雅淋、潘玟靜　美術編輯　陳逸婷
出　　版　花木蘭文化事業有限公司
發 行 人　高小娟
聯絡地址　235 新北市中和區中安街七二號十三樓
　　　　　電話：02-2923-1455 ／傳真：02-2923-1452
網　　址　http://www.huamulan.tw 信箱 service@huamulans.com
印　　刷　普羅文化出版廣告事業
初　　版　2021 年 9 月
全書字數　153145 字
定　　價　第三十輯共 8 冊（精裝）新台幣 15,000 元

漢唐間南北詩人對地域意象的不同形塑——以《樂府詩集》為中心

潘玲 著

作者簡介

潘玲，女，湖北省圖書館古籍與地方文獻部館員。2015 年華東師範大學中國古代史專業博士畢業，現從事古籍編目與整理工作。

提　　要

　　本文以漢唐歷史變遷和南北區域變化為敘事背景，從《樂府詩集》諸多記錄地方風貌的樂章中，選取南北方若干地域，如「江南」、「鄴城」、「泰山」、「兩京」、「邊塞」等，由這些地域意象的歷史演進，分析南北方詩人對特定意象的不同形塑，觀察敘述者心態、視角與其後的社會變化，說明南北方文人對隋唐地域文化形象塑造的貢獻與侷限。

目

次

第一章　緒　論……………………………………………1
　一、研究對象與研究思路……………………………1
　　（一）樂府與樂府詩………………………………1
　　（二）地域意象……………………………………8
　二、相關學術前提……………………………………10
　　（一）樂府詩………………………………………10
　　（二）區域文學地理………………………………16
　　（三）感覺文化區與地理意象……………………25
　三、各章思路及要旨…………………………………28
第二章　蕭梁雅化的生活世界：《樂府詩集》中的
　　　　「江南」………………………………………31
　一、漢末古辭《江南》中的勞作場景………………35
　二、蕭梁《江南弄》雅化「江南」…………………38
　　（一）語言與風情…………………………………39
　　（二）景物與人物…………………………………41
　　（三）實寫與虛指…………………………………47
　三、中唐回歸風土的「江南」………………………49
　　（一）新的疆土……………………………………50
　　（二）憶舊鄉………………………………………53
　四、結語………………………………………………53

第三章　南朝詩人對銅雀臺的營建：《樂府詩集》
　　　　中的「鄴城」⋯⋯⋯⋯⋯⋯⋯⋯⋯55
　一、文化新城的形成：曹操的鄴城 ⋯⋯⋯⋯⋯57
　二、簡易與繁華：《三都賦》正統話語中的西晉
　　　鄴城 ⋯⋯⋯⋯⋯⋯⋯⋯⋯⋯⋯⋯⋯62
　三、追憶與重建：南北詩人對鄴城的不同記錄 ⋯65
　　　（一）追憶中的城市：南方詩人筆下的鄴城 ⋯67
　　　（二）文治與武功的重建：北方詩歌裏的鄴城 74
　四、「宮怨」與懷古：唐人的現實關懷 ⋯⋯⋯83
　　　（一）變化了的哀怨：奉陵主題 ⋯⋯⋯⋯90
　　　（二）虛實交錯的懷古主題 ⋯⋯⋯⋯⋯91
　五、結語 ⋯⋯⋯⋯⋯⋯⋯⋯⋯⋯⋯⋯⋯96

第四章　南方詩人摹寫的仙都與鬼域：
　　　　《樂府詩集》中的「泰山」 ⋯⋯⋯⋯99
　一、兩大主題：封禪與傷逝 ⋯⋯⋯⋯⋯⋯100
　　　（一）陸機的「泰山之吟」 ⋯⋯⋯⋯⋯100
　　　（二）謝靈運的「泰山之議」 ⋯⋯⋯⋯101
　二、封禪主題的演繹及其變奏 ⋯⋯⋯⋯⋯105
　　　（一）封禪主題的演繹：封禪 ⋯⋯⋯⋯105
　　　（二）封禪主題的變奏：遊仙 ⋯⋯⋯⋯115
　三、傷逝主題的演繹及其變奏 ⋯⋯⋯⋯⋯118
　　　（一）傷逝主題的演繹：喪歌 ⋯⋯⋯⋯118
　　　（二）傷逝主題的變奏：懷才不遇 ⋯⋯125
　四、結語 ⋯⋯⋯⋯⋯⋯⋯⋯⋯⋯⋯⋯128

第五章　南朝詩人的京洛想像與唐人的帝都
　　　　重塑：《樂府詩集》中的「兩京」 ⋯131
　一、《樂府詩集》中「京洛」指向的統計 ⋯⋯133
　二、兩京道上的風景：梁陳詩人對中原都城的
　　　追憶與美化 ⋯⋯⋯⋯⋯⋯⋯⋯⋯136
　　　（一）《洛陽道》 ⋯⋯⋯⋯⋯⋯⋯⋯136
　　　（二）《長安道》 ⋯⋯⋯⋯⋯⋯⋯⋯143
　三、兩京道上的人與路：唐人棄用的南朝想像 ⋯147

（一）採桑女…………………………147

（二）狹斜道…………………………154

四、兩京道上的俠少年：唐人「兩京」典型意象的

形成…………………………………159

（一）少年……………………………168

（二）俠………………………………176

五、結語………………………………179

第六章　結　論……………………………181

一、區域意象的南北視角及其差異、流變………181

（一）「江南」…………………………181

（二）「鄴城」…………………………183

（三）「泰山」…………………………184

（四）「兩京」…………………………185

二、中心與邊緣的設定與想像：區域認識與整體

形象………………………………186

參考文獻…………………………………193

後　記……………………………………207

表目次

表1　《樂府詩集》「銅雀」系列曲題內容分析表 ·84

表2　《樂府詩集》「銅雀」系列曲題類型時代

統計表……………………………89

表3　《樂府詩集》「洛陽道」曲題內容分析表 …136

表4　《樂府詩集》「長安道」曲題內容分析表 …143

表5　《樂府詩集》「採桑」系列曲題內容分析表

………………………………149

表6　「採桑」系列曲題地點指示表 …………153

表7　《樂府詩集》「狹斜」系列曲題內容分析表

………………………………155

表8　《樂府詩集》「少年」、「俠」系列曲題內容

分析表………………………………161

表9　《樂府詩集》「隴頭」、「出塞」系列曲題

內容分析簡表………………………189

第一章　緒　論

一、研究對象與研究思路

　　《樂府詩集》是北宋人郭茂倩編纂的一部樂府詩歌總集，它彙集了上古至五代時的樂府歌謠，其中大部分創作於漢至唐末五代初。[註1]本文即以這些詩歌中描寫特定地點的篇章為研究對象，分析不同時代裏南方與北方詩人如何對同一地域對象進行摹寫並賦予其特定的文學地理意象。從這些意象的形成與演進中，追究其後數百年間南北方詩人與他們所處時代的文化互動，他們對自身與他者的設定與想像，最終，冀由這些地域意象中的城市、山脈、方域、中心與邊緣，勾畫出南北方詩人心目中的中國整體形象。

（一）樂府與樂府詩

1. 樂府

　　樂府詩之「樂府」是漢代官署名，《漢書‧禮樂志》記漢武帝立樂府事：

> 至武帝定郊祀之禮，祠太一於甘泉，就乾位也；祭后土

〔註 1〕〔宋〕郭茂倩編：《樂府詩集》，《出版說明》，北京：中華書局，1979年，第 1 頁。王運熙：《郭茂倩與〈樂府詩集〉》，收入氏著《樂府詩述論》（增補本），上海：上海古籍出版社，2006 年，第 526 頁。

於汾陰，澤中方丘也。乃立樂府，采詩夜誦，有趙、代、秦、楚之謳。以李延年為協律都尉，多舉司馬相如等數十人造為詩賦，略論律呂，以合八音之調，作十九章之歌。以正月上辛用事甘泉圜丘，使童男女七十人俱歌，昏祠至明。夜常有神光如流星止集於祠壇，天子自竹宮而望拜，百官侍祠者數百人皆肅然動心焉」。〔註2〕

從這段記錄中可知：一，樂府的設置是武帝興禮樂的舉措之一；二，歌詩採自民間，其中包括首都附近的音樂、東南部楚地的音樂，和北部趙、代地區的音樂；三，這些從民間搜集來的樂歌，可能經過了官方的專業整理；四，經整理後的樂歌在祭祀儀式中由少年歌者合唱；儀式中

〔註2〕《漢書》卷二二，北京：中華書局，1962年，第1045頁。（本文所引正史，均為中華書局點校本。）《史記》卷二四《樂書》：「至今上即位，作十九章，令侍中李延年次序其聲，拜為協律都尉。通一經之士不能獨知其辭，皆集會《五經》家，相與共講習讀之，乃能通知其意，多爾雅之文。」北京：中華書局，1982年第2版，第1177頁。《資治通鑒》卷一九《漢紀一一》「武帝元狩三年（前120年）」條：「是歲，得神馬於渥窪水中。上方立樂府，使司馬相如等造為詩賦，以宦者李延年為協律都尉，佩二千石印；弦次初詩以合八音之調。詩多爾雅之文，通一經之士不能獨知其辭，必集會《五經》家相與共講習讀之，乃能通知其意。及得神馬，次以為歌。」（〔宋〕司馬光編著，〔元〕胡三省音注：《資治通鑒》，北京：中華書局，1956年，第636～637頁。）《通鑒》此處是糅合《史記·樂書》與《漢書·禮樂志》的記載。將武帝「立樂府」定在最晚不過元狩三年。《考異》（第637頁）中又引《漢書·武帝紀》，排比武帝作十九章歌、獲神馬、甘泉立泰畤與汲黯、公孫弘可能進言的時間，認為元狩三年獲神馬，當時「雖未立泰畤，或以歌之於郊廟，其十九章之歌當時未能盡備也」。《漢書》今存《郊祀歌》十九章，有《天馬》歌一章兩首，一首為「元狩三年馬生渥窪水中作」，一首為「太初四年（前101年）誅宛王獲宛馬作」。（第1060～1061頁）其他諸篇，定為元鼎五年、元封二年、元狩元年所作，可知《漢書》此處是認為《郊祀歌》十九章確非同時完成。或是因應時事獻諸郊廟祭典，歌辭時有改動。《通鑒》依《史記》，未記民間采詩，也無從將采詩與作十九章歌相聯繫，而是認為新造歌辭多取爾雅之文，需五經家共講習讀之方解辭意。但《漢書·禮樂志》采詩之說似終難輕易否定。或許，儘管依民間歌曲的曉暢不應難解費解，但若需增添、曲飾辭意也有集會五經家「習讀」的可能。

出現的神秘景象，震動人心。〔註3〕而此段又能引出兩個疑問，其一，
《漢書》同卷記：「《房中樂》楚聲也。孝惠二年，使樂府令夏侯寬備其
簫管，更名曰《安世樂》。」〔註4〕《史記・樂書》也記：「孝惠、孝文、
孝景無所增更，於樂府習常肄舊而已。」〔註5〕由此看，似乎「樂府」
之名並不始於武帝時？宋代的王應麟已有此疑，亦舉出孝惠帝二年已
有樂府令為證。〔註6〕羅根澤先生認為「武帝之前，有樂府令，而無樂
府官署之設；……故論『樂府文學』者，宜以武帝立樂府署為第一頁
也」。但他後來又據《漢書・百官公卿表》「少府，秦官……屬官有……
樂府」云云，推測「它（樂府）的設置大概在秦代」。〔註7〕1977 年，
秦始皇陵附近出土秦代編鍾一枚，上鎸有秦篆「樂府」二字，被認為
「為秦代樂府官署的存在提供了物證」。〔註8〕西安近郊還曾出土刻有
「樂府丞印」的秦代封泥。2004 年西安市長安區神禾原戰國秦陵園又
出土一套編磬，其中一件殘磬上刻「北宮樂府」四字，學者據以推論
「秦始皇時期『樂府』已經是一個具有相當規模和成熟的官署了」，甚
至將隸屬於少府的樂府的成立上推至戰國。〔註9〕無獨有偶，1983 年

〔註3〕《史記》卷二四《樂書》：「漢家常以正月上辛祠太一甘泉，以昏時夜
祠，到明而終。常有流星經於祠壇上。使僮男僮女七十人俱歌。春歌
《青陽》，夏歌《朱明》，秋歌《西暤》，冬歌《玄冥》。世多有，故不
論。」（第 1178 頁）直以流星經行烘托祠禮的天應之象；而此處四時
歌在《漢書・禮樂志》中錄有完整歌辭。

〔註4〕《漢書》卷二二，第 1043 頁。

〔註5〕《史記》卷二四，第 1177 頁。

〔註6〕說見王應麟《漢藝文志考證》卷八「自孝武立樂府」條，《二十五史補
編》本，北京：中華書局，1955 年，第二冊第 1422 頁。

〔註7〕羅根澤：《樂府文學史》，北京：東方出版社，2012 年，第 2 頁，初版
於 1931 年。同氏《何謂樂府及樂府的起源》，載《安徽大學月刊》第
2 卷第 1 期，1934 年 10 月，第 1 頁。

〔註8〕寇效信《秦漢樂府考略──由秦始皇陵出土的秦樂府編鍾談起》，《陝
西師範大學學報（哲學社會科學版）》1978 年第 1 期，第 35～37 頁。

〔註9〕說詳張天恩等《陝西長安發現戰國秦陵園遺址》，《中國文物報》2006
年 1 月 25 日第 1 版。陳四海《樂府：始於戰國》，《音樂研究》2010 年
第 1 期，第 72～78、90 頁。

廣州象崗山南越文王墓出土銘刻有「文帝九年樂府工造」篆書的「銅鐃一套八件」，此文帝即第二代南越王趙胡年號，相當於漢武帝元光六年（前 129 年），聯繫上述鐫有秦篆「樂府」的編鍾，以及其他相關記載，「說秦及漢初的樂府是一個製作樂器的工官」，並不是無根據的推測。〔註 10〕同時也表明上引羅根澤氏的推測實有先見之明。不過，據王運熙先生考證，《漢書‧禮樂志》中的「樂府令」與《史記‧樂書》中的「樂府」實為一種泛稱，是漢魏六朝人慣常的簡稱，指的是「太樂令」與「太樂」。太樂隸屬奉常，漢初已設立。樂府隸屬少府，武帝時始設。〔註 11〕趙敏俐檢視眾說，認為「漢初不但有樂府存在」，而且掌管著宮廷燕樂與「供宮廷觀賞享樂的各類俗樂」。樂府與掌管宗廟樂的太樂在漢初國家的樂官制度中是職能兩分的音樂機構。武帝的「立樂府」不是始立而是擴充，是擴大樂府的規模與職能，以服務自己重新「定郊祀之禮」的需要。〔註 12〕

太樂，提供宗廟祭祀與朝廷典禮時所用音樂；樂府，更多地為帝王個人服務，為他提供自己喜好的娛樂音樂。一般認為，前者所用音樂即雅樂，後者所採音樂即俗樂。武帝設樂府，將采詩所得俗樂改編，配辭合律，用於祠禮中，表明此時所用的郊廟雅樂，因前代樂章散失、徒存「鏗鏘鼓舞」而不明其意，於是有了時人自製的若干篇章。〔註 13〕

〔註 10〕廣州象崗漢墓發掘隊《廣州南越王墓發掘初步報告》，《考古》1984 年第 3 期，第 222～230 頁。李文初《漢武帝之前樂府職能考》，《社會科學戰線》1986 年第 3 期，第 290～294 頁。同氏《句鑃與樂府》，《學術研究》1992 年第 2 期，第 74 頁。

〔註 11〕王運熙：《漢武始立樂府說》，《樂府詩述論》（增補本），第 192～194 頁。《漢書》卷一九《百官公卿表上》載，奉常「掌宗廟禮儀，……屬官有太樂」；少府「掌山海池澤之稅，以給共養，……屬官有……樂府」。第 726；731 頁。

〔註 12〕趙敏俐：《漢代樂府官署興廢考論》，《文獻》2009 年第 3 期，第 17～33 頁。

〔註 13〕《漢書》卷二二《禮樂志》，「漢興，……雅樂聲律世世在大樂官，但能紀其鏗鏘鼓舞，而不能言其義。高祖時，叔孫通因秦樂人制宗廟樂。」第 1043 頁。可知改編自製雅樂在漢初即已有之。

如此，則有疑問二，樂府所採歌詩的民間俗樂性質是否已經削弱？《禮樂志》在這段敘述後，詳細著錄了高祖、惠帝時所作祠樂和武帝時的十九章樂歌，緊接著便說：「是時，河間獻王……獻所集雅樂。天子下大樂官，常存肄之，歲時以備數，然不常御，常御及郊廟皆非雅聲。然詩樂施於後嗣，尤得有所祖述。……今漢郊廟詩歌，未有祖宗之事，八音調均，又不協於鍾律，而內有掖庭材人，外有上林樂府，皆以鄭聲施於朝廷。」〔註14〕感歎武帝時雅樂不興，俗樂盛行的情狀。在好學修古者看來，此時的郊廟樂歌未述祖宗功德已違法度，不合音律更非古之雅樂。而深宮掖庭材人、皇家上林樂府中所演奏歌舞、流行於朝堂之上的皆為鄭聲俗樂。俗樂的興盛、雅樂的存而不用，一定不單是由於樂府的推動，但樂府內歌舞的「俗」樂性質在崇雅樂者看來一直沒有改變，即使民間采詩曾被官方整理、或多或少進入到雅樂郊祀歌辭的體系裏。在崇古者眼中，自製的新聲終究是稱不上雅聲的。再則，如果回看《禮樂志》的「采詩夜誦」，夜誦多少有些秘不可宣，〔註15〕而祠壇所在甘泉宮，在武帝時常常與神鬼之事牽連；所祭「太一」，更是方士口中能通神鬼之道的天神「貴」者。〔註16〕整個祠禮可能更多與武帝自身的

〔註14〕《漢書》卷二二，第 1070～1071 頁。卷五三《景十三王傳》：「武帝時，獻王來朝，獻雅樂」，第 2411 頁。
〔註15〕顏師古認為，「夜誦者，其言辭或秘不可宣露，故於夜中歌誦也」。錢大昭謂「夜誦」為樂府官名，「夜」通「宮掖」之「掖」，「因誦於宮掖之中，故謂之夜誦」。又引《禮樂志》下文「內有掖庭材人，外有上林樂府，皆以鄭聲施於朝廷」以證。但何焯、周壽昌均認為夜誦本為「肄習樂章」，以「夜時清靜，循誦易嫻」，並非其內容秘不可宣。諸說詳見《漢書補注·禮樂志第二》所引（〔漢〕班固撰；〔清〕王先謙補注；上海師範大學古籍研究所整理：《漢書補注》，上海：上海古籍出版社，2012 年，第三冊第 1471～1472 頁。）。按《禮樂志》既稱「掖庭材人」、「上林樂府」所歌誦者「皆鄭聲」，則總歸是來自民間的歌謠。
〔註16〕《史記》卷二八《封禪書》，第 1388、1396、1400；1386 頁。另可參劉屹《敬天與崇道：中古經教道教形成的思想史背景》對「漢武帝郊太一的過程和意義」的闡述，北京：中華書局，2005 年，第 168～186 頁。

願望企圖相關聯。〔註17〕樂府設於皇家私苑的上林苑，〔註18〕以民間歌謠的多彩生氣迎合皇帝好尚，是當然的事。

自然，除卻滿足皇帝個人興致，樂府民間采詩也有助於政事。武帝的設樂府采詩，顏師古釋為：「采詩，依古道人徇路，採取百姓謳謠，以知政教得失也。」即班固所謂：「哀樂之心感，而歌詠之聲發。誦其言謂之詩，詠其聲謂之歌。故古有采詩之官，王者所以觀風俗，知得失，自考正也。」〔註19〕漢韓延壽治潁川，「歷召郡中長老為鄉里所信向者數十人，設酒具食，親與相對，接以禮意，人人問以謠俗，民所疾苦，為陳和睦親愛銷除怨咎之路」。〔註20〕謠俗包含閭里鄉間傳唱的歌謠和人之行為舉動中顯現的好惡，由謠俗而知民間疾苦，這正應合王者采詩觀風之義；循吏問謠俗而知民意，也確有助於推行教化的實用功能。〔註21〕今日所存漢代樂府詩，就有許多是反映時政時事的，如

〔註17〕　可參張樹國《漢武帝時代國家祭祀的逐步確立與〈郊祀歌〉十九章創制時地考論》對武帝郊祀活動心理探究，《杭州師範大學學報（社會科學版）》2009 年 3 月第 2 期，第 49～57 頁。張樹國《漢至唐郊祀制度沿革與郊祀歌辭研究》對漢武帝定郊祀之禮與制《郊祀歌》的論述，《陝西師範大學學報（哲學社會科學版）》第 37 卷第 1 期，2008 年 1 月，第 69～77 頁。

〔註18〕　《漢書》卷一九《百官公卿表上》記，樂府、甘泉宮室、上林、永巷等皆屬少府管轄範圍。第 731～732 頁。《表》稱武帝太初元年更名永巷為掖廷。同書卷三《高后紀》顏師古釋「永巷」：「永，長也。本謂宮中之長巷也。」第 98 頁。前引「內有掖庭材人，外有上林樂府」或為互文，無論內外皆是皇家所有。

〔註19〕　《漢書》卷二二《禮樂志》，第 1045 頁；卷三〇《藝文志》，第 1708 頁。

〔註20〕　《漢書》卷七六《趙尹韓張兩王傳》，第 3210～3211 頁。

〔註21〕　呂宗力認為在儒家政治思想論述中，民間歌謠除教化功能外，還能「揭示民心、表達民意」，「漢代政治思想家普遍認為君主施政，必須認真聆聽歌謠，尤其要重視歌謠中的譏刺怨怒之聲」，「漢代的政治領袖們似乎對民間歌謠的社會與政治的影響與功能也有所領悟」。同時，兩漢中央政府對地方行政的監察考績方式之一就是「採集各地歌謠，作為評估郡國吏治與管治的重要憑據」。呂宗力：《略論民間歌謠在漢代的政治作用及相關迷思》，《社會科學戰線》，2008 年第 9 期，第 106～124 頁。另可參胡守為：《「舉謠言」與東漢吏政》，《中山大學學報（社

孤兒、貧民、鰥寡、兵士等等下層人群的痛苦無助。〔註 22〕漢之後的
樂府詩，在唐中期新樂府大量湧現之前，直接抨擊社會現實的敘事類
詩歌在整部《樂府詩集》中所佔比重不大，但仍有不少謠諺歌辭以短小
篇幅保留下當時社會風俗與民情民意的片斷。

2. 樂府詩

考察漢代至唐代的樂府官署設置，大體上存在俗樂逐漸雅化，改
屬前代雅樂管理機構的過程。〔註 23〕但不論俗樂在被官方採集後如何
雅化，其雅化本身有何意義，這些民間歌謠產生之始的社會性，採集時
的地域特徵是不可否認的，因而，這些詩歌是能夠作為史料分析使用
且有其意義的。《樂府詩集》收錄雅樂與俗樂，同一樂曲曲題下往往收
錄有無名的古辭，大臣、文士、詩人的應命之作或有感而發的摹擬之
作，〔註 24〕它們的創作時代不同，寫作的目的不一，作者的身份有異，
對同一個主題的吟詠形成了一個以時間為軸生發演化的詩歌序列，不
同曲辭展示出的相似或相異都為分析解說這一主題提供了豐富的可
能。

於是，可以看到，樂府詩自其採集到編撰，已包含有三重視角：
一，官方視角，旨在移風易俗。「樂者，聖人之所樂也，而可以善民心。

會科學版)》2004 年第 6 期，第 44 卷，第 64～69 頁。胡文指出東漢
君主有通過「觀采風謠」知「施政及地方官吏得失之意」，但往往受多
方因素影響，效果未及預期甚至出現君主褫奪三公職責與歌謠作假等
等弊端。

〔註 22〕 參葛曉音對於漢樂府敘事詩的產生與漢政府考察吏治、施行教化的關
係的論述。葛曉音：《論漢樂府敘事詩的發展原因和表現藝術》，收入
氏著《漢唐文學的嬗變》，北京：北京大學出版社，1990 年，第 6～7
頁。

〔註 23〕 王運熙：《漢魏兩晉南北朝樂府官署沿革考略》，《樂府詩述論》（增補
本），第 185～191 頁。

〔註 24〕 有學者認為《樂府詩集》裏後代擬作收錄過多，稍有喧賓奪主之嫌。
曹道衡、劉躍進《先秦兩漢文學史料學》，北京：中華書局，2005 年，
第 391 頁。這應是著者秉持編選文學史料的立場而言，其實，大量後
世同題擬作的存在，正可為本文分析某一主題作品的時代演變提供了
多重樣本。

其感人深，其移風易俗易。」而「州異國殊，情習不同，故博采風俗，協比聲律，以補短移化，助流政教。」〔註25〕即是將感化人心、有「和同」功用的「樂」作為區分差異的「禮」的補充，以禮樂教化來推行王道統治。這是《樂經》的傳統，也是《詩經》采詩觀風的傳統。二，文人視角。文人由古辭出發，擬古題而作，表達自己對某一主題的看法。在對地域主題的描寫中，生活在各自區域世界裏的詩人，將自己的歷史認識與個人想像帶入到對這一歷史現場的摹寫與追述中，形成了既蘊含個體歷史觀點又帶有集體性區域特徵的地域意象。三，民間視角。各地所採之詩往往對本地有著最直觀的描述，而後世擬作樂府詩在每個歷史時期都會受到民間、在地因素的影響，如漢末街巷歌謠、南朝長江中下游民歌、唐代南方民歌等等，這些歌謠總以最新鮮活潑的狀態加入到本地域的歷史書寫中。由此，樂府詩歌自身包含著三重視角，最終由詩人的創作，交匯三者以文人的話語表達出來。這種表達外化為文人個人體認到的歷史意識；而在眾多南北詩人他們的歷史認識中，在漢至唐的長時段裏，他們對某一地域主題的聚焦式書寫往往展現出明確的變化軌跡，透露了時空影響下區域人群意識的變化。可以說，三重視角的交匯、主題集中的歷史性展現，是選擇樂府詩來探究南北詩人的地域認識的兩個基本理由。

（二）地域意象

本文所指「地域」，是樂府詩作者筆下的空間場所，它從一開始就不單是具體的地理單元，它是樂府詩詩人在其生活世界裏現實繼承的、理解的與想像的空間，它蘊含著詩人在觀察這一空間時的感受、情緒、主觀的情境認識和價值判斷，切實反映著詩人個體的具體的歷史認識。在對地域的描繪塑造中，南北詩人擁有著各自的地域認識與感受，形成了或異或同的地域意象，表現出鮮明的有區域特色的某些共識。這

〔註25〕《漢書》卷二二《禮樂志》，第 1036 頁。《史記》卷二四《樂書》，第 1175 頁。

種共識，帶有空間與時間的差異，再混雜歷史背景與個人遭際的不同，形成遠比單純的自然地理更複雜、更貼近當時人感受的共同意象，它代表著區域群體歷代傳承的集體的歷史意識，又是詩人個人的某段生命體驗的現實展現。

　　本文所謂「意象」一詞，早見於《文心雕龍・神思篇》，當時不過是外部物質世界的「象」與作家心靈世界的「意」──兩個各有所指、意義相對的辭的組合。但「意象」也因這一不無偶然的組合，作為書面文字固定下來，成為我國古代詩歌藝術史上「出現最早而又得到比較廣泛運用的一個重要理論」範疇，與「聲律」一起，構成我國詩歌藝術最重要的兩大組成部分之一。在詩歌中作為「一種特定情趣和意味的藝術符號的意象」〔註26〕被用以表現特定區域的人文景觀、地方特色，並且由於大量、長期、反覆地使用，以至成為承載該區域地方經驗、歷史記憶、文化遺產的故實、典故，不僅流播於當地，而且流通於外地，那麼，這種意象即可稱之為地理文化意象，也即本文所謂的地域意象。一個地區的地域意象有時是複數的。不同時代、地域詩人的地域意象自然會有不同；而特定時代、地域的詩人的地域意象，往往是由一個或幾個具體意象，或稱「子意象」體現或組合而成的。這樣的地域意象或曰典故、故實，不僅呈現、強化了該地域特定的人文景觀、歷史文化遺產，同時還使它之外的地方知識被疏忽被弱化；與此同時，由於特定的歷史變化，一個地域若干舊意象逐漸死亡、新意象產生並取代舊意象，這種新舊交替和一個典型意象的被接受、被改變，都是本文所要討論的地域意象的演變。

　　樂府詩中描繪特定地域的篇章眾多，由這些詩篇中的地域意象能否出點而面勾連、構築起一個能夠行走其間的樂府地圖，由這個地圖又能否畫出詩人乃至詩集編撰者心目中的區域意象，是本文寫作的目的所在。因為大部分描寫地域、地方、地區狀況的樂府詩歌是集中在民

〔註26〕陳植鍔：《詩歌意象論──微觀詩史初探》，北京：中國社會科學出版
　　　　社，1990 年，第 13～64 頁。

間歌謠和文人擬作中，與祭祀、宴饗等禮儀色彩濃重的雅樂關係相對較淡，所以下一節學術史梳理與思路說明也將偏重於樂府詩中的民間歌謠與文人樂府部分。

二、相關學術前提

（一）樂府詩

1. 正史中關於樂府詩的載述

正史中論及樂府詩自《史記》起。《史記·樂書》記武帝「即位，作十九章，令侍中李延年次序其聲，拜為協律都尉」。但《樂書》並未完整收錄這「十九章」的具體歌辭內容。對於漢初至武帝時的樂府及音樂情狀只作簡短介紹，如記漢高祖過沛作詩，並不錄文。載有兩首《天馬歌》歌辭，對照《漢書·禮樂志》，其中一首文字相差較大。〔註27〕

《漢書·禮樂志》中漢代音樂的部分，述及漢初制雅樂、武帝時設樂府及哀帝時罷樂府的情形，哀帝時樂府有樂工八百餘人，分工繁密。全錄《安世房中歌》十七章與《郊祀歌》十九章。〔註28〕

《後（續）漢書志·禮儀志》、《祭祀志》中有數條有關東漢上陵、立秋黃郊、正月朝會、郊祀、封禪晨祭、北郊、歲時迎氣、桓帝祠老子之事的記錄，記載當時諸項儀式中所用樂、舞、歌之名稱，但未錄有具體歌辭。司馬彪未立《樂志》，《三國志》無志表，東漢至魏的樂府狀況多依據後世志書的追述。〔註29〕

〔註27〕 《史記》卷二四《樂書》，第 1177～1178 頁。《漢書》卷二二《禮樂志》，第 1060～1061 頁。另《漢書》卷六二《司馬遷傳》：「（《史記》）十篇缺，有錄無書」。顏師古注引張晏曰：「遷沒之後，亡……《樂書》」，第 2724 頁。

〔註28〕 《漢書》卷二二《禮樂志》，第 1043～1078 頁。

〔註29〕 《後（續）漢書志》卷四至六《禮儀志》、卷七至九《祭祀志》。《後漢書》，北京：中華書局，1965 年，第 3103、3123、3130、3161、3169、3181～3183、3188 頁。如前所述，這些樂、歌因其使用場合的特殊且固定，大多無法或無法單獨提供其演奏、唱作時的背景地點如洛陽、泰山等地的社會變化信息；尤其在沒有歌辭的情形下，很難比較兩漢

　　《晉書‧樂志》記樂理和西晉雅樂、東晉的雅樂俗樂情形，錄有篇章。《晉志》多本《宋志》而簡短。談及曹氏三祖的樂府創作已偏離舊曲，著意辭章。魏、吳、晉皆改漢時鐃歌軍樂歌辭而轉述先祖和本朝功德。南方新出的吳歌也開始述及。〔註30〕

　　《宋書‧樂志》對漢至劉宋的音樂進行了總結。大量收錄漢魏晉宋的雅樂與俗樂歌謠，如用一卷篇幅收錄以絲竹樂器伴奏的漢魏歌謠新聲，細緻標注其讀法（唱法），注明一篇歌辭裏存在的若干段落層次。細密程度前史未見。可知《宋書》作者對歷代樂府歌辭、樂舞進行過全面清理，亦可見劉宋宮庭音樂制度整備之一斑。書中對於晉宋時南方新出的民歌吳歌西曲，分析其源流，指明作者，但未錄篇章。〔註31〕

　　《南齊書‧樂志》記錄了蕭齊所用的雅樂及一些大臣所作樂府歌。〔註32〕

　　《魏書‧樂志》述及北魏各代音樂大事，並不著錄篇章。最初北魏獲西晉散失於中原的部分樂器，祭祀宗廟時樂舞形式類似於魏晉傳統，而此時掖庭中晨昏時歌一百五十章類似史詩性質的《真人代歌》。其後由征戰獲得涼州所存古雅樂、西域舞蹈、東晉的部分中原舊曲及江南、荊楚新聲，朝廷宴饗往往兼奏。太和之後，主政者更偏向雅曲正

　　　　間即便是在禮儀上的些許差異。同書卷九《祭祀志下》（第3196頁）注引《東觀漢記》記永平三年（公元60年）東平王蒼所作世祖廟登歌一首，述光武帝功德，錄有完整歌辭（後《樂府詩集》將之歸入樂府舞曲類。《樂府詩集》卷五二《舞曲歌辭》，第755頁）。此條記錄中，東平王蒼作世祖登歌的理由是「漢制舊典，宗廟各奏其樂，不皆相襲，以明功德」。廟祭帝王不同，所作歌辭或有不同；但東漢其他祭祀、宴饗儀式裏所用的樂歌，單看曲題如《帝臨》、《青陽》、《朱明》、《玄冥》等，是與西漢同題，而歌辭已不可知，比較異同也終難進行。

〔註30〕　《晉書》卷二二至二三《樂志》，北京：中華書局，1974年，第676，
　　　　701～710，716～717頁。
〔註31〕　《宋書》卷一九至二二，北京：中華書局，1974年，第611～613頁，
　　　　第549～552頁，編纂者認為，作於襄陽、荊州等地的某些樂歌雖收入
　　　　樂官，但「哥詞多淫哇不典正」（552頁），也許這也是編者不採錄歌
　　　　辭的一個原因。
〔註32〕　《南齊書》卷十一《樂志》，北京：中華書局，1972年，167～196頁。

聲，稽古復禮。〔註33〕

《隋書‧音樂志》記錄梁陳雅樂，對蕭梁所制定禮樂載述甚詳。記錄北齊、北周雅樂，談到兩朝皆有改革舊曲用新詞，歌頌諸帝功德。記錄隋代雅樂，述及文帝積極於新樂的製作和煬帝時定九部樂、以百戲誇耀國威的情形。〔註34〕

《舊唐書‧音樂志》記錄了唐代的各種音樂、樂器，並錄有雅樂樂章。介紹北魏北歌的流變，對南朝時吳歌西曲的緣起敘述較詳。〔註35〕

《新唐書‧禮樂志》，記錄唐代的雅樂樂器、郊廟樂、燕樂、俗樂。唐代帝王宗室對音樂的愛好往往發自衷心。〔註36〕

從正史關於樂府詩的記載中，給人印象深刻的是作為宮庭音樂的樂府歌章，所具有的宣揚王朝權力正統性來源的工具性，或曰政治意識形態化。〔註37〕但這些歌章中有的仍然透露出其民間性，不同時代的歌章，同一歌章來自不同地域（特別是南北兩地）的擬作者對共同地

〔註33〕 《魏書》卷一〇九《樂志》，北京：中華書局，1974年，第2827～2828，2843，2829頁。

〔註34〕 《隋書》卷一三至一五《音樂志》，北京：中華書局，1973年，第289，330～331，342～343，345，377～381頁。《隋書》諸志，即《五代史志》，其編纂、名稱不涉本文論題，故沿用通說。參陳高華、陳智超等：《中國古代史史料學》，北京：北京出版社，1983年，第159、187頁。

〔註35〕 《舊唐書》卷二八至三一《音樂志》，北京：中華書局，1975年，第1071～1072，1062～1067頁。

〔註36〕 《新唐書》卷二一至二二《禮樂志》，北京：中華書局，1975年，第459～480頁。此節詳參王運熙《漢魏六朝樂府詩研究研究書目提要》對正史類的介紹，《樂府詩述論》（增補本），第305～315頁。

〔註37〕 如《樂府詩集》所載「鼓吹曲辭」即「短簫鐃歌」，在後漢時代，是以簫（排簫）、茄（縱笛）作為主要伴奏樂器、多在宮廷饗宴（宴會）時演奏、歌唱的民間歌謠（俗樂）。曹魏時，仍在民間繼續傳唱的同時也作為宮廷饗宴音樂的二十二曲短簫鐃歌中的十二曲曲辭仍在行用，但它們的歌詞內容則被改作謳歌王朝的創立及其權力來源的正統性。歷晉、梁、北齊、北周，下至隋，短簫鐃歌仍具有同樣的政治意識形態性質。說詳渡邊信一郎著、牟發松譯：《曹魏俗樂的政治意識形態化——從鼓吹樂所見》，《襄樊學院學報》第31卷第10期，2010年10月，第19～22頁。

域意象的各自營造中，亦體現出顯著的差異性。

2. 樂府詩的選本及研究

今日所見樂府詩最重要的選本是郭茂倩編《樂府詩集》，它是北宋年間對樂府詩歌研究的總結性成果。〔註38〕它的編選、分類、注釋已成典範，對每類歌辭、每一曲題的源流敘述清晰明確，內容解釋詳盡客觀，引證豐富。《四庫全書總目提要》以為此書「徵引浩博，援據精審，宋以來考『樂府』者，無能出其範圍」，「誠樂府中第一善本」。〔註39〕本文即以此書所載漢唐間樂府詩歌為基本分析對象。

五四後，俗文學研究成為熱門，樂府中的民間題材受到重視，黃節《漢魏樂府風箋》專以樂府詩中的漢魏民歌和若干詩人擬民歌作品為箋注對象，徵引史傳志書頗為繁密，並多附有古音釋讀。〔註40〕蕭滌非《漢魏六朝樂府文學史》以時代為線索，依次介紹兩漢、魏、晉、南北朝樂府，於樂府作品和一時代之社會思想背景解析得尤為深入。作者本人認為其書「就是漢魏六朝民間文學史」。〔註41〕余冠英的《樂府詩選》也以民間作品為主，述詩意，釋字句，輔以題目源流簡介。〔註42〕

曹道衡《樂府詩選》按創作時代將樂府詩歸入漢魏西晉、東晉南

〔註38〕 王運熙《郭茂倩與〈樂府詩集〉》考證，郭茂倩主要生活在北宋後期，生平事蹟不詳。「鄆州東平人。祖勸官至翰林侍讀學士。父源明，官至職方員外郎。」茂倩「通音律」，「元豐年間（1078～1085 年）任河南府法曹參軍。」《樂府詩述論》（增補本），第 523～526 頁。

〔註39〕 〔清〕紀昀總纂：《四庫全書總目提要》，卷一八七《集部》四〇「總集類二」，石家莊：河北人民出版社，2000 年，第 5110 頁。〔清〕永瑢等著：《四庫全書簡明目錄》，卷一九《集部》八「總集類」：「總括歷代樂府歌詞，上起陶唐，下迄五代，分為十二類。網羅賅博，其解題敘述源流，尤為詳備，言樂府者，以是集為祖本，猶漁獵之資山海也。」上海：華東師範大學出版社，2012 年，第 837 頁。

〔註40〕 黃節箋釋，陳伯君校訂：《漢魏樂府風箋》，北京：人民文學出版社，1958 年。

〔註41〕 蕭滌非：《漢魏六朝樂府文學史》，北京：人民文學出版社，1984 年，第 323 頁。初版於 1943 年。

〔註42〕 余冠英選注：《樂府詩選》，北京：中華書局，2012 年。

朝、北朝三個時段，每一段中再分成郊廟歌、民歌與文人樂府兩類。相對於余冠英的選本，多選了若干郊廟歌辭和文人樂府。作者認為這種廟堂樂歌除了有其自身的藝術特色外，在體裁上對其後七言詩的形成發生影響。又由於曹先生對漢魏晉南北朝文學特點與作家特色的諳熟，新選入的文人樂府創作被置於大時段內文學發展的整體中考察，某位詩人的樂府詩也常用來與他的其他類型作品作綜合考量，因而釋義說明時簡易精當，予人啟發。書中選錄的每一首詩，先釋源流與內容，再釋疑難詞與典故，生僻字加以注音。可惜隋唐五代作品未錄。〔註43〕

　　六卷本《全樂府》按時間為序，廣泛輯錄了先秦至近代的樂府詩歌，是目前所見收錄樂府詩最全的總集。參照此書，可瞭解一個曲題在唐之後有何變化，是否有不同的呈現形式，與前代相比傳達的內容要素有何增減，能更完整地把握曲題自身的時代演化。〔註44〕

　　在樂府詩研究方面，以二十世紀三十年代初問世的羅根澤《樂府文學史》最早，已然為經典之作，而以王運熙先生成就最高，其《樂府詩述論》代表了當今樂府研究的最高水平。書中有詩歌修辭手法、內容、源流的討論，有產生時代、地域的考察，也有樂府官署的設立與沿革的辨析。有總論，也有專論某一類型樂歌。對生平記錄不詳的《樂府詩集》編纂人郭茂倩考辨其事蹟，綜述樂府研究史料。文史結合，考訂細緻，論說有據，文字古直。書中收錄的文章寫作年代跨越半個世紀，但大部分的結論與判斷至今成立，而諸如對「民歌」地域性的重視，王室貴族對俗樂的態度，樂府辭與樂、舞、舞者的關係等問題的分析，仍

〔註43〕參曹先生對蕭統《文選》「樂府」類中多選用陸機之作的辨析。曹道衡選注：《樂府詩選》，北京：人民文學出版社，2000年，第238頁注1。另，對《郊廟歌辭》的看法：第7頁注1，《前言》第5頁。不選隋唐五代樂府：「隋唐五代……絕大部分歌辭，已和《新樂府辭》一樣，不屬本書的入選範圍，所以只選錄了薛道衡《昔昔鹽》、丁六娘《十索》等少數隋人之作。」不選原因大概是這些隋唐五代歌辭實已不復歌唱，甚至在詩人創作時就未考慮音律問題。至於南北朝文人的擬樂府，難以判斷是否完全脫離音樂，曹先生暫從舊說。《前言》第4頁。

〔註44〕彭黎明，彭勃主編：《全樂府》，上海：上海交通大學出版社，2011年。

是現在樂府詩研究的熱點。本文有關樂府的概念、判斷大都服從王先生的解釋。

中生代學者中，錢志熙認為應重新審視樂府的本質，即漢樂府是歌、樂、舞、戲劇結合的藝術體系，有其原生的唱、演環境，有其最基礎的娛樂功能，是接近市井生活的成熟的社會性的娛樂形式，不能被看作是普通意義上的民歌。漢樂府的寫實性有為表演生動而誇飾強調之處，也有為了迎合觀眾而選擇題材的考量，即漢樂府在精神上是寫實的，細節上也是符合事實的，但情節上可能有想像。由漢至魏，雖然樂府大多仍然合樂，不離曲調，但在娛樂方面，已由娛人變為自娛。而魏晉至唐，樂府逐漸脫離音樂與體裁的限制，個人化、重視文辭和意義的文人樂府成為樂府詩的主流。〔註45〕

吳相洲提倡建立現代意義上的「樂府學」。他認為樂府作為詩、樂、舞合一的立體藝術存在，可從文獻、音樂、文學三個層面和題名、曲調、本事、體式、風格五個要素著手進行研究。〔註46〕由這一研究路徑和方法出發，近年來首都師範大學中國詩歌研究中心組織出版了一系列樂府研究論著，又創設《樂府學》年刊，刊登年內新作，這門「專門」之學確實進入了深化和體系化的研究進程中。

海外學者的樂府研究，日本學者貢獻尤多。增田清秀《樂府的歷史的研究》1975年出版，對漢唐間樂府及樂府詩的諸多問題進行了全面深入的系統探討，對樂府基礎文獻與「樂府制度史方面」用功尤深，

〔註45〕 錢志熙：《漢魏樂府的音樂與詩》，鄭州：大象出版社，2009年第2版，第8，69，138～139，172～173頁。錢志熙：《樂府古辭的經典價值——魏晉至唐代文人樂府詩的發展》，《文學評論》1998年第2期，第61～74頁。而錢志熙對漢樂府敘事性、社會性的強調大概有葛曉音判斷漢樂府基本體裁為敘事詩的影響。葛曉音認為漢樂府是內容客觀，語調抒情的敘事體詩，如它所描繪的仙境往往坐實在某山、某處，並不荒誕，都能在漢代找到現實的依據。見前引葛著《漢唐文學的嬗變》，第3，5，13頁。

〔註46〕 吳相洲：《關於建構樂府學的思考》，《北京大學學報（哲學社會科學版）》，第43卷第3期，2006年5月，第65～71頁。

堪稱歷史與文學相結合研究樂府的權威之作。〔註47〕新近問世的有渡邊信一郎《中國古代的樂制和國家──日本雅樂的源流》。作者長期致力於「中國古代國家論」的研究，作為「國家論」課題的重要一環──由禮制而樂制，特別注重樂制、音樂與政治意識形態的互動關係，進而探究日本雅樂和中國古代樂制史的密切關係，是該書的重點和亮點。〔註48〕儘管二書的視角與重點與本文的地域意象取徑不同，仍對本文的探討不無借鑒意義。

（二）區域文學地理

中國地域遼闊，古人很早就關注各區域間的差異。《禹貢》「九州」的設想是戰國時人對中原不同區域的描述。《史記‧貨殖列傳》與《漢書‧地理志》「風俗篇」也能看作是西漢時人對當時所知「中國」不同區域經濟文化與風俗的表達。〔註49〕而它們所作的分區及具體敘述，又常常被用於後世追溯某區域文化傳統的記敘中。

文學與地域的聯繫，在《詩經》十五《國風》與《楚辭》的選編上，顯露無疑。而《漢書‧地理志》記：「故秦地於《禹貢》時跨雍、梁二州，《詩‧風》兼秦、豳兩國。……其民有先王遺風，好稼穡，務本業，故《豳詩》言農桑衣食之本甚備。」「河東土地平易，有鹽鐵之饒，本唐堯所居，《詩‧風》唐、魏之國也。……其民有先王遺教，君子深思，小人儉陋。故《唐詩‧蟋蟀》、《山樞》、《葛生》之篇曰『今我

〔註47〕增田清秀：《樂府的歷史的研究》，東京：創文社，1975年。參岡村繁《評增田清秀著〈樂府的歷史的研究〉》，俞慰慈等譯：《岡村繁全集》第10卷《隨想篇》，上海：上海古籍出版社，2009年，第91～114頁。
〔註48〕渡邊信一郎：《中國古代的樂制和國家──日本雅樂的源流》，京都：文理閣，2013年。尤可參閱該書的《緒論》、第一部第二章《前漢「郊祀歌」十九章的祭祀空間和政治空間》、第二部《天下大同之樂──隋的樂制改革及其帝國構造》的相關章節。
〔註49〕雷虹霽《秦漢歷史地理與文化分區研究：以〈史記〉、〈漢書〉、〈方言〉為中心》仔細比較了在基本一致的時空範圍內，不同文獻對於同一區域的文化分區原則。北京：中國人民大學出版社，2007年，第29～216頁。

不樂，日月其邁』；『宛其死矣，它人是媮』；『百歲之後，歸于其居』。皆思奢儉之中，念死生之慮。」〔註50〕這是以先代文學記載來佐證論述一個地區裏的風俗傳統。若將關注點集中於不同區域文學的差異上，對比敘述最顯豁的在《隋書·文學傳》：

　　自漢、魏以來，迄乎晉、宋，其體屢變，前哲論之詳矣。暨永明、天監之際，太和、天保之間，洛陽、江左，文雅尤盛。於時作者，濟陽江淹、吳郡沈約、樂安任昉、濟陰溫子昇、河間邢子才、鉅鹿魏伯起等，並學窮書圃，思極人文，縟彩鬱於雲霞，逸響振於金石。英華秀發，波瀾浩蕩，筆有餘力，詞無竭源。方諸張、蔡、曹、王，亦各一時之選也。聞其風者，聲馳景慕，然彼此好尚，互有異同。

　　江左宮商發越，貴於清綺，河朔詞義貞剛，重乎氣質。氣質則理勝其詞，清綺則文過其意，理深者便於時用，文華者宜於詠歌，此其南北詞人得失之大較也。若能掇彼清音，簡茲累句，各去所短，合其兩長，則文質斌斌，盡善盡美矣。

　　梁自大同之後，雅道淪缺，漸乖典則，爭馳新巧。簡文、湘東，啟其淫放，徐陵、庾信，分路揚鑣。其意淺而繁，其文匿而采，詞尚輕險，情多哀思。格以延陵之聽，蓋亦亡國之音乎！周氏吞併梁、荊，此風扇於關右，狂簡斐然成俗，流宕忘反，無所取裁。（以上引文原為一段，為分析便利，分作三層）

　　……

　　爰自東帝歸秦，逮乎青蓋入洛，四隩咸暨，九州攸同，江、漢英靈，燕、趙奇俊，並該天網之中，俱為大國之寶。言刈其楚，片善無遺，潤木圓流，不能十數，才之難也，不

〔註50〕《漢書》卷二八《地理志》，第 1642，1648～1649 頁。

> 其然乎！時之文人，見稱當世，則范陽盧思道、安平李德林、
> 河東薛道衡、趙郡李元操、鉅鹿魏澹、會稽虞世基、河東柳
> 辯、高陽許善心等，或鷹揚河朔，或獨步漢南，俱騁龍光，
> 並驅雲路，各有本傳，論而敘之。〔註51〕

這是大多數文學史敘述都會引用的段落。在唐初，追述終結了長時期
分裂局面的隋代的文學狀況時，歸納出了一個明白、完整的文學演進
譜系，這正是作為時代總結者的史臣的寫作目的。若從本文的論說方
向出發，從上述段落可見：一，南方與北方是比較的對象；二，江左與
洛陽是齊梁與北魏北齊之時南北文學中心的代稱。文學中心的繁盛以
其地生活著的著名文人為標誌；三，南北文學各有得失，取長補短則盡
善盡美；四，文風的流佈借助政治力的直接作用；五，統一時代裏新的
政治中心聚集了南北文學精英。〔註52〕聯繫到現代的若干區域文學論
著，千年前的學者似乎已為後人歸納、提供了討論文學地理的一種模
式，它的基本描述的構件、討論的問題大致包括有：地域文學中心的選
擇，地域範圍的劃分，地域文學狀況的描述，文學中心地區文人的活
動，文學中心自身的輻射力及與各種外力的相互作用等等。

劉師培《南北文學不同論》作於 1905 年，他認為地方水土決定習
尚，習尚決定作文的類型風格，「北方之地，土厚水深，民生其間，多
尚實際；南方之地水勢浩洋，民生其間，多尚虛無。民尚實際，故所著
之文不外記事、析理二端；民尚虛無，故所作之文或為言志、抒情之

〔註51〕《隋書》卷七六《文學傳》，第 1729～1730 頁。
〔註52〕曹道衡《南北文風之融合和唐代〈文選〉學之興盛》認為從此段列舉
的六位代表作家看，有重南輕北的含義，這是當時南風北漸，北方文
人長期學習南方文風後南北文人的共同認識。而因勢利導，融合南北
之長，補偏救弊是當時朝廷對文學的要求。收入氏著《中古文史叢稿》，
保定：河北大學出版社，2003 年，第 10～12 頁。李浩對此段作逐層
細緻的解讀後，同時分析《隋書·儒林傳》與《地理志》中的學術地
域觀與地域文化內容，由這三者來論述《隋書》所傳達的文化地理觀
的複雜。李浩：《唐代三大地域文學士族研究》（增訂本），北京：中華
書局，2008 年，第 167～171 頁。

體」。〔註53〕上古至清中葉，南北方的不同風土影響著棲身於此的寫作者的寫作風格。這種水土決定說與《漢書・地理志》「風俗篇」的說法頗為類似。1942 年程千帆箋注此文，提出自己思考「文學與地域之關係」的兩點認識：其一，「吾華文學之方輿色彩」大體而言分為南北二種，「若細加區分，則南北二種之中，又各有其殊異。」此點即是指出劉文與《漢書・地理志》的關聯。其二，「文學中方輿色彩，細析之，猶有先天後天之異。所謂先天者，即班氏之所謂風，而原乎自然地理者也。所謂後天者，即班氏之所謂俗，而原乎人文地理者也。前者為其根本，後者尤多蕃變」，「山川終古若是，而政教與日俱新也」。程先生在上世紀 40 年代即對地理作出自然與人文的分層，可謂先進卓識。相對自然地理，他認為人文地理更複雜多變，更能體現歷史變遷。他更進一步說明，「文明日啟，交通日繁」，則學術文藝的南北之分「區別亦漸泯」。〔註54〕劉文論南北文學不同，時代下限截止至清代中葉，程先生的這一看法正是回應劉文，並將文學發展放在一個不斷向前伸展的時間流中進行考量，也是他對於各區域間學術文化交流發展的一種歷史性的構想。

　　汪辟疆的《近代詩派與地域》在 1932 年初次發表，此後 30 年間反覆修訂，用力至勤。作者將清道光至光緒年間的詩家以地域繫之，分作六派：湖湘派、閩贛派、河北派、江左派、嶺南派、西蜀派。每一派先述此地域的地理範圍，人情風俗，再追溯其文學傳統，其後詳論此派詩人特點。在論說方式上，此文仍似前引《漢書・地理志》，但細究這份地域與詩派的名單，閩贛派裏的詩人，袁昶、沈曾植是浙江人，范當

〔註53〕劉師培《南北文學不同論》，收入陳引馳編校《劉師培中古文學論集》，北京：中國社會科學出版社，1997 年，第 260～267 頁。劉師培又認為「研究文學不可為地理及時代之見所囿」，一代傑出文人必不為地理與時代所限，這也可視其文學地域觀的補充。同書《漢魏六朝專家文研究》，第 139～141 頁。

〔註54〕程千帆：《文論十箋》，上輯《南北文學不同論（論文學與地域）》，武漢：武漢大學出版社，2008 年，第 74～113 頁。《後記》記初稿完成於 1942 年金陵大學教席中。

世是江蘇人，陳曾壽是湖北人，將他籍列入，是從詩風宗趣上考慮「桴鼓之應者」。而將八旗詩人歸入河北派，安徽詩派歸入閩贛派，則是因為「同聲之和，具審淵源，非僅地域之接壤而已」。這種歸類的原則性與分區上的便宜從事，比《漢書》的敘述更科學，比劉師培文更細緻，也有作者重構近代詩系的考量。〔註55〕

1980年代末袁行霈在《中國文學的地域性與文學家的地理分布》一文中將文學的地域性解釋為某些文學體裁是從某個地區產生的，帶有某地區的特點，不同地區的文學各有不同特點。作者依次列舉了鄒魯、荊楚、淮南、長安、鄴城、金陵、河南、江西、大都、江浙、嶺南、蜀中這些在中國文學史上佔據重要地位的地區，它們是某一時期的文學中心，產生並吸引聚集著一批文學家。這一中心區的選擇很明顯是按照一時代有一時代之文藝的標準，順序舉出的，每一地區簡述知名作家。文章最後推演出兩個結論，文學的發展與經濟、社會、教育、交通有關，中國文學的中心大體上是南北移動的。作為當代中國古典文學專家，作者在文中提到，地域研究是中國文學研究中被「忽視了的重要方面」，可見在當時區域文學研究仍然不是熱門。這篇文章在分析敘述上較為簡略，但提供了新的研究視野與路徑。〔註56〕

曹道衡在1990年代末的一系列討論秦漢至南北朝時期地域、家族與學術、文藝關係的文章中，將之前較少關注的北朝學術文化納入研究範圍，分區細緻討論北朝河朔地區、關隴地區、黃河以南地區、南北對峙時的戰略要地河表七州的學術文化來源、發展及在北朝學術中的

〔註55〕 汪辟疆著，張亞權編撰：《汪辟疆詩學論集》，南京：南京大學出版社，2011年，第27～65，7，47頁。張宏生在本書《導讀》中提及，近代文學史敘述重視地域與文學的關係，從某方面說是受到日本人研究中國文學者的影響，如笹川種郎等。汪辟疆研究近代詩重點從文學與地域的關係去考察，也有多重因素的關聯。同書第18頁。

〔註56〕 袁行霈：《中國文學概論》，第三章《中國文學的地域性與文學家的地理分布》，北京：高等教育出版社，1990年，第33～47頁。「蜀中」位列最後是因為雖然它始終不是文學中心，但幾乎在漢之後的每一時代都有一流文學家的誕生，不可忽視。

貢獻與地位。分析南朝境內長江中上游、閩粵地區與長江下游在文化發展中的不平衡。以正史與文集為主要史料，以著名學者文士及其論著為衡量一地區文化繁盛的標誌，著重政治對文化學術的影響和家族傳統、門第升降對文人個人的作用力。〔註57〕

　　引入新的統計方法研究區域文學自曾大興《中國歷代文學家之地理分布》起，此書以譚正璧《中國文學家大辭典》中收錄的文學家為統計對象，將籍貫可考的6293人確定其出生地，統計周至清各個歷史時段中各個行政區域裏（侯國或郡國或州郡等）的文學家數量，由此分布格局討論分布原因，認為對文學家的地理分布起決定作用的是文化。文化重心在哪裏，文學家的分布重心就在哪裏。政治、經濟、地理等因素也是通過文化這一中介來影響文學家的分布。值得注意的是，作者在進行分布原因討論時，似乎有一個個預設的區域。如第三章《三國西晉文學家的地理分布》主要討論「東南地區」、「中原地區」、「河東地區」、「關中地區」、「齊魯地區」等五大區域，第四章《東晉十六國南北朝文學家的地理分布》則討論「東南地區」、「荊州地區」、「中原地區」、「齊魯地區」等四大區。這些重點區域是以在籍文學家數量的多寡而定，但兩個章節裏，相同的「東南」、「齊魯」兩個區域，在相繼的歷史時期裏所涵蓋的郡國不一，如「齊魯」區在三國西晉時指「高平、琅琊、平原一帶」，在東晉十六國南北朝時期指「平原、琅琊一帶」，對於這一地域範圍的變化，分析說明得並不明確和充分，因而也許只能推導出一個歷史時期內的靜態的區域內文學地理情形，這一小「區域」（模糊不定的區域）內的歷代的文學家地理分布規律的歸納可能需要再次推敲。又如，在南北朝時期，前文已列出范陽盧思道、酈道元、鉅鹿魏收等作家，後文不針對河北地區作任何分析，僅以南方文學家的興盛是南北融合的結果來說明，即使對於分析一個時期內完整的文學

〔註57〕　參見曹道衡《略論南朝學術文藝的地域差別》、《試論北朝河朔地區的
　　　　　學術和文藝》、《秦漢統一與各地學術文化的發展》等文，《中古文史叢
　　　　　稿》，第44～163頁。

家地理分布還是有缺憾的。於是，難免質疑某一分布區域的凸現並不是經由文學家籍貫數量統計而來，倒是是有一個前置的歷史文化認識而作出的區域選擇。〔註58〕

劉躍進《秦漢文學地理與文人分布》同樣涉及文化分區與文人「繫地」研究，作者將秦漢文化分為八個區域：三輔、河西、巴蜀、幽并（黃河以北）、江南（長江以南）、齊魯、河洛、荊楚，分區統計《漢書·儒林傳》、《藝文志》、《後漢書·文苑傳》、《郡國志》以及《隋書·經籍志》中記錄的學者、著作數量，分析秦漢文化發展的基本格局，討論不同地區文化的興衰變遷。並以史傳記載籍貫為據，將秦漢作家列入《漢書·地理志》103個郡國中，一一記錄其事蹟，在文獻整理上也有開創性的貢獻。那麼，對於這八大文化區域的劃分，作者是考慮了行政區劃、方言、經濟、區域文化等區域劃分標準，但也認為「不論哪一種劃分標準，都有不盡如人意的地方」，為了研究的深入系統，在特別關注自然地理因素後作「文化區域」劃分。雖說這八個區域確實能較完整地說明秦漢文學地域特徵，此「文化」的界定還是模糊的，因而在辨析各區域文學興衰歷史軌跡時，傳統和現實的影響力的敘述似乎意猶未盡。〔註59〕

李浩在《唐代三大地域文學士族研究》所提出的關中、山東、江南三大地域概念是一個模糊的概念，這是作者有意為之，因為這上接陳寅恪所論隋唐制度三大淵源，也有「為闡釋唐代學術文化構築新的話語系統與研究平臺的考量」。三大地域同時又是獨立的文化區域，有其中心與邊緣，相互連通，互有交流。但也正因為關中、山東在唐代歷史研究中是含義豐富的概念，在不同意義裏關中、山東、甚至江南所指向的地域範圍並不相同。這時，描述中心區文化傳統的史料能否代表

〔註58〕曾大興《中國歷代文學家之地理分布》，武漢：湖北教育出版社，1995年，第5，501～505，37～60，90～101，57、99頁。

〔註59〕劉躍進：《秦漢文學地理與文人分布》，北京：中國社會科學出版社，2012年，第9頁。

這個區域內的其他地區（如洛陽之於山東，巴蜀一之於關中、一之於江南），同中之異過於強烈，這個區域還能否作為一個整體進行特徵描述是值得商榷的。如若模糊處理區域的界定，此文最應注意的是「文學士族」這一核心範疇的提出，在「地域—家族」研究思路下，區域的劃分選擇是為了討論唐代出現的帶有地域色彩的特殊文學群體，文章回答的是士族如何在新朝融入政權，文學何以在唐代轉成為士族謀求仕進的工具，最終關注的是士人如何與國家相處的問題。地域的劃分是為文章的問題意識所涵蓋的。〔註 60〕

　　胡阿祥在 1997 年完成的《魏晉本土文學地理研究》中提出了建立歷史文學地理的構想，歷史文化地理「研究中國歷史文化中的文學因子之空間組合與地域分異規律，可以視作為中國歷史文化地理學的組成部分」，如胡著即通過對相對靜態的文學家籍貫的地理分布、相對動態的文學家流動與活動中心的形成等問題的討論，使魏晉文學地理的基本格局及其影響因素大體明瞭。作者認為製作合理的表格、繪製合理的地圖，勝過許多文字的雄辯，文章後半部的分析完全建立在前半部極為細緻的六份表、四副圖之上，圖、表記錄魏晉作家作品、籍貫，對比各州文學發展的不均衡，確認文學發達的中心；據此，再綜合自然地理、經濟類型、行政區劃原則，分魏晉本土為河淮、河北、河東、關隴、河西、巴蜀、江東、遼東、南土、淮南十個文學大區，按區分析其文學成長狀況。熟悉疆域政區沿革，又考慮到文化、心理等因素（如將蘇北沿江一帶劃屬「江東」），這一文學分區是能自證自洽的。〔註 61〕

　　梅新林 2006 年出版《中國古代文學地理形態與演變》，力圖系統建構起中國文學地理學的學術體系。〔註 62〕作者由文學家籍貫分布的

〔註 60〕　李浩《唐代三大地域文學士族研究》，第 25～46，114 頁。
〔註 61〕　胡阿祥：《魏晉本土文學地理研究》，南京：南京大學出版社，2001 年，第 174，46，131～132 頁。
〔註 62〕　黃霖《文學地理學的理論創新與體系建構——評梅新林新著〈中國古代文學地理形態與演變〉》讚譽此書具有學科創新性與理論體系性，《文學評論》2007 年第 5 期，第 205～206 頁。

「本土文學地理」出發,依次敘述河流水道、城市、文人流動對文學活動的影響,最後歸納出八大文學區系的運動演化模式。文章體量大,參考資料多,需要組織排列各類各層次問題。在製作歷代文學家籍貫地域分布表時,使用的仍然是上引曾大興書的統計,以 1983 年的譚正璧《中國文學家大辭典》為範本,統計出的地域分布由當時的郡國州縣對應為今日的省籍,其後,敘述河流流域作家地域分布表時,同樣對應現代省籍。在現代的行政區劃上述說歷代文學地理變化,這恐怕達不到作者想要的「場景還原」,至少兩者間交流語言是有障礙的。而三秦等八大文學區系即使有其選取的理由,但各個的範圍和邊緣卻並未給出,如此某區系的運動可能會與另一區系形成重合,文人的遷徙可能落入中空區。又或者,模糊處理區系的邊界正是為了準確地敘述。〔註 63〕

　　為何關注區域的劃分與劃分的標準?在對一個空間進行地域劃分時,區分異同才能顯現特徵,進而展示整體面目。在歷史文化地理研究中,「文化區的劃分往往是文化地理研究的歸宿,但劃分文化區又是相當困難的工作,如果誇大點說,簡直是有多少文化因子,就有多少種文化分區」。〔註 64〕同樣,既然某一區域的文學狀況受多種因素影響,考慮到各個要素,文學地理的分區也非易事。尋找一個貼近歷史過程又有利於論證的分區標準,並最終回答某一二問題,而非僅僅囿於分區本身,是本文力圖達成的。

　　參考上述研究成果,本文關於樂府詩人所屬地域,僅僅分為南、北,所選取的四個地域,三在北,一在南,誠不無籠統、偏至,但考慮

〔註 63〕梅新林:《中國古代文學地理形態與演變》,上海:復旦大學出版社,2006 年,第 42～162,186～187,13,580～588 頁。曾大興在《文學地理學研究》中提出了自己的文學地理學主張,並對梅著只談文學家而忽視文學作品、文學讀者這兩個要素進行了補充說明。曾大興:《文學地理學研究》,北京:商務印書館,2012 年,342～350 頁。
〔註 64〕周振鶴主著:《中國歷史文化區域研究》,《序論》,上海:復旦大學出版社,1997 年,第 9 頁。

到樂府詩中地域意象之建構及其呈現，更注重文學性、象徵性，而不刻意追求其自然地理位置的精確性（如漢唐間長安、洛陽兩都之地理位置及中心所在，歷朝不無變化，樂府詩作者率皆不作細分而等同視之）；本文主題在於南北作者對地理文化意象的不同營構，而對地理文化意象構建影響最為深刻的漢唐間政權分合，亦以南北分合為主軸：故就本文而言，在詩人屬地和地域個案選取上作南、北區分，差可切合併滿足主題所需。本文所選諸個案均有南北視角之交集。原來還擬選取「邊塞」個案，但最終放棄，除了囿於學力、時間之外，還在於邊塞主要是相對於內部、核心的，理論上邊塞有南亦有北——儘管「南疆從歷史上來看征戰不斷，卻從未成為邊塞詩的主題」，〔註65〕與本文的視角取向不無游離。而形成於南朝的邊塞詩，原本出於南朝人在意識上將北方（北朝）視為夷狄所居的邊塞，亦對唐代邊塞詩的主體內容不無影響，故本文在結論中亦有提及。

（三）感覺文化區與地理意象

　　張偉然認為，在歷史文化地理研究中，「當時人的認識是至關重要的」。研究者若拿自己的思維去分解事實，即使對資料把握準確，方法運用高妙，所得到的也不過是研究者本人的認識，是「今人認識到的一種分區方案」。他在《唐人心目中的文化區域及地理意象》一文中「力圖站在唐人的角度，揭示當時社會上的一些文化區域觀念」，以《全唐詩》為主要資料，輔以文章、典冊、筆記等唐代文獻，揣摩唐人的所思所想，勾劃出唐人心目中的帝國疆域和山川之異。這種文化區域觀念在文化地理學上屬於「感覺文化區」範疇，即「以人們的體認為判斷依據」，「既得到區域內居民認同、又得到區域外人們廣泛承認的一種區域意識」。而分析中所依據的詩文、典籍、筆記等唐代文獻，在某種意義上都屬於意象資料。地理意象中的「意象」，是指「客觀事物在人意

〔註65〕 田曉菲：《烽火與流星：蕭梁王朝的文學與文化》，北京：中華書局，
　　　　 2010 年，第 245 頁。

識中的形象和估價，它是一種精神圖景、一種被感知到的真實，是聯繫環境與人之間的媒介」。討論唐代感覺文化區時兼及地理意象，能「加深對於唐人文化區域觀念的理解，而且可以促進對於唐代社會文化狀況的認識」。〔註66〕

地理對象是被生活在具體歷史時期中的人們所關注、納入視野中的，它除了獨特的自然屬性，同時被賦予了人文屬性。人文屬性中又分客觀性與主觀性，前者多以家族、郡望形式出現，後者多以本地典故、地方形象、地方意識等形式呈現。「感覺文化區」大概就是張偉然老師試以盡可能客觀的方式、準確捕捉那些地理對象的人文屬性中最難描述的主觀層面內容。他的地理意象仍提醒人們要重視自然環境予人的客觀感知，這種感知是真實的，能夠把握的。

2014年張偉然《中古文學的地理意象》出版，全書由「地理意象」這個主題引導，而在「地理意象」中又偏重地理因素的討論。如將「意象」釋作「客觀世界在人類主觀世界中的反映」。「地理意象就是對地理客體的主觀感知」。又如第三章「類型化文學意象的地理淵源」，論說地理感知參與意象塑造的三個例子，與從文學角度探討意象不同，文學的目標是其中之「意」，作為歷史地理學研究，關鍵則是考察其中之「象」，即「作為一個地理空間而給人留下的空間感、場景感。這種空間感不是哲學、社會學意義上」的，「而是有長寬高、有聲光色的物理空間給人的感覺」。書中收錄上引《唐人心目中的文化區域及地理意象》一文，再次確認「感覺文化區」概念及應用此概念解釋中國歷史區域問題的可行：「感覺文化區」是「通過古人的認同而復原出來的，它本身就是當時文化的一部分。而且是結構性的一部分。曾經用於指導古人的日常生活，並深刻影響其對世界的認知」。同時，又補充說「唐代的

〔註66〕張偉然：《唐人心目中的文化區域及地理意象》，收入李孝聰主編：《唐代地域結構與運作空間》，上海：上海辭書出版社，2003年，第307～412頁。另左鵬《論唐詩中的江南意象》即運用「感覺文化區」概念分析唐詩。《江漢論壇》2004年第3期，第95～98頁。

感覺文化區既與特定的歷史文化傳統有關，又在一定程度上與某種行政建置相符，還在相當大的程度上兼顧山川形勢。」這是在運用新理論解釋文化區域現象時，將歷史區域與該區域的歷史文化、行政建置、山川形勢等傳統因素結合考察，使新的理論觀念更為周延（也使讀者不至因其新而忽視其中已有之舊）。〔註67〕本文寫作借鑒這一理論，希望由樂府詩中的地域意象還原古代詩人對特定地域的認識，這種認識也是真實的，能夠明確傳達的。

　　廖宜方《唐代前期的地方詩與歷史記憶——高適、孟浩然的個案》，指出久居一地的詩人，往往以當地的自然、人文景觀作為創作的對象，用典往往選取和當地有淵源者即「地方典故」入詩，從而強化了這些地方典故所負載的地域經驗與歷史記憶。論文以高適、孟浩然為例，探討了地方的變化如何影響詩人地域經驗的變化，仕宦生涯、官僚體制是如何深刻影響文人生涯包括他們的地方詩及其歷史記憶的。文中又提及應注意地方與都城、南北詩人的籍貫與地域經歷、地域與地方的差異。由個案分析出發導向區域認識，這對於本文主題的具體操作，有很強的示範作用。〔註68〕

　　李剛《中古樂府詩中的地理意象》在研究範圍與對象上幾與本文重疊，他即是利用「感覺文化區」來分析樂府詩中的意象，他的地域意象包括自然意象（巫山、巫峽、蜀道、塞、隴頭水）、城市意象（長安、洛陽）和區域意象（江南），他的分析中有濃厚的文化地理學因素，但又試圖扭轉文學研究地理環境時偏重社會習俗、文化傳統等人文因素的傾向，主張重新重視自然環境，認為人們的環境感知最根本處仍在

〔註67〕　張偉然：《中古文學的地理意象》，北京：中華書局，2014年，《前言》：第13～17頁；正文：第350頁。「結論」中說明「感覺文化區」概念是美國文化地理學中「鄉土文化區」的漢化。唐代「感覺文化區」的論述，是「將西方文化地理學理論應用到中國地理經驗中進行討論的實證工作」。第350頁。
〔註68〕　廖文收入《中國中古史研究：中國中古史青年學者聯誼會會刊（第二卷）》，北京：中華書局，2011年，第170～195頁。

自然地理環境。〔註69〕

　　李文著重從地理淵源來考察文學中的地理意象，本文的意象選取不及李文豐富，轉而不得不對於文化傳統及其文學上的表述形式倍加重視與深究。再進一步，本文希望從探討意象之變、變化背後的原因，動態地有層次地瞭解作為背景存在的社會變遷和特定人群的心態轉移。而最終是要歸於如何認識整個的「中國」形象上——儘管這是隱含於本文目標之中或者說是本文目標之後的終極指向。

三、各章思路及要旨

　　《樂府詩集》所收詩歌縱貫漢唐，這一時期是中國歷史上的「大一統體制」從建立、鞏固到瓦解、重建的過程。漢唐間的分裂，主要表現為南北的分裂，漢唐歷史變遷中的空間背景或曰區域變化，主要表現為南方的開發及南北經濟、文化重心的推移。本文從「南北方詩人對地域意象的不同認識」入手，即是企圖在漢唐歷史變遷及南北區域變化這一「宏大敘事」背景中，從《樂府詩集》中選取若干地域意象個案，來探討南北詩人對特定地域意象的各自形塑。從這些地域意象的演進發展觀察其後文人心態與社會變化，試圖從這些意象的被選擇、被改造中勾勒出樂府詩人心目中的中國形象。除第一章緒論、第六章結論外，主體部分四章，要旨如下：

　　第二章「江南」，指出樂府詩中的「江南」經歷了漢末古辭奠定基調、蕭梁文人雅化與唐代重回現實風俗三個階段，形成了以採蓮與採蓮女為基本要素的經典「江南意象」，這一意象的提煉與轉變體現著梁代創作者的文化意圖。可以說，「江南」是南方詩人塑造本地區域意象的典型，江南意象在古辭基礎上增加的新元素（士女遊藝）和新表現（雅化），實為江南歷史變化和文化進步在藝術上的反映。南朝最終形成的江南意象在帝國大一統後被基本繼承下來，而唐代詩人對江南描寫的「新舊」差異則透露著中唐以後文學與社會風氣的好尚。還需要指

─────────────

〔註69〕李剛：《中古樂府詩中的地理意象》，復旦大學碩士學位論文，2005 年。

出的，唐人對江南不同區域有不同認識，儘管本文對之未加深究。

　　第三章「鄴城」，指出鄴城全新的文化內涵是在建安時代由曹操創造、奠定，曹丕、曹植及建安諸子繼而豐富、昇華的。南朝時詩人們對鄴城歷史文化的典型化描寫，凝結為《銅雀臺》、《銅雀妓》二題樂府詩中的鄴城意象，堪稱南方詩人塑造北方地域意象的典型。北朝詩人則力圖承繼曹魏傳統，在鄴城重建北方文化中心卻未實現。南朝詩人的鄴城意象和銅雀系列樂府詩模式在很大程度上規範、制約了唐代詩人的鄴城寫作，南朝式的鄴城「銅雀臺／銅雀妓」意象作為一種經典地域意象被南北統一後的詩人們長期選擇、繼承，即使中唐後鄴城情勢大變，唐人在抒發歷史感懷時仍借用南朝的「銅雀」意象。而中唐後詩人對現實生活中宮人奉陵制度的指斥也多借由南方詩人創造的「銅雀妓」意象曲折表達。

　　第四章「泰山」，指出在樂府詩「泰山」意象的演繹與變奏中，南方詩人是這組意象的最初塑造者。謝靈運的「泰山」意象飽含收復中原、統一天下之義；北朝隋唐以封禪為主題的樂府詩，「泰山」意象的內涵始終是功成封禪，對盛世封禪的盡情謳歌。曹魏時旁逸出的泰山「遊仙」主題，與泰山封禪儀式中的祭祀迎神有關，因為泰山從來被視作諸神遊聚之地。同時又因泰山兼具主死功能、被視為魂魄終歸之所，於是「泰山」主題又在東漢導出傷逝一脈。本為泰山封禪景點的「梁父」、「蒿里」，以及與「蒿里」同一基調的「薤露」，後起的「北邙」，在樂府中構成一個喪歌系列，由漢至唐，成為感傷人生短促、弔挽生離死別的「傷逝」主題意象。而由漢末諸葛亮開啟文意轉換的《梁甫吟》，在保留輓歌之體、傷逝意象之外，成為西晉以後詩人感傷壯志難酬的最顯樂府「楚聲」特色的主題篇章。

　　第五章「兩京」，指出梁陳詩人用「兩京」主題來模寫中原故都，他們的長安、洛陽是對漢、西晉都城的遙遠的美化。對於兩京本地生活者周、隋、唐代文人而言，南方詩人對北方都城的描述是很難與實地實景相對應的；南方人對兩京意象的塑造也是周、隋、唐詩人難以接受

的。於是南方詩人的「採桑女」沒有成為兩京的代表女性;「狹斜道」
也在統一後的首都新氣象中消失。唐人創造的兩京典型意象是「俠少
年」,它由三層人物形象結合而成,分別是北周庾信注入了南方民歌風
情改造的漢末長安羽林郎形象、隋代詩人的少年俠士形象與唐人理解
的漢以來俠／遊俠形象,三者融合而成。這一兩京典型意象在中唐後
內涵發生變化,唐代政治對唐人心態的影響在這一曲題中作用尤為明
顯。而在俠少年遊歷的長安、洛陽兩地,長安在唐人心目中的地位勝過
洛陽。

第二章　蕭梁雅化的生活世界：
《樂府詩集》中的「江南」

　　江南可採蓮，蓮葉何田田。魚戲蓮葉間，魚戲蓮葉東，魚戲蓮葉西，魚戲蓮葉南，魚戲蓮葉北。（古辭《江南》）〔註1〕

　　汀洲採白蘋，日落江南春。洞庭有歸客，瀟湘逢故人。故人何不返，春華復應晚。不道新知樂，只言行路遠。（梁·柳惲《江南曲》）〔註2〕

　　江南憶，最憶是杭州。山寺月中尋桂子，郡亭枕上看潮頭，何日更重遊。（唐·白居易《憶江南》三首之二）〔註3〕

　　《樂府詩集》裏描寫江南的篇什眾多，且先看這三首不同時期性質各異的詩作。

　　第一首是樂府江南詩的開宗立派之作，原屬漢代的街陌謳謠，語言樸拙，狀物質直，雖只是一組明滅閃動的片段特寫，但繁中見簡，寓動於靜。詩中沒有具體明確的時間、地點、人物，江南就是這麼一個地方。存諸作者（們）意念中的「江南」，筆之於詩，就是這樣一片貌似

〔註1〕《樂府詩集》卷二六，第384頁。
〔註2〕《樂府詩集》卷二六，第385頁。
〔註3〕《樂府詩集》卷八二，第1155頁。

定格的場景，一組下意識地閃映在作者心中卻從此將作為保留項目被不斷重播的動畫短片。這首古辭所定格下的江南地域意象，是楚越地區〔註4〕亦即古江南人民對其世代生息勞作之地的集體印象或曰歷史影像，因民間歌謠本來就是通過民眾長期口耳相傳而層累構成的。辭中的具體意象「採蓮」，已成為經典的江南意象之一。

第二首被譽為齊梁高格、詩中神品，自然秀出，落想高遠。短小的問答中，情致婉轉深切。柳惲在梁代兩任吳興太守，〔註5〕他詩中所言江南，已實有所指。不僅那一輪晚霞餘暉中的落日至今還在妝點著「江南之春」，而且那生長著白蘋的無名汀洲，因為這首詩也從此有了自己的名字——「白蘋洲」：唐時位於「湖州城東南二百步」。顏真卿曾於彼造亭，後任刺史楊漢公踵事增華，加至五亭，「卉木荷竹，舟橋廊室，泊遊宴息宿之具，靡不備焉」，白香山為之作記。〔註6〕柳詩中春月採蘋的婦人，記念著遠在洞庭瀟湘的夫婿行蹤，而詩歌的場景仍鎖定在三吳的江南。一說白蘋為《左傳》「蘋蘩薀藻」即浮萍之屬，《湖洲圖經》則謂之「不滑之蓴」，終歸都是有類於蓮、菱的江南特色水產。〔註7〕此

〔註4〕 《文選》卷二六謝靈運《道路憶山中》「《採菱》調易急，《江南》歌不緩。楚人心昔絕，越客腸今斷。」呂延濟注：「《採菱》、《江南》皆楚越歌曲也。」靈運雖自稱「越客」，其家族僑居江南已百餘年，實已是江南人。（〔梁〕蕭統編；〔唐〕李善等注：《六臣注文選》，北京：中華書局，2012年，第500頁。「街陌謠謳」即民間、民俗中的江南意象。羅根澤謂「頑童嬉遊得意時之自然歌唱」、蕭滌非謂「殆武帝時所採吳楚歌詩」，亦可證來自民間口耳相傳，無具體作者。前引羅根澤《樂府文學史》，第31頁。蕭滌非：《漢魏六朝樂府文學史》，第62頁。

〔註5〕 《梁書》卷二一《柳惲傳》，北京：中華書局，1973年，第332頁。同傳記：「（天監）八年（509年），除持節、都督廣、交、桂、越四州諸軍事」「廣州刺史」。柳惲對當時南方深處的實地瞭解大概比他的同時代詩友們更為直接。又周振鶴先生認為，「在秦漢時期，江南主要指的是今長江中游以南的地區」，「南界直到南嶺一線」。《釋江南》，收入氏著《隨無涯之旅》，北京：三聯書店，2007年第2版，第308～309頁。

〔註6〕 顧學頡校點：《白居易集》卷七一《白蘋洲五亭記》，北京：中華書局，1979年，第1494～1495頁。

〔註7〕 〔唐〕丘光庭：《兼明書》卷五《雜說》「瀟湘逢故人」、「白蘋」條。文淵閣《四庫全書》本。

詩中江南的具體意象是「採蘋」，實與體現江南水鄉生活特徵的「採蓮」、「採菱」意象無別（江南水域蓮、菱、蘋往往伴生）。籍屬河東的作者柳惲，自曾祖輩即南遷襄陽，其父輩、兄弟輩中文士輩出，長期定居、仕宦於建康，加之惲先後任職吳興太守十年，〔註8〕所以此詩中的江南意象，實為江南在地文士繼承古辭江南的水鄉生產生活意象（採蓮、採菱、採蘋），而加以文學化或曰雅化，而形成的。

第三首的創作時間已至中唐。白居易於長慶二年（822年）出任杭州刺史，長慶四年召還。又於寶曆元年（825年）出任蘇州刺史，寶曆二年病免。大和三年（829年）白居易五十八歲時，稱病免歸，以太子賓客分司東都洛陽，自此不復出。白居易晚年長居洛陽，詩酒唱和中將對往昔江南最美的回憶圈定在杭州。〔註9〕詩裏饒有興致地追憶起山寺尋桂和郡亭觀潮，這或許正是八月杭州城中極具特色的觀遊項目。就籍屬而言，杭州刺史白樂天是江南的他者，於是他對江南的美景特別敏感，印象尤其深刻，以至於難以忘懷——「能不憶江南」，即使他在杭州、蘇州這些江南勝地任官總計不過三年。白居易的江南回憶，「風景舊曾諳」，「最憶是杭州」、「其次憶吳宮」，他的江南地域具體而集中，就是他曾生活過的杭州與蘇州。這是一位作為他者的北人記憶裏生活過的「江南」，其具體意象為「杭州觀遊」。遊宦、遊旅中的唐代詩人們在新樂府中塑造的江南意象，無論在內容的回歸風土上，還是在具體意象的開拓上，相對於南朝，均有明顯變化。

〔註8〕《南史》卷三八《柳元景傳附惲傳》，北京：中華書局，1975年，第977～989頁；《梁書》卷二一《柳惲傳》，第331～332頁。

〔註9〕詳見顧學頡編：《白居易年譜簡編》，收入上引顧氏校點《白居易集》，第1614～1620頁。並參郁賢皓：《唐刺史考全編》，卷一四一「杭州」，第1983頁；卷一三九「蘇州」，第1922～1923頁，合肥：安徽大學出版社，2000年。又景遐東將《憶江南》的寫作時間定為開成三年（838年），見景遐東：《白居易的江南情結》，收入氏著《江南文化與唐代文學研究》，北京：人民文學出版社，2005年，第336頁。而白居易《憶江南》三首，第一首是眾所皆知的「江南好，風景舊曾諳」。第三首說「江南憶，其次憶吳宮」，描繪就是在蘇州飲美酒賞歌舞的情形。

　　那麼，由這些繫名於江南的樂府詩中，是否可以再現一個江南場景，或據以揭示創作者的心理及其背後的時代流轉脈絡？對於前者，若將樂府詩作為完全的民俗資料來重建原始現場，大概會費時費力，事倍功半；至於後者，倒能從大多數詩作中看出，詩人的創作總受其所處大時代的文學背景和時代審美取向的影響。〔註 10〕更應注意的是，

〔註 10〕　在有關樂府詩與江南地域關係的研究中，直接以樂府《江南》為研討對象的是張鵬《樂府古辭〈江南〉考論》，文章分析了古辭產生的背景和音樂上的特點，說明先秦至唐的江南題材詩歌的產生原因及其在藝術表現上的嬗變，進而確認《江南可採蓮》古辭對江南文學意象形成的重要意義。文章開篇多有精彩推斷；只是中段以後行文結論稍顯倉促輕率（張鵬：《樂府古辭〈江南〉考論》，中國社會科學院研究生院碩士學位論文，2003 年）。若跳出樂府這一詩歌類型，景遐東《江南文化與唐代文學研究》是「第一本探討唐代江南文化特點和江南文學關係的專著」（陳尚君《序文》，第 5 頁），書中論證援引多方面史料，如詩文小說、筆記、碑刻、正史、方志等，論述與推導也皆見新意。此外，田曉菲在論述梁代「南、北」觀念的文化建構時，認為與代表「北方」的邊塞詩相對應，建構江南的是《採蓮曲》和《江南弄》等詩歌。她從詩歌意象、文學題材、欣賞偏好、詩人心理等入手分析，論證南朝詩人現實經歷和體驗的歡樂的江南，隨著隋征服南方而最終蒙上感傷的色彩（田曉菲：《烽火與流星：蕭梁王朝的文學與文化》，第 260～269 頁）。李浩以「地域」、「士族」、「家族」為研究切入點，認為由於自然地理和人文地理的不同，關中、山東和江南三大地域是唐代的三個文化中心，各自形成了獨特的文學傳統。唐代三大地域文學士族的靜態分布與動態遷徙，都受到本地域文化資源和政治資源的影響，同時也透露出歷史機運的潛轉暗換（前引李浩《唐代三大地域文學士族研究》）。張偉然則力圖從唐人自身的視角、以唐人的體認判斷為依據來劃分唐代的文化區域。他的唐代「江南」是在他所區分的唐代南方諸區的「江淮」地域中，是與淮南、江西並存的一個地域概念。江南的山水、植被、風俗與北方不同；而江南內部的吳、越、宣歙又存在明顯的文化、地域差異。（張偉然：《唐人心目中的文化區域及地理意象》，《唐代地域結構與運作空間》，371～384 頁）。田書注意內外、「你我之別」。李書從傳統的「家族」「士族」理論出發，分析一個文化機體內的三地特色傳統，理論辨析建構能力尤其精細。張文則是應用新理論新方法的典範。三者提供的視角、觀點都值得借鑒吸收。楊念群《何處是「江南」：清朝正統觀的確立與士林精神世界的變異》雖說敘述的是清朝早期「滿人」與「漢人」在「江南」地區爭奪「道統」的博弈過程，與本文敘述的歷史時段完全不同，其時段內「江南」

樂府作為一種有著自己經典傳承的特殊音樂歌詩類型，其濃厚的音樂情結和隱含的古題意識總在制約著後代詩人。〔註11〕由此，本文無意全面復原漢末至中唐的江南風貌，只嘗試以一種兼及文本及其後社會文化情緒的解讀方式，來敘述這段時期內以江南為題材的樂府詩中「江南」意象的形成及其流變。

一、漢末古辭《江南》中的勞作場景

上引漢樂府古辭《江南》，初看去只覺稚氣可人，不如後世同題作品情感細膩，敘述周全。若聯繫漢樂府本以敘事詩為大宗，並不追求講述的完整，也不渲染故事發生的大時代背景，往往只聚焦於生活中的某一場景、或者人物的某出行動、語言和細節，那麼，這首古辭確是僅僅選取採蓮這一勞動場景，聚焦於遊魚戲水的動態，敘述了水鄉生活與其間的愛情。

「魚」和「蓮」都是具有雙關象徵意義的特殊意象。相較而言，

的區域範圍與經濟文化社會發展水平與中古時期相比也有變化，但書中關注空間與地方關係、人地關係仍為本文提供了有意義的思路與視角。北京：三聯書店，2010 年。

〔註11〕錢志熙將樂府詩置於他對中國古代詩歌史的綜合考察中，從生命觀和接受史角度解釋樂府古辭的經典性，指出其世俗性與表演性的特質是源於樂府詩與整個漢代文化藝術系統的關聯。漢樂府是歌、樂、舞、戲劇結合的藝術體系，有其原始的實實在在的唱、演環境。（錢志熙：《漢魏樂府的音樂與詩》，第 8，69，138～139，172～173 頁。錢志熙：《樂府古辭的經典價值——魏晉至唐代文人樂府詩的發展》，第 61～74 頁。）吳相洲認為樂府是詩、樂、舞合一的立體藝術存在，文獻與音樂，曲調與題名、本事都是樂府研究要素。（吳相洲：《關於建構樂府學的思考》，《北京大學學報（哲學社會科學版）》，2006 年第 3 期，第 65～71 頁。）另可參顏慶餘：《論樂府古題的傳統》，收入吳相洲主編：《樂府學》（第二輯），北京：學苑出版社，2007 年，第 217～235 頁。又宇文所安認為「早期中國『古典詩歌』在多年以來被鑲嵌於一個以年代排序的敘事中，這一敘事有著強烈的歷史和文化的迴響」。早期古典詩歌的經典型是在「手抄本」的傳播形式下，由南朝齊梁時期的學者甄選完成的；也即早期古典詩歌在某種程度上「是齊梁文人的創造」。（美）宇文所安著；胡秋蕾，王宇根，田曉菲譯：《中國早期古典詩歌的生成》，北京：三聯書店，2012 年，第 2、4 頁。

「魚」的隱語之意在詩歌中出現得更早。聞一多先生稱：「在中國語言中，尤其在民歌中……以魚來代替『匹偶』或『情侶』的隱語……時代至少從東周到今天，地域從黃河流域到珠江流域，民族至少包括漢、苗、傜、僮，作品的種類有筮辭，故事，民間的歌曲和文人的詩詞」；「『江南可採蓮，蓮葉何田田，魚戲蓮葉間』……這裡是魚喻男，蓮喻女，說魚與蓮戲，實等於說男與女戲」。〔註12〕這裡暫不論「魚」之意，「蓮」在六朝時的確有女性和愛情的象徵意義，如吳聲《子夜歌》有「玉藕金芙蓉，無稱我蓮子」〔註13〕等等。王運熙先生認為這種雙關相諧是由於「吳歌的產生地域江南，是蓮花最繁盛的園地，從漢樂府古辭《江南可採蓮》直到後來無數的《採蓮曲》，在在都低回於這江南的名花；而吳歌的內容，十九又吟詠男女的互相憐愛；即景生情，從『蓮』到『憐』，從『蓮子』到『憐子』，正是極其自然的聯想」。〔註14〕但是《江南》古辭並不著力寫花，反寫蓮葉的田田之狀；而葉已如此，花更何堪。再接以遊魚東西南北的盤桓迴旋，一姿而百態，靈動熱鬧。如果創作歌詩者確有隱語所指之意，那麼在現實採蓮活動中，經由採蓮人連綿地疊唱與相和，實在是情采恣肆，餘味無窮。

而若將這首古辭還原到「饑者歌其食，勞者歌其事」的狀態，其曲譜聲調雖已不復可得，但歌辭的音樂文學痕跡卻可琢磨得出。魚戲蓮葉東、西、南、北四句可以看作是眾人歌唱的和聲，音節的斷續、輕重、反覆，全由演唱者他（她）們自由發揮。這種你我唱答，並不僅僅為了讚美「芳晨麗景」，或許也有通訊的實際功能。〔註15〕在後人所作的諸多《採蓮曲》中也能看出，採蓮貌似旖旎，風情無限，卻是有一定

〔註12〕 聞一多：《說魚》，收入《聞一多全集》，北京：三聯書店，1982年，第119，121頁。
〔註13〕 《樂府詩集》卷四四，第644頁。
〔註14〕 王運熙：《論吳聲西曲與諧音雙關語》之《附說二·論「蓮」、「憐」相諧的普遍》，《樂府詩述論》（增補本），第142頁。
〔註15〕 范子燁對《江南》古辭的實用功能與歌唱方式有詳盡的論述，本節寫作多受范先生文啟發。范子燁：《論〈江南〉古辭——樂府詩中的明珠》，收入吳相洲主編：《樂府學》（第二輯），第19～46頁。

危險，需要技術的辛苦勞作：

> 相催暗中起，妝前日已光。〔註16〕

> 平川映曉霞，蓮舟泛浪華。〔註17〕

> 人歸浦口暗，那得久回船。〔註18〕

> 晚日照空磯，採蓮承晚暉。〔註19〕

採蓮人早出晚歸，有時還得戴月而返：

> 採罷江頭月送歸。〔註20〕

> 採蓮歌有節，採蓮夜未歇。正逢浩蕩江上風，又值徘徊

江上月。〔註21〕

湖廣風急浪深：

> 風起湖難度，蓮多摘未稀。〔註22〕

> 漾楫愛花遠，回船愁浪深。〔註23〕

而採蓮又需要小船作業：

> 楫小宜回徑，船輕好入叢。〔註24〕

> 菱葉縈波荷颭風，荷花深處小船通。〔註25〕

但小舟進入茂密花叢中，不由得「相逢畏相失」，〔註26〕於是採蓮人往
往並著蓮舟，互相協助，「蕩舟無數伴，解纜自相催」。〔註27〕一首首
採蓮歌大概就是因為「亂入池中看不見，聞歌始覺有人來」。〔註28〕至

〔註16〕〔陳〕後主：《採蓮曲》，《樂府詩集》卷五○，第732頁。
〔註17〕〔梁〕沈君攸：《採蓮曲》，《樂府詩集》卷五○，第732頁。
〔註18〕〔梁〕簡文帝：《江南思》二首之一，《樂府詩集》卷二六，第385頁。
〔註19〕〔梁〕簡文帝：《採蓮曲》二首之一，《樂府詩集》卷五○，第731頁。
〔註20〕〔唐〕王昌齡：《採蓮曲》三首之一，《樂府詩集》卷五○，第734頁。
〔註21〕〔唐〕王勃：《採蓮歸》，《樂府詩集》卷五○，第736頁。
〔註22〕〔梁〕簡文帝：《採蓮曲》二首之一，《樂府詩集》卷五○，第731頁。
〔註23〕〔唐〕戎昱：《採蓮曲》二首之一，《樂府詩集》卷五○，第734頁。
〔註24〕〔梁〕劉緩：《江南可採蓮》，《樂府詩集》卷二六，第390頁。
〔註25〕〔唐〕白居易：《採蓮曲》，《樂府詩集》卷五○，第735頁。
〔註26〕〔唐〕崔國輔：《採蓮曲》，《樂府詩集》卷五○，第733頁。
〔註27〕〔隋〕殷英童：《採蓮曲》，《樂府詩集》卷五○，第733頁。
〔註28〕〔唐〕王昌齡：《採蓮曲》三首之二，《樂府詩集》卷五○，第734頁。

於互相提醒東西南北，應該就是告訴夥伴自己所在的位置，瞭解對方舟行何處。你唱我和，彼此應答，於是，在「秋風日暮南湖裏，爭唱菱歌不肯休」了。〔註29〕

其實，如果對比後人，特別是唐人抒寫江南採蓮時的纖穠有度，漢樂府古辭《江南》確實只算是斷片式記錄。樂府詩的江南敘述由漢而唐的流變，轉折應在梁武帝改西曲而制《江南弄》。雖說吳、晉宋、齊關於江南地區的樂府詩代有不絕，但畢竟篇什零散、數量寡少，且風格特徵並不突出，而梁武帝及其二子以當時實際文壇領袖的地位，影響了一大批文人的創作。他們對於這一曲題的改造，從文字到句式，從景物、人物形象到審美情調，都和古辭有了大不同，形成了自己的標誌樣貌；而他們的這些作品，又開啟了後世文人對這一區域寫作的小傳統。

二、蕭梁《江南弄》雅化「江南」

《樂府詩集》卷五〇《清商曲辭·江南弄上》，《江南弄》七首題解：

> 《古今樂錄》曰：「梁天監十一年冬，武帝改西曲，制《江南上雲樂》十四曲，《江南弄》七曲：一曰《江南弄》，二曰《龍笛曲》，三曰《採蓮曲》，四曰《鳳笛曲》，五曰《採菱曲》，六曰《游女曲》，七曰《朝雲曲》。又沈約作四曲：一曰《趙瑟曲》，二曰《秦箏曲》，三曰《陽春曲》，四曰《朝雲曲》，亦謂之《江南弄》云。」〔註30〕

一般而言，所謂「製作」即是上層貴族文人採擇流行的民歌，加以潤色，改動曲調，配以合適的音樂。具體到《江南弄》系列，表現為學習民間歌謠的句式用語，配合文人的審美、見識，描繪作者印象裏的江南地域。

〔註29〕〔唐〕戎昱：《採蓮曲》二首之二，《樂府詩集》卷五〇，第734頁。
〔註30〕《樂府詩集》卷五〇，第726頁。

（一）語言與風情

第一曲《江南弄》：

> 《古今樂錄》曰：「《江南弄》三洲韻。和云：『陽春路，
> 娉婷出綺羅。』」

> 眾花雜色滿上林，舒芳耀綠垂輕陰。連手躞蹀舞春心。
> 舞春心，臨歲腴，中人望獨踟躕。〔註31〕

梁武帝的七曲《江南弄》都是這樣的七言加三言的雜言體，七言的最後
三字與三言的首句形成民歌中常用的頂針格，加上和聲的三、五言相
繼，長短錯落，分外婉媚。

民歌的影響不僅在句式上，更明顯的是語言風格。如梁元帝蕭繹
的《採蓮曲》：

> 碧玉小家女，來嫁汝南王。蓮花亂臉色，荷葉雜衣香。
> 因持薦君子，願襲芙蓉裳。〔註32〕

前四句的用語與吳聲西曲類似，沒有排比、疊字等修辭技巧，即便三、
四句的對句，也無人工痕跡。如與劉宋何承天的寫景句「洪波迅澓，載
逝載停」〔註33〕和蕭齊王融的抒懷句「彼美如可期，寤言紛在矚」〔註
34〕相較，蕭繹的這首用的實在是淺語。

當然，貴族文人學習民歌總是有限度的。齊梁文人領袖沈約在《江
南弄》四首之《陽春曲》中寫到：

> 楊柳垂地燕差池，緘情忍思落容儀。〔註35〕

「緘情忍思」的自持正是貴族文人在情感表達上的持重。可以想見，晉
宋年間，樂工們初次在宮廷或邊鎮的宴集上表演這些俗樂時，或許就

〔註31〕〔梁〕武帝：《江南弄》，《樂府詩集》卷五〇，第726頁。另，按《江
　　　　南弄》其他六首的模式，最後一句「中人望獨踟躕」似應為「中人望，
　　　　獨踟躕」。
〔註32〕《樂府詩集》卷五〇，第731頁。
〔註33〕〔宋〕何承天：《巫山高篇》，《樂府詩集》卷一九，第288頁。
〔註34〕〔齊〕王融：《巫山高》，《樂府詩集》卷一七，第238頁。
〔註35〕《樂府詩集》卷五〇，第730頁。

已經對它們作了辭、曲上的調整，使之能登大雅之堂。而文士的改制，則是一種更自覺、目的性和指向性更明確的雅化。上引梁武帝和梁元帝的詩，在學習民歌清新的同時，構思和取象都比原始民歌機巧，感情上則偏向含蓄溫和。

　　《樂府詩集》中收錄的《江南弄》諸篇，梁時作者多為帝王、皇子、藩王及其近臣。嚴格說來，梁代並非像東晉那樣由幾個大的門閥士族把持朝政，但士族仍是社會的主體，特別是在文化藝術活動中，他們絕對居於壟斷地位，這就使得梁代終究還是一個士族意識占審美意識主導的社會。《顏氏家訓‧文章篇》：「何遜詩實為清巧，多形似之言；揚都論者，恨其每病苦辛，饒貧寒氣，不及劉孝綽之雍容也。」〔註36〕何遜出身次門，升遷較慢，不免在詩中流露出蹭蹬下僚的忿然悽楚。〔註37〕劉孝綽起家著作佐郎——可見其門第，以詩文為名流所重。除秘書丞時，「高祖謂舍人周舍曰：『第一官當用第一人。』故以孝綽居此職」。〔註38〕顏之推回憶當時建康文壇欣賞劉孝綽的從容華貴，貶低何

〔註36〕 王利器撰：《顏氏家訓集解》（增補本），卷四，北京：中華書局，1993
　　　　年，第298頁。文中注「苦辛」或為「苦卒」、「辛苦」之誤，引《續金
　　　　針詩格》釋：「容易句，率意遂成。辛苦句，深思而得。」又注「貧寒」
　　　　之「寒」為「衰冷無氣焰」，「雍容」為「閒和」。則顏氏與當時首都一
　　　　些論詩者認為何遜作詩時多深思，少率意，詩氣多衰冷，少閒和。而注
　　　　中又引宋人黃伯思、明人焦竑論何遜詩，列出何詩中多秀拔雄古之佳
　　　　句，以為當時的顏黃門對何遜的評價「太貶」「失實」。第299～301頁。
〔註37〕 《梁書》卷四九《文學‧何遜傳》，第693頁。同傳又記：「初，遜文
　　　　章與劉孝綽並見重於世，世謂之『何劉』。世祖（蕭繹）著論論之云：
　　　　『詩多而能者沈約，少而能者謝朓、何遜。』」可見當時就有將何、劉
　　　　二人文才相提並論之說，何遜的詩力甚至在某些品評中更勝一籌。而
　　　　何遜在贈與親友的若干詩歌裏確實表露出對自身狀況的不滿，如《贈
　　　　諸遊舊詩》：「弱操不能植，薄伎竟無依。淺智終已矣，令名安可希。
　　　　擾擾從役倦，屑屑身事微。」《仰贈從兄興寧寘南詩》：「家世傳儒雅，
　　　　貞白仰餘徽。宗派已孤狹，財產又貧微。棲息同蝸舍，出入共荊扉。」
　　　　見逯欽立輯校：《先秦漢魏晉南北朝詩》，《梁詩》卷八，北京：中華書
　　　　局，1983年，第1685、1686頁。
〔註38〕 《梁書》卷三三《劉孝綽傳》，第480頁。同傳又記「孝綽辭藻為後進
　　　　所宗，世重其文，每作一篇，朝成暮遍，好事者咸諷誦傳寫，流聞絕

遜的苦寒之氣，也就在於前者符合了當時貴遊子弟雍容爾雅的審美趣味，而後者的躁進、苦悶是為他們所鄙夷的。

　　在《江南弄》及其和作中，流露的也就是這種婉轉安逸的情調。詩人筆下的江南生活既是他們耳聞目睹、親身經歷的，又是其精神所寄託的，更多的是這些貴族文士對民間勞動情狀的單向度的想像。正如江淹所作《採菱曲》：

　　　　秋日心容與，涉水望碧蓮。紫菱亦可採，試以緩愁年。
　　〔註39〕

在這裡，一個「亦」字就透露出採菱本身並不是最緊要的事，或許有些徘徊猶豫，但觀賞的舉動已經能夠化解愁悶，使作者的心境歸於「容與」、閒適了。

（二）景物與人物

　　在民歌樂府中，單獨的景物描寫通常不多，對景物的摹寫一般是作為其後篇章起興的工具。如吳聲《子夜春歌》：「明月照桂林，初花錦繡色。誰能不相思，獨在機中織。」寫月下花色，是為寫相思。西曲《孟珠》：「陽春二三月，草與水同色。攀條摘香花，言是歡氣息。」「陽春二三月，草與水同色。道逢遊冶郎，恨不早相識。」寫初春草色，也是為寫歡聚。〔註40〕晉宋文人樂府裏，對景物的描寫偏向求大求全，詩人更多地是在景物外圍作靜態觀察。如何承天描述的「巫山高，三峽峻。青壁千尋，深谷萬仞」，就應是觀景人選取了一個較遠的視角對巫山所作的全景式的描繪。〔註41〕而在梁代詩人筆下，景物的獨立審美價值被發現，魚和蓮漸漸脫離了古辭的隱語意義，成為充滿自然氣息

　　　　域」，第483頁。另，《樂府詩集》錄有他的《棹歌行》一首：「日暮楚江上，江深風復生。所思竟何在，相望徒盈盈。舟子行催棹，無所惜流聲。」（卷四〇，第594頁）情深言淺，頗類古詩十九首，而筆調仍是平靜含蓄的。

〔註39〕《樂府詩集》卷五一，第740頁。
〔註40〕《樂府詩集》卷四四，第645頁；卷四九，第714頁。
〔註41〕《樂府詩集》卷一九《巫山高》，第288頁。

的觀察對象。並且,詩人在構思寫景上比前代更注重觀察的角度,在詩作構建起的時空關係中,欣賞者是貼近觀察對象來作細細地賞鑒。如吳均的《採蓮曲》:

> 江南當夏清,桂楫逐流縈……荷香帶風遠,蓮影向根生。
> 葉卷珠難溜,花舒紅易傾。〔註42〕

若非俯首傾身,是不可能看到清水下透迤至荷竿根部的蓮影和滯留於尖角嫩荷葉面上的水珠的,而江南夏日湖池裏紅花的舒展與綠葉的捲曲,色彩與形態適成對比。這種細微的動態之景,使詩歌的圖像性更濃鬱,流動性更鮮活。〔註43〕

晉宋以來在山水詩寫作上有「山水以媚道」的心得,山水是觸發玄理、體驗自然之道的媒介。樂府江南詩和採蓮詩雖然因其題材和主題所限,大半篇幅都集中於採蓮女性的摹寫上,寫景並不能如山水詩般的指物賦形,但一二寫景句總會以活潑的動態美來配合詩中的人物形象,使整首詩呈現出一種明麗輕快的風格。

在古辭《江南》裏,採蓮人的性別、身份都是模糊的;而從湖面作業的難度考量,男性的參與並非不可能的事。晉宋時吳地《神絃歌》中有《採蓮童曲》:「泛舟採菱葉,過摘芙蓉花。扣楫命童侶,齊聲採蓮歌。」〔註44〕可見在實際採蓮採菱工作裏,少年男子也會參加。但在梁代詩人的江南描寫中,這項生產勞動專門留給了年輕女性:

> 遊戲五湖採蓮歸,發花田葉芳襲衣。為君儂歌世所希。
> 世所希,有如玉。江南弄,採蓮曲。(《古今樂錄》曰:「《採
> 蓮曲》,和云:『採蓮渚,窈窕舞佳人。』」)〔註45〕

〔註42〕〔梁〕吳均:《採蓮曲》二首之一,《樂府詩集》卷五〇,第732頁。
〔註43〕吳先寧在研究庾信青年階段身處的文學背景時,認為梁代作家受當時繪畫理論的影響,以畫法作詩,融畫境入詩,繪畫領域的審美趣味擴展到了文學領域。見氏著《北朝文化特質與文學進程》,北京:東方出版社,1997年,第103~120頁。
〔註44〕《樂府詩集》卷四七,第685頁。
〔註45〕〔梁〕武帝:《採蓮曲》,《樂府詩集》卷五〇,第727頁。

　　　　江南稚女珠腕繩，金翠搖首紅顏興。桂棹容與歌採菱。

歌採菱，心未怡，臂羅袖，望所思。（《古今樂錄》曰：「《採

菱曲》，和云：『菱歌女，解佩戲江陽。』」）〔註46〕

　　　　桂棹蘭橈浮碧水，江花玉面兩相似。蓮疏藕折香風起。

香風起，白日低，採蓮曲，使君迷。（和云：「《採蓮歸》，淥

水好沾衣。」）〔註47〕

　　　　妾家五湖口，採菱五湖側。玉面不關妝，雙眉本翠色。

〔註48〕

自從這些容貌清麗、衣袖籠香的少女自梁代起如此集中地出現在荷菱
縱橫的湖泊池塘之上，後世詩人的採蓮採菱曲中，江南就尤其關聯著
這些女子：

　　　　妾家越水邊，搖艇入江煙。既覓同心侶，復採同心蓮。

（唐・徐彥伯《採蓮曲》）〔註49〕

　　　　吳姬越豔楚王妃，爭弄蓮舟水濕衣。（唐・王昌齡《採

蓮曲》三首之一）〔註50〕

　　　　若耶溪傍採蓮女，笑隔荷花共人語。日照新妝水底明，

風飄香袖空中舉。（唐・李白《採蓮曲》）〔註51〕

梁代詩人將年輕女子與江南代表性的採蓮活動相聯繫並固定化，成為
程序性的聯想結構，僅就這一抒情模式來看，是已經為後人肯定和承
繼了的。

　　　但如果細看梁代江南詩中的女子，她們的舟楫工具，她們的妝扮
行為，都並非尋常的江上女子：

〔註46〕〔梁〕武帝：《採菱曲》，《樂府詩集》卷五〇，第727頁。
〔註47〕〔梁〕簡文帝：《採蓮曲》，《樂府詩集》卷五〇，第729頁。
〔註48〕〔梁〕費昶：《採菱曲》，《樂府詩集》卷五一，第740頁。
〔註49〕《樂府詩集》卷五〇，第733頁。
〔註50〕《樂府詩集》卷五〇，第734頁。
〔註51〕《樂府詩集》卷五〇，第733頁。

> 沙棠作船桂為楫。〔註52〕
>
> 桂楫蘭橈浮碧水。〔註53〕
>
> 桂棹浮星艇。〔註54〕
>
> 錦帶雜花鈿，羅衣垂綠川。〔註55〕
>
> 露花時濕釧，風莖乍拂鈿。〔註56〕

她們以沙棠為船，以蘭桂為楫，花鈿錦帶，金翠搖首，珠腕玉面，羅裙垂川。既不方便，又不安全。她們會因為「看妝礙荷影」，叨念著「洗手畏菱滋」。〔註57〕採蓮、採菱不是為了真正的生計，貴氣和嬌柔的做派底下，水上活動說到底不過是「戲」而已：「金槳木蘭船，戲採江南蓮」。〔註58〕

　　梁代寫作《江南弄》的詩人們日常接觸的不過是宮人、樂伎，即便吳聲西曲等民間歌謠傳入了宮廷，詩人對這些歌詩的內容、民間的傳統和文化淵源未必能有真切的把握。所以在作《江南弄》時，體式和語言可以向民歌學習，勞動細節也可以從民歌中找到模型，但要摹寫主人公的服飾、裝扮、舉止等等就只能從他們周遭的現實中取材，採蓮女身上的宮廷貴族氣也便順理成章地出現了。而這種舟上歡愉的活動原型大概就是宮中行樂的場景，它的發生地，最有可能是在東宮玄圃園濬池。

　　玄圃原是子書上記載的神仙居所。〔註59〕至遲在西晉武帝泰始七

〔註52〕　〔梁〕元帝：《烏棲曲》六首之三，《樂府詩集》卷四八，第696頁。

〔註53〕　〔梁〕簡文帝：《採蓮曲》，《樂府詩集》卷五〇，第729頁。

〔註54〕　〔梁〕簡文帝：《採菱曲》，《樂府詩集》卷五一，第740頁。

〔註55〕　〔梁〕吳均：《採蓮曲》二首之二，《樂府詩集》卷五〇，第732頁。

〔註56〕　〔梁〕劉孝威：《採蓮曲》，《樂府詩集》卷五〇，第731頁。

〔註57〕　〔梁〕朱超：《採蓮曲》，《樂府詩集》卷五〇，第731頁。

〔註58〕　〔梁〕劉孝威：《採蓮曲》，《樂府詩集》卷五〇，第731頁。

〔註59〕　〔唐〕歐陽詢撰；汪紹楹校：《藝文類聚》，卷六五《產業部・圃》「《淮南子》條」：「崑崙山有曾城九重，其高萬一千里，懸圃涼風在崑崙之中」，上海：上海古籍出版社，1999年第2版，第1165頁。同篇《穆天子傳》條」敘述更細：「春山之澤，清水出泉，溫和無風，飛鳥百獸之所飲，先王之所謂懸圃」，第1165頁。

年（271 年），洛陽東宮北面已開闢出玄圃園，〔註60〕園內的池子裏生長著蓮花，「東宮玄圃池芙蓉二花一蒂，皇太子以獻」。〔註61〕大概在當時的洛陽蓮花是觀賞性花卉，並蒂蓮被視作祥瑞而特別記錄下來。愍懷太子入住東宮後，玄圃成為皇子及親近的大臣們的公讌之地，陸機和潘尼都曾在皇太子玄圃聚會中依令賦詩。〔註62〕劉宋時，建康城內東宮裏的玄圃或許就是繼承自東晉的故園。在南方生活已久的皇室，仍把玄圃池中生長的嘉荷作為吉兆：「（宋文帝）元嘉二十二年（445 年）七月，東宮玄圃園池二蓮同幹，內監殿守舍人宮勇民以聞」；「（宋明帝）泰始六年（470 年）六月壬子，嘉蓮生東宮玄圃池，皇太子以聞」，〔註63〕大概也是遵循著西晉的舊例。

　　齊梁的兩位太子依照自己的偏好，大力開拓玄圃園，使之成為山水甲地、賞遊嘉所。《南齊書》卷二一《文惠太子傳》：「（太子）風韻甚和，而性頗奢麗。……開拓玄圃園，與臺城北塹等。其中樓觀塔宇，多聚奇石，妙極山水」。〔註64〕鍾情山水的梁昭明太子又依自己喜好，「於玄圃穿築，更立亭館，與朝士名素者遊其中」。〔註65〕這個園圃規模頗

〔註60〕　《文選》卷二〇《公讌詩》，陸機《皇太子讌玄圃宣猷堂有令賦詩》注引楊佺期《洛陽記》：「東宮之北曰玄圃園。」〔梁〕蕭統編〔唐〕李善注：《文選》，上海：上海古籍出版社，1986 年，第 947 頁。

〔註61〕　《宋書》卷二九《符瑞志》繫其事於「（晉武帝）泰始七年六月己亥」，北京：中華書局，1974 年，第 836 頁。

〔註62〕　《文選》卷二〇《公讌詩》，陸機《皇太子讌玄圃宣猷堂有令賦詩》注引王隱《晉書》：「愍懷太子遹，字熙祖，惠帝即位，立為皇太子」，第 947 頁。《初學記》卷一〇《皇太子》「玄圃」條：「潘尼詩序：七月七日，皇太子會於玄圃園，有令賦詩。」〔唐〕徐堅：《初學記》，北京：中華書局，1962 年，第 230 頁。逯欽立輯校《先秦漢魏晉南北朝詩》錄有此詩全文，中有「嘉禾茂園，芳草被疇。於時我後，以豫以遊」二句，描述夏秋之交草木繁茂時的遊宴之旅（《晉詩》卷八，潘尼《七月七日侍皇太子宴玄圃園詩》，第 765 頁）。《晉書》卷五五《潘岳傳》：「元康初，（潘尼）拜太子舍人」，北京：中華書局，1974 年，第 1510 頁。

〔註63〕　《宋書》卷二九，《符瑞志》，第 835 頁。

〔註64〕　《南齊書》，北京：中華書局，1972 年，第 401 頁。

〔註65〕　《梁書》卷八《昭明太子傳》，第 168 頁。

大，有小丘、林地、浦渚、曲澗，穿插以臺閣、虹橋，點綴著楊樹、桂樹、梅花、蘭草。〔註66〕奇趣而自然，使皇子和一眾南方文人對此處讚歎不已，流連往復。〔註67〕

圃內水域面積不小，昭明太子「嘗泛舟後池，番禺侯軌盛稱『此中宜奏女樂』。太子不答，詠左思《招隱詩》曰：『何必絲與竹，山水有清音。』侯慚而止」。〔註68〕這位太子才子氣極重，聲樂非其所好。而按蕭軌所言，通常宗室貴戚遊賞中是有女樂為伴的。至於這個後池，蕭繹和王褒分別留下了工筆劃似的細緻描摹：

> 竊以增城九重，仙林八樹，未有船如鳴鶴，時度宓妃，橋似牽牛，能分織女。丹鳳為群，紫柱成迥，清風韻響，即代歌仙。桂影浮池，仍為月浦，璧月朝暉，金樓啟扉。畫船向浦，錦纜牽磯，花飛拂袖，荷香入衣。山林朝市，並覺忘歸。（梁・元帝《玄圃牛渚磯碑》）〔註69〕

> 長洲春水滿，臨泛廣川中。石壁如明鏡，飛橋類飲虹。垂楊夾浦綠，新桃緣迳紅。對樓還泊岸，迎波暫守風。漁舟釣欲滿，蓮房採半空。於茲臨北闕，非復坐牆東。（周・王褒《玄圃濬池詩》）〔註70〕

由蕭繹詩中的畫船錦纜、花飛荷香和王褒詩中的漁舟蓮房，回想前引梁代文人筆下的採蓮、採菱曲，他們確實是在這樣精心布置的自然中，

〔註66〕《藝文類聚》卷三《歲時部・冬》，「梁簡文帝《玄圃寒夕詩》條」，第56頁；卷五《歲時部・熱》，「梁簡文帝《玄圃納涼詩》條」，第89頁；卷六五《產業部・圃》，「梁庾肩吾《從皇太子出玄圃詩》條」，第1165頁。

〔註67〕玄圃也是梁代皇室講經地之一，見《藝文類聚》卷七六《內典部・內典》，「梁昭明太子《玄圃講詩》條」，第1297頁；「梁簡文帝《玄圃園講頌》條」，第1301頁。另《梁書》卷四《簡文帝紀》記：「高祖所制《五經講疏》，（簡文帝）嘗於玄圃奉述，聽者傾朝野」，第109頁。

〔註68〕《梁書》卷八《昭明太子傳》，第168頁。

〔註69〕《藝文類聚》卷七《山部・總載山》，第129頁。

〔註70〕《藝文類聚》卷九《水部・池》，第172頁。

借助這種大型的奢華的工具賞玩著「江南」美景，這便是他們詩歌中的
「江南」母本。

　　《南史》卷五三《梁武帝諸子傳》另記昭明太子一事：「（中大通）
三年（531年）三月，遊後池，乘雕文舸摘芙蓉。姬人蕩舟，沒溺而得
出，因動股，恐貽帝憂，深誠不言，以寢疾聞」。〔註71〕昭明太子因採
蓮落水不治身亡，僅見於《南史》，李延壽當有所據，如果所據可靠，
那麼，當初太子和宮人乘坐著同樣由宮姬駕馭的彩繪花紋大船，泛舟
於綠荷紅蓮之中，人面芙蓉，且賞且採，是何等風流；只是太子終非舟
上漁郎，姬人更非熟練船工，於是這位擅長狀描江南美景的文學舵主，
終於成了他親自主持構建的實物的更是文學上的「江南」的犧牲。《梁
書》、《南史》本傳都稱昭明太子病重時竭力隱瞞病情，不使梁武帝知
曉，據說是「恐貽帝憂」，甚至「武帝敕看問，輒自力手書啟」，以免父
皇擔心，突出其孝思。〔註72〕大概也有為了避免事故責任的追究，以
保護作為「江南」意象中重要元素的女性「蕩舟」者和採蓮人的考量。

　　因此，遊戲採蓮的「江南」及其蘊含的現實和文化意義是僅囿於
一定範圍內的。優美中點綴野趣，正是當時上流審美所欣賞的意味，雅
文化意義上的江南建構逐步形成。

（三）實寫與虛指

　　回看梁代樂府《江南弄》系列，即使間或有佳作能描繪出湖上採
蓮的實景，但詩中的採蓮女大多是虛化而無個性的。若要說有生氣的，
與其說是人物，不如說是整個情境，是整個情境的生動提點了其中人
物的生動。

　　然而，這些舟上少女在這個區域文化中的角色又是難以替代的。
這不單來自後世對這一地區女性地位的認同，〔註73〕就在當時，詩中

〔註71〕《南史》，北京：中華書局，1975年，第1311頁。
〔註72〕《梁書》，第169頁；《南史》，第1311頁。
〔註73〕小田先生在《江南場景》一書中對清末民初江浙農家婦人的生活作了
　　　　社會學意義上的闡述，認為她們為自己所生活的環境創造了人文氣

對她們的描繪也多少有其真實的一面。自然，她們的不真實來自細節
的不真實，經不起推敲，而除去這種因裝飾性而引發的懷疑外，少女乘
舟採蓮於湖上的行為確實是江南的典型景觀之一。當這些少女被作為
藝術典型形象經創造而呈現於詩歌中，而非實錄性地記錄在史書上時，
對其懷疑就有些苛刻了；因為湖上景色是真實的，整個畫面所傳遞出
的也正是作為一種象徵的江南生活。

　　換個角度說，作為一般的底層生活者，這些女性和她們所經歷的
日常生活，在農業文明條件下，多半不會被一二重大變故打斷，即便
有，也能快速地自我調節並恢復到原來的、循環的生命運行中。《江南
弄》中描繪的舟上少女就生活在日常時空範疇的背景中。不同的歷史
時段，不同的人群，有不同的生活節奏與頻率；梁代樂府「江南」詩摒
棄了劇烈變化，沒有大人物，沒有大事件，其間社會結構相對固定，時
代氛圍也頗為類似；詩歌展示的是日常生活時間裏的江南：恒常的、重
複的、靜止的時間狀態，生生不息的日常生活。

　　因而，大部分六朝樂府江南詩，是不適合作為研究當時一定區域
內政治經濟社會狀況的史學補充材料的。詩中的少女有特定的生活背
景，卻難以作為一定時空內的過往的存在。出現在這個背景中的，不是
某一個人，而是某類人；上演的不是這件或那件事，而是某類常態化的
行為。在這些類型化情境中，很難探求她們的所說所想，呈現的多是那
個時代的風貌；隱藏在個體背後的，是圍繞著每個少女形象的抽象的
江南意象。而奇妙的是，由單個特定的略帶非現實性的意象構成的，是
整體呈現出的一種充滿作者真切感情的區域生活狀態。更有意思的是，
當舟上採蓮少女的模式在詩中固化後，我們在考察現實生活時，也覺
得這種模式是穩定又容易體察和想像的，敘述與現實交互影響，迷離
莫測。

　　息、地域特色和社群結構。詳見小田：《江南場景：社會史的跨學科對
話》，上海：上海人民出版社，2007年，第24～47頁。本節對舟上少
女「日常生活時空」的描述多受此書啟發。

所以，雖然我們明白吳越之地自有其峭拔之性，如《晉書・華譚傳》所述「吳阻長江，舊俗輕悍」，「吳人易動」，〔註74〕江南的民風在晉初依然強悍；翻看晉宋時的吳聲西曲，更不是一味的沖和。而齊梁陳文人江南詩的整體風格偏於陰柔與嫻靜，這對後世的江南寫作和後人對江南觀感的形成應有其特殊的影響。由梁代文人提取自古辭《江南》並加以個人理解的一個關鍵意象：採蓮少女乘舟蕩漾於蓮花盛放的湖池之上，此意象與此區域的匹配度是被後世文人用不斷的吟詠來證實並強化了的。至於舟上少女能否代表當時俗世中的江南全貌，不得而知。但由後人的書寫來看，它已經代表了江南的一個面相，並且是相當為人認可的一面。而相應的，其他面相就弱化了，某些文化史範圍內的意義探究也隨之模糊或缺失。歷史生活遠比輾轉留下的歷史記載豐富曲折，這自然讓人深感可惜，卻也是試圖再現歷史的後來者莫可奈何的。

三、中唐回歸風土的「江南」

文學的轉變一在文學方向的轉換，一在特殊歷史環境對詩人生存境遇和心理心態的影響。中唐無論於文學或歷史而言，都是一個關鍵性轉折，〔註75〕這已是治唐代文學和唐史者的共識。而在樂府詩創作上，中唐趨俗尚異的世俗化傾向，使詩人們對風土鄉情懷有獨特的好奇，所至之處，細考風俗民情，歌詠於篇。於是包羅萬象的風俗新題材迭出，而那些相似的題材，不同詩人的詩作也多能做到面貌各異。〔註76〕有的觀風土者不僅擁有本土眼光，又遊歷各地，交通上下，這使他

〔註71〕　《晉書》卷五二，第1450頁。

〔註75〕　陳寅恪先生對中唐的史學定位眾所周知，「唐代之中可分前後兩期，前期結束南北朝相承之舊局面，後期開啟趙宋以降之新局面，關於政治社會經濟者如此，關於文化學術者亦莫不如此。」《論韓愈》，收入氏著《金明館叢稿初編》，北京：三聯書店，2001年，第332頁。

〔註76〕　參見劉航對中唐風俗詩的研究，特別是她對中唐樂府「風俗內涵」新思路的開掘。劉航：《中唐詩歌嬗變的民俗觀照》，北京：學苑出版社，2007年第2版，第155～181頁。

們更能瞭解「當地」生活的內在價值，他們所選擇入詩的事象也就尤其
值得體味了。

曾隱於南方的鮑溶〔註77〕有兩首《採蓮曲》：

> 弄舟掲來南塘水，荷葉映身摘蓮子。暑衣清淨鴛鴦喜，
> 作浪舞花驚不起。殷勤護惜纖纖指，水菱初熟多新刺。

> 採蓮掲來水無風，蓮潭如鏡松如龍。夏衫短袖交斜紅，
> 豔歌笑鬥新芙蓉，戲魚住聽蓮花東。〔註78〕

雖然鮑溶如六朝詩人一樣對採蓮女的纖纖細指愛護憐惜，但作為江南
本地生活者，他尤為細緻地寫出了水菱初熟時的新刺，和採蓮女子身
著短袖夏衫，便於採摘的勞作中的模樣。在梁陳與中唐樂府江南詩作
之間，鮑溶的《採蓮曲》可看作是一個承上啟下的典型。

（一）新的疆土

張籍的《江南曲》像是一位初來乍到者的旅行記錄：

> 江南人家多橘樹，吳姬舟上織白紵。土地卑濕饒蟲蛇，
> 連木為牌入江住。江村亥日常為市，落帆渡橋來浦裏。青莎
> 覆城竹為屋，無井家家飲潮水。長干午日沽春酒，高高酒旗
> 懸江口。倡樓兩岸懸水柵，夜唱竹枝留北客。江南風土歡樂
> 多，悠悠處處盡經過。〔註79〕

對比之前「江南」系列，標誌人物（舟上少女）和標準行為（採蓮）都
不在了，從詩中看到的是江南村鎮人家的家居環境，交易方式，交通工
具，屋宇材質，生意手段，交流方式等等，這種與中原或南方中心城市
不同的生存方式，在在都使來自另一種文化氛圍中的詩人〔註80〕感到

〔註77〕鮑溶在新舊唐書中無具體事蹟記載，僅《新唐書》卷六〇《藝文志》
集部類錄有「《鮑溶集》五卷」（《新唐書》，北京：中華書局，1975年，
第1605頁）。鮑溶的事蹟及遊歷參見研究者專文，如高崎：《鮑溶簡論
（附：鮑溶詩集校注）》，首都師範大學碩士學位論文，2007年。
〔註78〕《樂府詩集》卷五〇，第735頁。
〔註79〕《樂府詩集》卷二六，第389頁。
〔註80〕徐禮節：《張籍故鄉與南遊考辨》，《安慶師範學院學報（社會科學版）》

新鮮乃至驚異。雖然少年成長於姑蘇，張籍對南方土地卑濕和多蟲多蛇應是有所瞭解，但輕微的不適未作掩飾，因為終歸，別樣又熟悉的江南還是讓詩人感覺到歡愉。

　　這首《江南曲》在當時評價頗高，稱為「妙絕」，可見書寫風土的時尚所在。誠然，此詩與前人的江南習作同樣的清新宛轉，但它為時人歡作「妙」處的，或許在於張籍一反傳統《江南曲》嫵媚的風情，以白描凸顯江南別樣的土風民俗，別開生面，耳目一新。

　　「少為江南客」〔註81〕的劉禹錫也有一首《採菱行》：

　　　　白馬湖平秋日光，紫菱如錦綵鷺翔。蕩舟游女滿中央，採菱不顧馬上郎。爭多逐勝紛相向，時轉蘭橈破輕浪。長鬟弱袂動參差，釵影釧文浮蕩漾。笑語哇咬顧晚暉，蓼花綠岸扣舷歸。歸來共到市橋步，野蔓繫船萍滿衣。家家竹樓臨廣陌，下有連檣多估客。攜觴薦芰夜經過，醉踏大堤相應歌。屈平祠下沉江水，月照寒波白煙起。一曲南音此地聞，長安北望三千里。〔註82〕

這首樂府不但將場地轉移到漢代江南的典型地域瀟湘，還轉換了以往《採蓮》、《採菱》曲的觀察角度，再越過相思相戀主題，採菱女和馬上郎都不是重點了，詩的重心放到了採菱歸來交易買賣的情節上：「歸來共到市橋步，野蔓繫船萍滿衣。家家竹樓臨廣陌，下有連檣多估客。」竹樓下夜市裏的賈客，這個有心的細節使採菱回到了水鄉的真實生活中，而不僅是由閱讀經典作品而習得的一個標誌場景。

　　張籍、劉禹錫的江南詩是詩人對江南生活獨特體驗的呈現。張籍本是吳人，詩中的描繪具體而微，但透露的卻似一位外來者對某種特異甚至不無落後的生活方式、义化氛圍的新奇和疏離。劉禹錫籍屬彭

　　　　　第 26 卷第 1 期，2007 年 1 月，第 28～32 頁。

〔註81〕陶敏，陶紅雨校注：《劉禹錫全集編年校注》，卷六《金陵五題》序文，長沙：嶽麓書社，2003 年，第 390 頁。

〔註82〕《樂府詩集》卷五一，第 741 頁。

城，得名後曾遊幕淮南，在長安政治失勢後南貶洞庭湖畔的朗州，因而
也是一個廣義的江南人。他筆下的江南也是寫實的，而且是工筆的，但
從「一曲南音此地聞，長安北望三千里」，可見也有一種置身記敘對象
之外的疏離感。這種疏離體現在詩中，是一種遊記似的獵奇，一種熟悉
的陌生，有一種對於有異於自身階層的生產生活方式和文化樣式的外
在和客觀，因而詩人心境平和；因而寫湖鄉景色、居處特徵時往往都著
眼眼前，細緻入微，對地方人文和歷史則著墨不多。〔註83〕他們的樂
府江南詩是可以當作另一種形式的地方志看待的。在這種特殊的視角
下，他們為江南意象提供了新的元素，比如其他樂府詩中少見的水鄉
市場交易活動，酒旗倡樓等地方風情民俗，以及參與交易乃至遊旅的
上層士女及北客。作者正是作為他們中的一員來觀察、記錄的，因此這

〔註83〕（美）薛愛華著；程章燦，葉蕾蕾譯：《朱雀：唐代的南方意象》，題
中的「南方」包括江南和南越等地域，「江南」是指「江南道」，尤指
「現代的湖南、江西、福建等省份」。但「江南」不是書中敘述的重點，
集中論述的所謂「唐代的南方」，「實際上指的是南越，包括嶺南（廣、
桂、容、邕四管）和安南之地」。而「意象」，「則是指唐代人在詩文創
作、生活習俗以及歷史文獻中，所體現出來的對於南方的人（尤其是
土著）、宗教、風土、名物等的認識」。作者「嘗試將唐代人的中世紀
世界，既看作是一個實有的境界，又看作是一種想像的詮釋」。他認為
大多數唐代來自北方的官員對南越懷有一種殖民者心態，這些官員們
「務實而且現實，甚至在作嚴謹的博物學筆記時，也時時意識到自己
的優越感」，很少「真正欣賞南越的異域特質」。「直到九世紀末十世紀
初，隨著唐帝國的瓦解，……南方不再是煉獄或魔窟，而成了神聖的
避難所。這個省份從此有了一種全新的、不同尋常的浪漫氛圍」。對比
之下，張籍、劉禹錫在描述江南水鄉時，並未表現出明確的優越感，
而江南的浪漫氣質、對唐人的吸引力、對唐代經濟社會的影響也遠非
南越之地所能匹敵。而有意味的是，這本書的目錄章節以民族、人群、
信仰、星辰、氣候、陸地、海洋、礦物質、植物、動物等等作為標題
（作者有人類學知識背景），加之略帶新奇語調的敘述方式，行文中不
時將南越某處、某物與東南亞、印度等地作類比，如同一本詳盡的異
國旅行手冊。這位時空背景與中唐張、劉等人完全不同的現代美國學
者，他的寫作在某一視角、即由外部看南方的視域背景上，與唐代詩
人是有一些相似的。北京：三聯書店，2014 年，第 3、8、530～532
頁，《代譯序》第 8 頁。

是一種特定視角下的江南意象。

（二）憶舊鄉

相比張籍、劉禹錫偏重於鄉土風情的展示，北方人元稹和白居易對於所居住的江南城市的感情太濃烈了，他們延續了南朝詩人對江南的感情基調，盡力委婉動人，詩情畫意。他們在展現江南風土方面可能不如張籍、劉禹錫的江南樂府予人以新異感；但他們卻將這些江南城市原有的若干文人氣質，渲染得比現實生活更加豐富和感人：

　　　　去去莫淒淒，餘杭接會稽。松門天竺寺，花洞若耶溪。
　　浣渚逢新豔，蘭亭識舊題。山經秦帝望，壘辨越王樓。江樹
　　春常早，城樓月易低。鏡澄湖面嶄，雲疊海潮齊。章甫官人
　　戴，蕈絲姹女提。長干迎客鬧，小市隔煙迷。紙亂紅藍壓，
　　甌凝碧玉泥。荊南無抵物，來日為儂攜。（元稹《送王協律遊
　　杭越十韻》）〔註84〕

　　　　歲熟人心樂，朝遊復夜遊。春風來海上，明月在江頭。
　　燈火家家市，笙歌處處樓。無妨思帝裏，不合厭杭州。（白居
　　易《正月十五日夜月》）〔註85〕

會稽、杭州的風光因為詩人的書寫得到充分的展示和塑造，詩人則在詩中留戀、滿足和誇耀這些商業都會的繁華。儘管白居易身在江南也會想念政治文化中心的兩京，卻並不妨礙他對杭州的熱愛，杭州成為他一生最不能忘懷的地方，儘管他「官曆二十政，宦遊三十秋」，但「江山與風月，最憶是杭州」。〔註86〕

四、結語

以上對《樂府詩集》中論及「江南」地區的相關詩歌，特別是文

〔註84〕冀勤點校：《元稹集》卷一一，北京：中華書局，2010年第2版修訂
　　　　本，第150～151頁。
〔註85〕《白居易集》卷二〇，第450頁。
〔註86〕《白居易集》卷三六，《寄題餘杭郡樓，兼呈裴使君》，第833頁。

人詩,從如何表現「江南」這點切入,作了初步梳理。

漢代古辭《江南》是後世江南樂府詩的起點,它是生息歌哭於斯的古江南人通過世代口耳相傳層累構成的對家鄉的集體記憶;它貢獻了最早最經典的江南意象「採蓮」;它本身的敘事策略使有限的文字提供了無限風情的情境;而這種精粹而寫意的記憶、意象及情境,正饋贈給了梁代文人一宗古典的遺產。

在如何表達文人理念、創造新的寫作傳統、傳遞舊有的江南主題間尋求一種平衡,梁代詩人雅化後的《江南弄》即是一種回答。它用特殊的形式與風調把自身隔離在特定的時間與空間裏,的確造成了後世對其評價上的困難。不過,從這些濃鬱文人風的樂府詩裏,反而容易捕捉到梁代文人與民間社會對江南不同認識的微妙差異。〔註87〕而且,梁代江南樂府詩畢竟開創了一個描寫江南的新經典,給後人詩作劃定了一個難以規避的文學傳統,它構成了梁式的江南中心和主要意象,提供給後人能夠真實感受、實地抒寫的有別於漢樂府古辭的另一種雅化情境。

關於江南,唐代詩人的意圖與其說是塑造一個符合現實理念的形象,不如說是一種體現作者官方職責的詩歌表達。文人們希望利用詩文進行社會教化,描繪江南的新異,突出與中原傳統的不同,這是中唐世俗時代裏有志士人的社會態度。而另一類詩人選擇江南大都會進行追慕式的抒懷,略帶誇張的描述連同詩人過於濃重的情感敘說,或者正是詩人革弊理想幻滅,轉寄一方山水,閒適自足的生活裏對過往一點激動心魄的回憶了。而可注意的是,這些詩人大多是北方人仕宦遊歷於江南之地,或本是南方人卻以中原的視角來看待這個並不算新的疆土。

〔註87〕可比較《樂府詩集》中梁代文人江南詩和無名氏的吳歌、西曲作品。

第三章　南朝詩人對銅雀臺的營建：
《樂府詩集》中的「鄴城」

　　　　神龜雖壽，猶有竟時。騰蛇乘霧，終為土灰。驥老伏櫪，志在千里。烈士暮年，壯心不已。盈縮之期，不但在天。養怡之福，可得永年。幸甚至哉，歌以詠志。（魏·武帝《步出夏門行》第四解）〔註1〕

　　　　日斜漳浦望，風起鄴臺寒。玉座平生晚，金樽妓吹闌。舞餘依帳泣，歌罷向陵看。蕭索松風暮，愁煙入井欄。（唐·鄭愔《銅雀臺》）〔註2〕

〔註1〕《樂府詩集》卷三七，第545頁。曹道衡先生認為此詩約作於建安十二年（207年），曹操北征烏桓返回途中，經過碣石之時（碣石山，一說在今河北昌黎，一說在今冀東一帶，已沒於海中）。曹道衡選注：《樂府詩選》，第139～141頁。

〔註2〕《樂府詩集》卷三一，第455頁。《全唐詩》收此詩題作《銅雀妓》，第1105頁。鄭愔在新舊唐書中無單獨傳記，事蹟散見各篇。《全唐詩》附其小傳：「鄭愔，字文靖，滄州人。年十七，進士擢第。天后時，張易之兄弟寵為殿中侍御史。易之敗，貶宣州司戶，既而附武三思，累遷吏部侍郎。後預譙王重福謀，被誅。詩一卷。」（中華書局編輯部點校：《全唐詩》（增訂本），卷一○六，北京：中華書局，1999年，第1103頁。）鄭愔為吏部侍郎時「大納貨賂」，《全唐詩續拾》卷五八引《冊府元龜》卷六三八《銓選部·貪賄》：「鄭愔諂事武三思及韋氏悖逆庶人，歷選吏部侍郎。愔掌選，專以賣官為務，人多怨讟。時京師

　　第一首樂府是耳熟能詳的名作，作者暮年而有壯志，面對外在的
時間與自己的年紀，泰然又積極。這是以鄴城為根據地後的曹操的所
思所感。第二首樂府的作者是初唐人，﹝註3﹞詩中描寫了日暮松風裏，

　　　　大旱，為之語曰：『殺鄭愔，天必陰』。其為人所惡如此。」（陳尚君輯
　　　　校：《全唐詩補編》，北京：中華書局，1992 年，第 1701 頁。原文見
　　　　〔北宋〕王欽若等編：《冊府元龜》，北京：中華書局，1960 年，第 7658
　　　　頁。）景雲元年（710 年），擁立譙王李重福，伏誅。又《新唐書》卷
　　　　七六《后妃傳》記中宗復位後，神龍三年（707 年），迦葉志忠上《桑
　　　　條歌》十二篇，暗示韋后受命於天，「太常少卿鄭愔因之被樂府」。《新
　　　　唐書》，第 3486 頁。

﹝註3﹞　對唐代詩人作初盛中晚的時代劃分，主要依照羅宗強先生對唐代文學
　　　　思想的分段，再作簡化處理，即：初唐（高祖武德初至睿宗景雲中）；
　　　　盛唐（睿宗景雲中至代宗大曆初）；中唐（代宗大曆中至穆宗長慶末）；
　　　　晚唐（敬宗寶曆初至昭宣帝天祐末）。羅先生在盛唐中唐間劃出一轉折
　　　　期，轉折前期為玄宗天寶中至代宗大曆中，轉折後期為代宗大曆中至
　　　　德宗貞元中。因為是以文學思想的發展特點為劃分時間段落的標準，
　　　　這一轉折前期的特殊是將杜甫從盛唐詩人中區別出來，將他的詩歌思
　　　　想作為初盛唐的集大成與啟發中唐各詩歌流派的開宗。轉折後期是自
　　　　一批盛唐詩壇的巨匠如王維、李白、杜甫等先後逝去，此時的韋應物、
　　　　劉長卿與大曆十才子等等詩人的文學思想發生變化，與前代後代相比
　　　　偏離現實生活。在回憶盛世的同時，對現實採取消極的態度，追求淡
　　　　泊的詩歌境界。而晚唐一時段又細分為前後兩期，前期為敬宗寶曆初
　　　　至宣宗大中末，後期為懿宗咸通初至昭宣帝天祐末。羅先生的這一劃
　　　　分充分考慮了政治局面、社會環境及士人心理狀態的變化，又注意到
　　　　一種文學思想發展到另一種文學思想，是漸變的、徘徊的、交錯的，
　　　　有銜接又有發展的起伏變化的過程，存在有時間界限不明晰但仍可確
　　　　認的過渡期。因而，這一劃分是謹慎有理而周延的。簡化這一時代劃
　　　　分大部是為了行文便利緊湊。羅先生也分析了宋代嚴羽、明代高棅、
　　　　胡震亨、胡應麟、王世懋等多家對唐代詩歌時代劃分的敘述，指出「唐
　　　　詩之分初、盛、中、晚，並無一致公認之時間斷限，亦無一致的用以
　　　　斷限的藝術準則」，文風轉變「不可能有嚴格的截然的時間斷限。因此，
　　　　唐詩之分初、盛、中、晚，也只是就主要傾向而言，是一種大致的時
　　　　間段落的劃分」。則是可以說，時代劃分是可以在基本標準確認後稍作
　　　　便宜行事的。（羅宗強：《隋唐五代文學思想史》，北京：中華書局，2003
　　　　年，第 1，86～90，91～113，297，50～51 頁。）樂府詩雖是一特殊
　　　　詩歌類型，有自身的經典傳承與寫作模式，但總是由受一特定時代文
　　　　學思想主宰的詩人創作的；以文學思想發展特徵劃分時段，此時段內
　　　　的文學思想與其背後的時代與社會背景正是影響此時段裏樂府詩寫

歌舞後女伎向陵而泣的場景，這個場景及其包含的時間、地點、季節、人物、動作等等，如標識般在一系列「銅雀」詩作中反覆出現，使銅雀臺所在的鄴城充滿了英雄逝去後的蕭索。這一情緒也是樂府詩中的鄴城主題詩為歷來作者們所傳達和被讀者們所感受到最多的。

　　古鄴城，在今河北臨漳。漢末至北周近四百年間，曾為曹魏、後趙、冉魏、前燕、東魏、北齊等六個北方政權之都。但在《樂府詩集》中，截止於唐代，詩人對鄴城的描寫並不多；相較於兩京、邊塞題材，直接或間接與鄴相關的詩歌不足 50 首。這座城市在樂府詩中關注度實在不高。〔註4〕

一、文化新城的形成：曹操的鄴城

　　《樂府詩集》對鄴城最早的記錄是一首歌謠：「鄴有賢令兮為史公，決漳水兮灌鄴旁，終古舄鹵兮生稻梁。」（《鄴民歌》〔註5〕）《漢書》記「魏文侯時，西門豹為鄴令，有令名。至文侯曾孫襄王時，與群臣飲酒，王為群臣祝曰：『令吾臣皆如西門豹之為人臣也！』史起進曰：『魏氏之行田也以百畝，鄴獨二百畝，是田惡也。漳水在其旁，西門豹不知用，是不智也。知而不興，是不仁也。仁智豹未之盡，何足法也！』於

作的大的規範要求。而且在若干樂府詩的討論中，唐代樂府詩確實表現出較明顯的時段特徵。標舉詩人的時代是標舉強調其寫作的限度與可能性。

〔註 4〕相對於中國其他都會，關於鄴城的探討研究並不算豐富。《鄴城暨北朝史研究》（石家莊：河北人民出版社，1991 年）彙集了截止 1989 年前大陸地區的鄴城研究代表論著，兼收學術論文和史料彙編，如周一良先生的《讀〈鄴中記〉》和黃惠賢先生輯校晉人陸翽的《鄴中記》等，仍是目前研究鄴城問題必須參閱的重要資料。其後研究著作多以單篇專題論文形式出現，涉及鄴城的地理、政治、城制、宗教信仰、考古等等方面。下文將隨文提及重點篇目，此處暫不贅述。與本文關注點最為相近的是何祥榮《漢魏六朝鄴都詩賦析論》（香港：香港大學饒宗頤學術館，2009 年），何書在大致還原曹魏及北齊鄴都宮城布局後，集中探討了建安、魏晉、南北朝三個時段的鄴都題材詩賦創作。對本文的寫作多有啟發。

〔註 5〕《樂府詩集》卷八三，第 1172 頁。

是以史起為鄴令，遂引漳水溉鄴，以富魏之河內。民歌之曰：『鄴有賢令兮為史公，決漳水兮灌鄴旁，終古舄鹵兮生稻粱。』」〔註6〕魏國君臣所說的西門豹故事即「西門豹引漳水溉鄴，以富魏之河內」。〔註7〕可知戰國時，經西門豹開渠，史起繼而完善，鄴在水利方面已取得一定發展，逐步積累起穩固的經濟基礎。直至東漢中期，這個灌溉工程仍在使用，安帝元初二年（115年）春正月曾「修理西門豹所分漳水為支渠，以溉民田」。〔註8〕

西門豹、史起之為鄴令，表明戰國時的鄴已是一縣級的治所。經秦至漢，鄴逐漸由縣治，而郡治，而州治，這是同地方勢力的發展壯大同步的；〔註9〕進一步說，鄴的興起，是在自西漢末年以來河北平原政治軍事地位逐漸上升的大環境下形成的。〔註10〕

漢末，鄴城為冀州治所，經韓馥、袁紹數年經營，已是「南據河，北阻燕代，兼戎狄之眾，南向以爭天下」之地。〔註11〕袁紹的謀臣沮

〔註6〕《漢書》卷二九《溝洫志》，北京：中華書局，1962年，第1677頁。

〔註7〕《史記》卷二九《河渠書》，北京：中華書局，1959年，第1408頁。另，卷一二六《滑稽列傳》：「西門豹即發民鑿十二渠，引河水灌民田，田皆溉。……西門豹為鄴令，名聞天下，澤流後世，無絕已時，幾可謂非賢大夫哉！」，第3213頁。

〔註8〕《後漢書》卷五《孝安帝紀》，北京：中華書局，1965年，第222頁。此條李賢注：「《史記》曰：『西門豹為鄴令，發人鑿十二渠，引水灌田。』所鑿之渠，在今相州鄴縣西也。」據之，此渠在初唐年間尚存。

〔註9〕高敏：《略論鄴城的歷史地位與封建割據的關係》，《中州學刊》1989年第3期，第111～115頁。高先生排列出鄴城由齊桓公時的軍事堡壘至漢末的準國都、再至曹魏國都的發展過程，進而判斷，由於「鄴城及其所在地區的地理環境特徵與經濟條件」，「如果出現分裂割據的局面，又有封建割據者企圖偏安一方而建立政權」，那麼鄴城「無疑是其最佳的建都之地」，而也只有在割據時代此地才有作為國都的「客觀可能性」。

〔註10〕鄒逸麟：《試論鄴都興起的歷史地理背景及其在古都史上的地位》，《中國歷史地理論叢》1995年第1期，第77～89頁。鄒先生詳盡論述了在2～6世紀的北中國地區，為何是鄴城而不是具有相似地理條件的傳統都會邯鄲發展成為中心城市。當鄴城成為當時北中國若干政權的國都後，這個新興的國都擁有了哪些特別之處。

〔註11〕《三國志》卷一《魏書·武帝紀》，北京：中華書局，1959年，第26頁。

授建議：「觀諸州郡外託義兵，內圖相滅，未有存主恤民者。且今州城
粗定，宜迎大駕，安宮鄴都，挾天子而令諸侯，畜士馬以討不庭，誰能
禦之！」〔註12〕此為「鄴都」一詞首次出現，應為擬議中的獻帝行宮
之意，推測當時的鄴城已做好「準國都」的準備。

　　官渡戰後，建安九年（204年），曹操攻鄴。最初「為土山、地道」，
其後「決漳水灌城」，花費近半年工夫，靠著內應才得以攻下鄴城。〔註
13〕攻城之戰或許讓曹操意識到，鄴城防守的關鍵在城的西面與北面。
之後曹操將鄴作為根本重地，對鄴城著意營建，規劃起一座與東漢洛
陽不同城制的新的城市。〔註14〕又在鄴城外圍改動水道，開渠修築堤
堰，建置起一個河北地區的運河網絡。〔註15〕曹操據鄴十六年，平定
和鞏固北方，其建安十八年封魏公，二十一年晉魏王，均以鄴城為其公
國、王國之都。直至曹丕稱帝遷都洛陽，鄴城依然是魏王朝的五都之
一。〔註16〕

　　在曹操大規模修建的宮苑中，以銅雀、金虎、冰室三臺最為著名。
其中，銅雀臺建於漢獻帝建安十五年（210年），〔註17〕它以西北城牆
為基，高十丈，有屋百餘間。〔註18〕據《三國志‧王脩傳》，當嚴才「與
其徒屬數十人攻（魏王鄴都）掖門」時，「脩聞變，召車馬未至，便將
官屬步至宮門」，以赴難馳援。當時曹操正是在銅雀臺上看到了這支救

〔註12〕　《三國志》卷六《魏書‧袁紹傳》，注引《獻帝傳》，第195頁。

〔註13〕　《三國志》卷一《魏書‧武帝紀》，第25頁。

〔註14〕　吳剛：《中國城市發展的質變：曹魏的鄴城和南朝城市群》，《史林》
　　　　　1995年第1期，第27～32、8頁。牛潤珍：《鄴城——中國、亞洲與
　　　　　世界城市史研究中的一個謎》，《史林》2009年第3期，第12～20頁。
　　　　　牛潤珍文兼有綜述及總結歷代鄴城研究的內容。

〔註15〕　參見前引高敏、鄒逸麟、牛潤珍諸先生文。

〔註16〕　其中最重要的應是首都洛陽、及鄴都、許都。

〔註17〕　《三國志》卷一《魏書‧武帝紀》，「十五年……冬，作銅雀臺」，第32
　　　　　頁。

〔註18〕　《鄴中記》「銅雀三臺」條：「魏武於鄴城西北立三臺，（皆因城為基
　　　　　址）。」「（魏）銅爵臺高一十丈，有屋一百二十間」。〔晉〕陸翽著，黃
　　　　　惠賢輯校：《鄴中記》，前引《鄴城暨北朝史研究》，第395頁。

援隊伍，不無欣喜地說，「彼來者必王叔治（按：脩字叔治）也」。〔註19〕此時的銅雀臺——鄴城西北角的這一類似軍事制高點的建築，所發揮的乃是高空偵察以及必要時居高臨下攻擊來犯者的軍事防禦功能。銅雀臺，以及金虎臺、冰井臺，修建的最初的目的也許就是戰備防衛，而不僅僅是為了宴飲觀賞。〔註20〕

　　自然，曹操不是單純的武夫。鄴城的這座標誌性建築建成後，曹操率諸子登臺觀賞，吟詩作賦，〔註21〕記錄下臺上四望，春風和緩，漳水長流，樓閣高聳，果樹繁茂的景致。《樂府詩集》錄有曹丕《善哉行》（一題為《銅雀園》〔註22〕），描繪了這種臨高臺的貴遊生活。詩云：

> 朝遊高臺觀，夕宴華池陰。大酋奉甘醪，狩人獻嘉禽。齊倡發東舞，秦箏奏西音。有客從南來，為我彈清琴。五音紛繁會，拊者激微吟。淫魚乘波聽，踴躍自浮沉。飛鳥翻翔舞，悲鳴集北林。樂極哀情來，寥亮摧肝心。清角豈不妙，德薄所不任。大哉子野言，弭弦且自禁。〔註23〕

清晨暢遊銅雀臺和迎風觀，入夜後在玄武池畔大設宴席，〔註24〕專司造酒之事的酒官長奉上醇酒，掌管狩獵的官員獻上各種禽鳥。眾人品賞珍饈美酒，欣賞音樂舞蹈，盡情於聲色之娛。熱鬧歡騰的宴會上，敏感的詩人察覺到歡樂至極時哀傷來襲。

〔註19〕　《三國志》卷一一《魏書‧王脩傳》，第347頁。
〔註20〕　黃永年《鄴城和三臺》一文比較、梳理了記錄鄴城的歷代文獻，逐個分析了歷代鄴城攻防戰中三臺的軍事防禦作用。《中國歷史地理論叢》1995年第2期，第167～176頁。周一良《讀〈鄴中記〉》以為「三臺營建之初，是為了遊樂」，「三臺中至少二臺最初主要是點綴風景，以供遊樂的建築群」，「但是，十六國時期，三臺似乎還起過頗為重要的軍事防禦作用」。前引《鄴城暨北朝史研究》，第12～13頁。
〔註21〕　《三國志》卷一九，《魏書‧任城陳蕭王傳》，第557頁。
〔註22〕　《藝文類聚》卷二八《人部‧遊覽》，第500頁。
〔註23〕　《樂府詩集》卷三六，第537頁。
〔註24〕　魏宏燦校注：《曹丕集校注》，合肥：安徽大學出版社，2009年，第26頁。

在鄴城的這個夜晚，詩人與飛鳥一同感受到悲哀。這種悲哀，在漢末古詩中，並不少見。古詩十九首中就有不少篇章慨歎時光的飄忽和人生的短促。這一方面是由於人自身文化的提高，個人意識的凸顯，另一方面也是在帝國崩潰的過程中，人們面對社會無序狀況油然而起的茫然。曹氏父子及鄴下文人的樂府作品中也有這樣的傷感無措。後世所說的建安風骨就包含著詩人們對人生與社會的蒼涼感慨。與此同時，動亂的時代和顛沛流離的生活，又使聚集在鄴都的文人們看到了在此地、在明主治下實現個人抱負的機會，對他們而言，「朝發鄴都橋，暮濟白馬津」的軍旅生活是令人振奮的；在「從軍有苦樂，但問所從誰。所從神且武，焉得久勞師」和「歌舞入鄴城，所願獲無違」〔註25〕的期待中，詩人的情緒又常常為一種充滿奮進力量的政治理想而高揚。

而篇末四句則透露出作者彼時彼地的清醒與自覺。清角是極悲愴之音，子野是春秋時晉國盲樂師師曠之字。當晉平公請師曠彈奏清角時，師曠答道：「今主君德薄，不足聽之；聽之，將恐有敗。」〔註26〕鄴城的這場歡宴中，獨曹丕感喟「德薄」繼而「弭弦」，應該是這位追求儲君之位的貴公子〔註27〕在樂極轉悲後自我警醒、自我節制的反應。

建安時期，詩人們筆下的鄴城是一個富有藝術感染力與政治號召力的全新城市。雖然世積亂離，風衰俗怨，但生活其間的詩人總還能正視人生，勉勵自己和他人，及早建功立業，贏得不朽聲名。慷慨悲涼是時代的特徵；鄴都是一個人建造引領的、一群人生活其間的年輕的文化的都城。

〔註25〕《樂府詩集》卷三二，王粲《從軍行》，第 475～476 頁。

〔註26〕〔清〕王先慎撰，鍾哲點校：《韓非子集解》，卷三《十過第十》，北京：中華書局，1998 年，第 65 頁。

〔註27〕《三國志》卷二《魏書‧文帝紀》，「建安十六年，為五官中郎將、副丞相。二十二年，立為魏太子。」第 57 頁。同頁裴注引魚豢《魏略》曰：「太祖不時立太子，太子自疑。」另，《御覽》二百四十一引《魏武令》：「告子文：汝等悉為侯，而子桓獨不封，而為五官中郎將，此是太子可知矣。」轉引自《曹操集》，北京：中華書局，1959 年，第 49 頁。青年時代的曹丕大概長期生活在不安、緊張與等待之中。

二、簡易與繁華：《三都賦》正統話語中的西晉鄴城

　　因為《樂府詩集》裏沒有晉人的鄴城主題詩歌，借由左思的《三都賦》，這部耗費心力，無藻飾之辭，有可徵之義，能觀「土風」的賦作，〔註28〕大體還是能重現鄴城當年的繁華。

　　《三都賦》完成於曹丕遷洛60餘年後，晉武帝平吳，天下一統。蜀都益州與吳都建業已從一國之都下降為晉的普通城市，魏都鄴城隱然即是皇都所在。《魏都賦》細緻描繪了鄴都營建的原委、地理優勢、營建原則、布局和建築特色等等方面。〔註29〕在賦中，左思鋪陳蜀都與吳都的富庶繁華，兩地充滿著博物志中才有的中原人士少見的人情物產，其實是為了烘托魏國京城的雍容至正。鄴京的市場裏當然也有「真定之梨，故安之栗」、「淇洹之筍，信都之棗。雍丘之梁，清流之稻。錦繡襄邑，羅綺朝歌」，這些主要來自周遭河北河南地區的貨品不可謂不豐富，但與蜀、吳二都市場比較，新奇之物不多；正是因為「難得之貨，此地弗容」，「不鬻邪而豫賈，著馴風之醇醴」——鄴京的風氣相較吳、蜀顯然更加端正醇厚。貶抑蜀、吳，是為突出魏國的正統、魏的「依制度」，而尊魏最終是為了尊晉。《魏都賦》中歌頌漢室禪魏，「劉宗委馭，異其神器……考曆數之所在，察五德之所蒞」，不過是要頌揚曹魏禪晉，「算祀有紀，天祿有終。傳業禪祚，高謝萬邦。皇恩綽矣，帝德沖矣。讓其天下，臣至公矣」，〔註30〕禪讓而來的晉，延續著正統與崇高，而對受禪與禪讓兼於一身的魏，自然也不會吝惜讚美之辭。

　　永寧中，陸雲在西晉宗室藩王相互攻伐的間隙來到鄴城，遊鄴宮登三臺，寫下《登臺賦》。與左思相似，此賦很自然地將鄴與晉聯繫在

〔註28〕　《文選》卷四《京都賦》，《三都賦序》，第173頁。

〔註29〕　何祥榮《漢魏六朝鄴都詩賦析論》對《魏都賦》作專章細緻分析，見前引何著，第49～85頁。王柳芳《從皇居到民居——論唐前京都賦的變遷》認為《三都賦》是京都賦寫作中「皇權漸隱，眾生浮現」階段的初期。分析精巧，對筆者多有啟發。《江西社會科學》2011年第1期，第132～136頁。

〔註30〕　《文選》卷六《京都賦》，《三都賦‧魏都賦》，第261～290頁。

一起，「嘉有魏之欽若兮，鑒靈符而告禪」。不同的是，在公元 302 年
的鄴城裏，陸雲感悟的是崇替興廢的無常。他朝登金虎臺，夕入文昌
殿，一面慶幸宮闕尚在，「滿目綺僚」，一面歎息故人故事的消逝。他已
見「隆期啟而雲升，逝運靡其如頹」，憂心的是晉室紛亂變幻的危局。
在一封寫給兄長陸機的信裏，陸雲說起他在鄴城見著曹操舊物，床、
被、衣、冠、書箱、筆硯皆素樸簡易，讓他悵然不已。〔註 31〕陸雲此
前任吳王司馬晏郎中令，吳王大起西園第，陸雲進言說起晉武帝後「世
俗陵遲，家競盈溢，漸漬波蕩，遂已成風。雖嚴詔屢宣，而侈俗滋廣」。
〔註 32〕而陸雲故國吳國的末代天子孫皓，「粗暴驕盈，多忌諱，好酒色，

〔註 31〕　〔晉〕陸雲撰，黃葵點校：《陸雲集》，卷一《登臺賦（並序）》，卷八
　　　　　《與兄平原書》，北京：中華書局，1988 年，第 15～16；134 頁。《登
　　　　　臺賦》序文曰：「永寧中，參大府之佐於鄴都，以時事巡行鄴宮三臺。
　　　　　登高有感，因以言崇替，乃作賦」。又陸雲《歲暮賦》序文曰：「永寧
　　　　　二年春，忝寵北郡，其夏又轉大將軍右司馬於鄴都。」（《陸雲集》卷
　　　　　一，第 6 頁）且《登臺賦》中有「中原方華，綠葉振翹」、「暑乘陰而
　　　　　增炎」句，正是描繪夏日之境。則此賦應是作於永寧二年（302 年）
　　　　　夏。另，《晉書》卷五四《陸雲傳》云：「成都王穎表為清河內史。穎
　　　　　將討齊王冏，以云為前鋒都督。會冏誅，轉大將軍右司馬。」卷四《惠
　　　　　帝紀》：「（太安元年十二月）長沙王乂奉乘輿屯南止車門，攻冏，殺
　　　　　之，……大赦，改元。」（《晉書》，第 1484；100 頁。）永寧二年十二
　　　　　月改元太安，按陸雲本傳記，其任司馬穎大將軍右司馬最早不過永寧
　　　　　二年十二月。而上引《歲暮賦》序文自述永寧二年夏即轉任大將軍右
　　　　　司馬。《資治通鑒》卷八四《晉紀六》「惠帝太安元年」條載長沙王乂
　　　　　攻殺齊王冏事，緊接此段敘述：「長沙王乂雖在朝廷，事無鉅細，皆就
　　　　　鄴諮大將軍穎。穎以孫惠為參軍，陸雲為右司馬。」（第 2675 頁）其
　　　　　意應是陸雲以右司馬職輔司馬穎已有時日。則是《晉書》陸雲本傳所
　　　　　記或誤。又本傳載陸雲入洛後「刺史周濬召為從事，……俄以公府掾
　　　　　為太子舍人，出補濬儀令。……尋拜吳王晏郎中令。」（第 1482 頁）
　　　　　而《三國志》卷五八《吳書·陸遜傳》裴注引《機雲別傳》：「雲為吳
　　　　　王郎中令，出宰濬儀，甚有惠政」（第 1360 頁），《文選》卷二〇陸雲
　　　　　《大將軍讌會被命作詩》注引王隱《晉書》：「陸雲，字士龍，少與兄
　　　　　機齊名，號曰二陸。為吳王郎中令，出宰濬儀，有惠政。機被收，並
　　　　　收云。」（第 950 頁）兩書所記陸雲事文字頗似，或出一源，記云為濬
　　　　　儀令在為吳王郎中令之後，與今本《晉書·陸雲傳》相矛盾。
〔註 32〕　《晉書》卷五四《陸雲傳》，第 1482 頁。

大小失望」，這位二十三歲即位的青年人，在史家眼中是「虐用其民，窮淫極侈，宜腰首分離，以謝百姓」的「凶頑」之人。〔註33〕陸機在吳亡之後作《辯亡論》追究亡國之因，曾含蓄地說「爰逮末葉，群公既喪，然後黔首有瓦解之患，皇家有土崩之釁」；並沒有直斥主君。至於孫吳功不興而禍至，「所以用之者失也」，語調用筆也尚且和緩敦厚。〔註34〕此時，當陸機讀到兄弟信中仔仔細細地轉述著的一件一件「曹公器物」，這些文雅舊物應同時震盪了再次身陷混亂時局的收信者與寄信人，〔註35〕使這兩位失去故國的人懷著難言的心事，感慨著曹操這位同樣失去故國的人。

魏晉禪代，曹魏的末代王曹奐由魏帝降為陳留王後居鄴，〔註36〕「護送陳留王詣鄴」的是晉之重臣山濤；〔註37〕駐守鄴城的也是晉的

〔註33〕《三國志》卷四八《吳書·三嗣主傳》，第1163、1178頁。

〔註34〕《晉書》卷五四《陸機傳》，第1469～1470，1472頁。

〔註35〕按陸雲至鄴及與兄書的時間計算，則前一年永寧元年（301年），司馬倫敗，齊王司馬冏入洛輔政，陸機即為司馬冏所疑，「以機職在中書，（司馬倫）九錫文及禪詔疑機與焉，遂收機等九人付廷尉。賴成都王穎、吳王晏並救理之，得減死徙邊，遇赦而止。」（《晉書》卷五四《陸機傳》，第1473頁。）此後陸機歸附司馬穎，一年後的太安二年（303年）兵敗河橋被讒殺。（另可參姜亮夫：《陸平原年譜》，上海：古典文學出版社，1957年。姜劍雲：《西晉重要作家文學編年》，收入氏著《太康文學研究》，北京：中華書局，2003年，第324～353頁。）

〔註36〕《晉書》卷三《武帝紀》，第51頁。

〔註37〕《晉書》卷四三《山濤傳》，第1224頁。另《文帝紀》記「咸熙元年（264年）……帝奉天子西征，次於長安。是時魏諸王侯悉在鄴城，命從事中郎山濤行軍司事，鎮於鄴」（《晉書》卷二，第43頁）。《山濤傳》裏的敘述更詳，「鍾會作亂於蜀，而文帝將西征。時魏氏諸王公並在鄴，帝謂濤曰：『西偏吾自了之，後事深以委卿。』以本官行軍司馬，給親兵五百人，鎮鄴。」（《晉書》卷四三，第1224頁）可知鄴城在曹魏末年是洛陽之外的一處政治重地，司馬氏對曹氏在鄴的潛在勢力深為忌憚。徐高阮先生則以為從這五百親兵正可看出，司馬昭倚重山濤小心布置對付的並不是可能有的「嚴重的軍事鎮壓」，曹魏宗室自黃初起便遭猜忌摧折，在鄴諸王公本身不構成實際的反叛力量。倒是留在洛陽的反對勢力可能乘機擁立鄴城的某一魏宗室成員而引發行動。（徐高阮：《山濤論》，北京：海豚出版社，2013年，第39～40頁。）如此，則鄴城及居於其中的魏皇族始終還是有不可低估的政治象徵意

宗室親王。司馬氏重視鄴城，正因為它重要的軍事地位，和它作為魏都的政治敏感性。八王之亂中，司馬穎以鄴為聚地，參與爭奪，一度取得皇位繼承權。〔註38〕待到永嘉元年（307年）汲桑叛亂攻陷鄴城，「燒鄴宮，火旬日不滅」，〔註39〕這是鄴城遭受的第一次大規模破壞。「袁紹據鄴，始營宮室，魏武帝又增而廣之，至是悉為灰燼矣」。〔註40〕兩晉之際滯留北方的盧諶，在詩中敘述他見到的鄴城是臺閣傾倒，宮殿為狐兔所居，〔註41〕當時的慘狀可以想見。

三、追憶與重建：南北詩人對鄴城的不同記錄

南渡的江左王朝建立之初，也曾數次北伐，均告失敗。洛陽不可得，何況更北的鄴城。安居南方後，長江上下游關係成為東晉朝野內外

味和能夠被政治利用的現實可能。《三國志》卷四《魏書·三少帝紀》載高貴鄉公事注引《漢晉春秋》：「帝見威權日去，不勝其忿。……遂帥僮僕數百，鼓譟而出。文王弟屯騎校尉伷入，遇帝於東止車門，左右呵之，伷眾奔走。中護軍賈充又逆帝戰於南闕下，帝自用劍。眾欲退」。又引《魏氏春秋》曰：「（帝）遂拔劍升輦，帥殿中宿衛蒼頭官僮擊戰鼓，出雲龍門。賈充自外而入，帝師潰散，猶稱天子，手劍奮擊，眾莫敢逼」。又引《魏末傳》曰：「兵交，帝曰：『放仗！』大將軍士皆放仗。」（第144～145頁）甘露五年（260年）高貴鄉公曹髦乘激憤，倉促中不過率近侍僮僕輩出擊，尚且以天子之名威嚇阻止一般軍士。若能不動聲色苦心謀劃，或許會給步步進逼的司馬氏造成更大威脅。而他的死及其激烈的方式又確實使司馬氏在當時和之後很長時間內難以解釋，不能迴避；從另一方面說，也確實增加了時人對魏氏的同情，這未嘗不會在某些時機下轉化為具體的現實的力量。可見在禪代之前的關鍵期，司馬氏對於鄴城的勢力的確是慎重行事未嘗輕忽的。

〔註38〕《晉書》卷四《惠帝紀》，永安元年（304年）詔以「……以穎為皇太弟、都督中外諸軍事，丞相如故」，第102頁。卷五九《成都王穎傳》：「河間王顒表穎宜為儲副，遂廢太子覃，立穎為皇太弟，丞相如故，制度一依魏武故事，乘輿服御皆遷於鄴」，第1617頁。

〔註39〕《晉書》卷五《懷帝紀》，第117頁。

〔註40〕《資治通鑒》卷八六《晉紀八》「懷帝永嘉元年（307年）」條胡三省注，第2728頁。

〔註41〕《藝文類聚》卷六二《居處部二·臺》「晉盧諶《登鄴臺賦》」條：「顯陽隗其顛隧，文昌鞠而為墟。銅爵隕於臺側，洪鐘寢於兩除。奚帝王之靈宇，為狐兔之攸居。」第1121頁。

的焦點。而石趙又是不共戴天之敵，不與往來，〔註42〕或許東晉的詩人們即因此無意將鄴城入詩，無論是追憶前代的風流還是今朝的富麗。又或許此時的他們傾心於玄言詩，繼而欣賞起建鄴周邊的民間歌謠，長江流域和廣大南方的風土山水成為南方詩歌新的主題和關注點。〔註43〕北方的重地鄴城在有意無意間被忽視了。

北魏分裂後，高歡拆毀洛陽宮殿，以其木器築鄴南城，修新宮。〔註44〕北齊建立後繼續擴建南北城，「發丁匠三十餘萬營三臺於鄴下，因其舊基而高博之，大起宮室」，〔註45〕「每求過美，故規模密於曹魏，奢侈甚於石趙」，〔註46〕東魏北齊的首都鄴城，在建築面貌上光彩更勝前代。但《樂府詩集》裏，無論南朝人還是北朝人自己，極少聚焦這一

〔註42〕 參見田餘慶先生對東晉「不與劉、石通使」的分析，田餘慶：《東晉門閥政治》，北京：北京大學出版社，2005年，第23～31頁。

〔註43〕 東晉南朝詩壇曾先後盛行玄言詩、山水詩，南方民歌（吳歌西曲）也對文人創作產生一定影響。參見袁行霈、羅宗強主編：《中國文學史》（第二卷），第二章《兩晉詩壇》、第四章《南北朝民歌》、第五章《謝靈運、鮑照與詩風的轉變》，北京：高等教育出版社，1999年，第51、90～92，103頁。

〔註44〕 《魏書》卷七九《張熠傳》：「天平初，遷鄴草創，右僕射高隆之、吏部尚書元世俊奏曰：『南京宮殿，毀撤送都，連筏竟河，首尾大至，自非賢明一人，專委受納，則恐材木耗損，有闕經構。熠清貞素著，有稱一時，臣等輒舉為大將。』詔從之。」（〔北齊〕魏收：《魏書》，北京：中華書局，1974年，第1766頁。）《北史》卷五四《高隆之傳》：「又領營構大將，以十萬夫徹洛陽宮殿，運於鄴，構營之制，皆委隆之。增築南城，周二十五里。」（〔唐〕李延壽：《北史》，北京：中華書局，1974年，第1945頁。）

《魏書》卷一二《孝靜紀》：「元象二年（539年）……九月甲子，發畿內民夫十萬人城鄴城，四十日罷。」第303頁。另可參江達煌《鄴城的幾次重大營建與破壞》對東魏、北齊時期營建鄴城的論述，《鄴城暨北朝史研究》，第107～142頁。

〔註45〕 〔唐〕李百藥：《北齊書》，卷四《文宣紀》，第65頁。同頁又記：「至是（天保九年（558年）八月），三臺成，改銅爵曰金鳳，金獸曰聖應，冰井曰崇光。」北京：中華書局，1972年。

〔註46〕 〔明〕崔銑：《鄴都南城論》，《光緒三十年臨漳縣志》卷一七，河北省臨漳縣地方志編纂委員會印製，豫內資鄴新出通字〔2003〕796號，第342頁。

都城，很長一段時間裏，南方以回憶，北方以謠諺，記錄著這個城市。

（一）追憶中的城市：南方詩人筆下的鄴城

最早將「雀臺」一詞引入樂府的是鮑照，他在《君子有所思行》中以「西上登雀臺」引出全篇：

> 西上登雀臺，東下望雲闕。層闕肅天居，馳道直如發。
> 繡甍結飛霞，璿題納明月。築山擬蓬壺，穿池類溟渤。選色
> 遍齊代，征聲匝邛、越。陳鍾陪夕宴，笙歌待明發。年貌不
> 可留，身意會盈歇。蟻壤漏山河，絲淚毀金骨。器惡含滿欹，
> 物忌厚生沒。智哉眾多士，服理辨昭晰。〔註47〕

這是一首與後世鄴城樂府詩大不同的作品。前人釋「『天居』、『馳道』等語，蓋為時君過奢，不能自謹，特以此規諷之」，〔註48〕有學者判斷此樂府「實為諷刺宋文帝劉義隆於元嘉二十三年（446年）大修玄武湖而作」。〔註49〕又或以為由詩中所記「馳道」事，合於《宋書・孝武帝紀》所載大明五年（461年）閏九月「初立馳道，自閶闔門至於朱雀門，又自承明門至於玄武湖」，且詩中「層閣」「夕宴」等句也與劉駿在位時大興土木、長夜之飲等史實吻合，判斷此詩規諷的對象「當以孝武帝劉駿為主」。〔註50〕不論此篇是因諷諫而特意使用誇張的藝術手法，抑或樓臺、宮殿、山、池、美人、宴樂等等都是現實情境的真實概括，開篇「西上登雀臺」中「雀臺」一詞及背後隱現著的鄴城是包含有宮室豪華與京城之意的，這即是作者本人對銅雀臺的記憶與想像。曹操所建銅雀臺正在鄴城西北城牆上，雀臺這一作為樂府「鄴城」地域意象的載體

〔註47〕　《樂府詩集》卷六一，第894～895頁。
〔註48〕　〔南朝宋〕鮑照著，錢仲聯增補集說校：《鮑參軍集注》，上海：上海古籍出版社，2005年，第171頁。
〔註49〕　見前引曹道衡選注《樂府詩選》，第370頁。
〔註50〕　〔南朝宋〕鮑照著，丁福林，叢玲玲校注：《鮑照集校注》，北京：中華書局，2012年，第271～273頁。〔梁〕沈約：《宋書》，卷六，北京：中華書局，1974年，第128頁。《樂府詩集》此詩後注：「闕，同上（即《鮑參軍集》）及《文選》卷三一作『閣』，是。」第895頁。

或符號，正是南方詩人鮑照所提取、建構的，儘管其原型本是玄武湖畔新建的華麗宮室，儘管曹氏父子西上登臺四望的愜意暢快與此詩作者鮑照登臨後的驚心不安是截然不同的。

而此樂府另一題名為《代陸平原君子有所思行》。〔註51〕與鄴城關聯頗深的平原內史陸機，〔註52〕他的樂府詩《君子有所思行》以「命駕登北山，延佇望城郭」展開，〔註53〕題解以為「其旨言雕室麗色，不足為久歡，宴安酖毒，滿盈所宜敬忌」，〔註54〕但詩中其實並未指明所「望」的到底是哪座城池，有何等特別的麗色。鮑照的擬作與陸機原作相比，「雀臺」作為奢華宮室的指代與指向更為明確與具體。南朝劉宋的文人在寫作方法上學習晉人，又將材料搜羅的眼光越過洛陽，停駐在曹魏以來的鄴城上。〔註55〕

真正以鄴城為主題描述的樂府詩自蕭齊起。詩人們從有關鄴城的故事裏概括出「銅雀妓」「銅雀臺」兩個曲題，奠定了樂府鄴城詩的基調，或曰鄴城的主要意象。

《樂府詩集》卷三一載南朝陳代詩人張正見《銅雀臺》，題解云：

一曰《銅雀妓》。《鄴都故事》曰：「魏武帝遺命諸子曰：

『吾死之後，葬於鄴之西崗上，與西門豹祠相近，無藏金玉

〔註51〕 前引錢仲聯校《鮑參軍集注》注引《樂府正義》：「古辭不存，始自陸機，故鮑集稱《代陸平原君子有所思行》」，第168～169頁。《文選》卷三一《雜詩》，此詩題為《代君子有所思》，第1450頁。

〔註52〕 《晉書》卷五四《陸機傳》：「成都王穎……以機參大將軍軍事，表為平原內史。」第1479頁。

〔註53〕 《樂府詩集》卷六一，第894頁。

〔註54〕 《樂府詩集》卷六一，《君子有所思行》「題解」引《樂府解題》語，第893～894頁。

〔註55〕 《三國志》卷一九，《魏書·任城陳蕭王傳》注引陰澹《魏紀》載植登銅爵臺賦曰：「從明後而嬉遊兮，登層臺以娛情。見太府之廣開兮，觀聖德之所營。」第558頁。鮑照此詩應是擬曹植賦的起句和結構，雖然兩篇的歸旨與情緒正好相反。但據此也可肯定鮑照所設想的「雀臺」是在曹操的鄴城而非之後石虎所居更豪華富麗的鄴城。加之鮑照集中有多首「代陳思王」某篇與擬曹植同題之作，在文學傳統的承繼上也有選擇、學習的一面。

珠寶。餘香可分諸夫人，不命祭吾。妾與伎人，皆著銅雀臺，臺上施六尺床，下繐帳，朝晡上酒脯粻糒之屬。每月朝十五，輒向帳前作伎。汝等時登臺，望吾西陵墓田』。故陸機《弔魏武帝文》曰：『揮清絃而獨奏，薦脯糒而誰嘗？悼繐帳之冥漠，怨西陵之茫茫。登雀臺而群悲，佇美目其何望』。」按銅雀臺在鄴城，建安十五年築。……《樂府解題》曰：「後人悲其意，而為之詠也。」〔註56〕

這段題解類似一則對鄴城「銅雀臺」系列樂府詩的說明序文，由漢末曹操遺令、西晉陸機的弔文、「銅雀」曲題下收錄的南朝至唐二十餘首詩作，唐人《樂府解題》的釋義、〔註57〕宋代《樂府詩集》編纂者的規整總結，構成了這一系列曲題本事傳播的時間脈絡和考訂記錄。

　　《文選》卷六〇「行狀弔文祭文」類載陸機《弔魏武帝文（並序）》，〔註58〕其序文曰：「元康八年（298年），機始以臺郎出補著作，遊乎秘閣，而見魏武帝遺令，愾然歎息，傷懷者久之。」〔註59〕陸機所見「魏武遺令」部分與《鄴都故事》所記相同：「曰：『吾婕好妓人，皆著銅爵臺。於臺堂上施八尺床，繐帳，朝晡上脯糒之屬。月朝十五，輒向帳作妓。汝等時時登銅爵臺，望吾西陵墓田。』」又有部分內容是《鄴都故事》所未載：「又云：『餘香可分與諸夫人。諸舍中無所為，學作履組賣也。吾歷官所得綬，皆著藏中。吾餘衣裘，可別為一藏。不能者兄弟可

〔註56〕　《樂府詩集》，第454頁。
〔註57〕　王運熙先生考《樂府解題》為唐人劉餗著，一卷，「其解語與吳兢《樂府古題要解》多相類同，但均簡略。」王運熙：《漢魏六朝樂府詩研究書目提要》，《樂府詩述論》（增補本），第334～335頁。
〔註58〕　《文選》卷六〇，第2594～2601頁。
〔註59〕　《晉書》卷五四《陸機傳》：「會（楊）駿誅，累遷太子洗馬、著作郎。」第1473頁。本卷《校勘記》：「據陸機自作文，官著作郎任卜叉『轉殿中郎』之後，時為元康八年。」（第1488頁）「自作文」應即為此《弔魏武文》。《晉書》卷二四《職官志》：「元康二年，詔曰：『著作舊屬中書，而秘書既典文籍，今改中書著作為秘書著作。』於是改隸秘書省。……著作郎一人，謂之大著作郎，專掌史任。」第735頁。《宋書》卷四〇《百官志下》所述著作改隸秘書及職任略同。第1246頁。

共分之。』」「又云：『吾在軍中，持法是也。至小忿怒，大過失，不當效也。』」又有「持姬女而指季豹以示四子曰：『以累汝！』因泣下。」曹操離世前的種種言語，讓陸機歎息：「悲夫！」「善乎」「傷哉！」他感念曹操英雄賢俊而存乎大戀，「遂憤懣而獻弔」。注引《白虎通》曰：「天子崩，臣子哀痛憤懣。」由此哀痛憤懣之情而作弔文，敘述的主角是拔山蕩海的千載君王曹操，敘述的重心在曹操自漢末乘風雷之勢，摧群雄滅勍敵的功業。弔文五段，首三段述魏武建不世之功而病逝洛陽，後二段是託付子女，遺令總總。雄才偉業與顧戀家人各占一半。遺令交待的諸項都被細細寫入弔文，如愛子託人：「執姬女以嚬瘁，指季豹而漼焉」；分香作履：「紆廣念於履組，塵清慮於餘香」；登臺祭奠望陵：「徽清絃而獨奏，進脯糒而誰嘗？悼繐帳之冥漠，怨西陵之茫茫。登爵臺而群悲，眝美目其何望？」等等。然而，登臺望陵只是諸遺令中的一項，只占弔文末一段的部分文字，它與其他遺令一起讓陸機感懷，卻並沒有特出之位。

「銅雀」系列曲題下收錄的齊梁陳六位詩人的鄴城樂府，詩歌本事也應來自魏武遺令，〔註60〕但與晉人陸機「覽見遺籍以慷慨，獻茲

〔註60〕 《三國志》卷一《魏書‧武帝紀》：「（建安）二十五年（220年）……王崩於洛陽，年六十六。遺令曰：『天下尚未安定，未得遵古也。葬畢，皆除服。其將兵屯戍者，皆不得離屯部。有司各率乃職。斂以時服，無藏金玉珍寶。』諡曰武王。」第53頁。此遺令簡短明確，態度警覺，與陸機所見魏武帝遺令風格頗不盡同。陸機任著作郎，能檢閱皇室珍藏文檔，所見魏武遺令應有其事，非是虛構。齊梁陳詩人所瞭解的魏武故事或來自晉室書籍所載，或徑由陸機之文轉而得知。《樂府詩集》沒有指明《鄴都故事》作者，書中引《鄴都故事》有四則，皆在曲題題解處。一為此處《銅雀臺》，述魏武帝遺命。二為《塘上行》，述魏文帝甄皇后以讒見棄，臨終詩「蒲生我池中」（卷三五，第521頁）。三為《鬥雞篇》，述魏明帝築鬥雞臺，趙石虎鬥雞於此。曹植有詩「鬥雞東郊道」（卷六四，第927頁）。四為《三臺》，題解有眾多「三臺」釋義，《鄴都故事》述漢末曹操破袁紹於鄴、築三臺事（卷七五，第1057頁）。由此，宋人郭茂倩搜檢的《鄴都故事》主要講述的是曹魏時事。黃惠賢先生輯校《鄴中記》，對《鄴都故事》的成書年代、作者進行了考證，推斷如下：記載鄴城年代最早的專門史籍為東晉陸翽所撰《鄴

文而淒傷」，以慷慨淒傷之情並舉帝王曹操的霸業與末命不同，南朝詩
人變換了視角和主角，重說了故事。試舉二首：

　　　　縹帷飄井干，樽酒若平生。鬱鬱西陵樹，詎聞歌吹聲。
　　　芳襟染淚跡，嬋娟空復情。玉座猶寂寞，況乃妾身輕。（齊·
　　　謝朓《銅雀妓》）〔註61〕

　　　　淒涼銅雀晚，搖落墓田通。雲慘當歌日，松吟欲舞風。
　　　人疏瑤席冷，曲罷縹帷空。可惜年將淚，俱盡望陵中。（陳·
　　　張正見《銅雀臺》）〔註62〕

謝朓所作是《樂府詩集》銅雀系列中收錄年代最早的，曲題下注：「《銅
雀妓》：《詩紀》卷五八、《謝宣城詩集》卷二均作《同謝諮議詠銅爵臺》」。
張正見《銅雀臺》題解也說：「一曰《銅雀妓》」。《銅雀臺》與《銅雀妓》

　　　中記》，以石虎事為主，常追溯魏晉，又稱《石虎鄴中記》。其後，北
　　　齊末楊楞伽撰《鄴都故事》，多記北齊典章故事，故有稱其《北齊鄴都
　　　故事》。之後，隋開皇中裴矩編撰《鄴城故事》，內容與文句均較簡略，
　　　往往大段摘錄《鄴中記》（《新唐書·藝文志》「作《鄴都故事》，或有
　　　訛誤」）。「唐肅、代時，馬溫二卷本《鄴都故事》，大約為前三書綜合
　　　之節本，沿用楊著書名。」這四部書在唐宋之際似尚並行於世，靖康
　　　後文籍散失，南宋時僅存馬溫《鄴都故事》與《鄴中記》，《鄴中記》
　　　已不全，多以《鄴都故事》補綴。（黃惠賢：《輯校〈鄴中記〉序》，《鄴
　　　城暨北朝史研究》，第368～376頁。）則生活於北宋後期的郭茂倩，
　　　他在《樂府詩集》中引徵的《鄴都故事》最有可能是馬溫的《鄴都故
　　　事》，文中講述的曹魏時事或即來自馬溫摘引的追溯前代史事的陸翽
　　　《鄴中記》文字。然而，《銅雀臺》題解首列《鄴都故事》，較易引發
　　　誤解。西晉陸機自不必說，僅陳代詩人可能參閱到的楊楞伽《鄴都故
　　　事》，楊書中又有可能並不載有魏武遺命。郭茂倩為何不直接截取陸機
　　　《弔魏武帝文》相關部分，而從馬溫《鄴都故事》？馬溫《鄴都故事》
　　　中所記「魏武遺命」不能準確斷定最早史源，今存《鄴中記》「銅雀三
　　　臺」條「魏武遺命」是據《樂府詩集》所補（黃惠賢輯校：《鄴中記》，
　　　《鄴城暨北朝史研究》，第418～419頁），於是，南朝齊梁陳詩人所作
　　　「銅雀」系列樂府詩已成為自陸機後記錄「魏武遺令」最早資料之一，
　　　南朝詩人對「魏武遺令」的轉述，對鄴城銅雀臺意象的塑造也就更應
　　　值得重視。
〔註61〕　《樂府詩集》卷三一，第457頁。
〔註62〕　《樂府詩集》卷三一，第454頁。

兩題的混用或錯置，不止是詩文抄錄流轉上的疏漏，更是表明了兩題詩歌在形式內容結構上的高度相似，詩中呈現基本相同的類型模式，甚至「銅雀臺」「銅雀妓」本身也就是這一模式中的最顯著標識，不妨說二者是曹魏鄴城意象的互文並稱。如上引二詩可見，詩人從前代故事傳說中提取出「銅雀臺、西陵、墓田、望、繐帳、十五、作伎」等等關鍵詞，再增添暮色松風的特定環境，將原始故事悲情化，隱去曹操，推出（一位）歌舞罷向陵而泣的女伎形象。這一形象經過其他南朝詩人的渲染加工，[註63] 配合固定化了的季節、時刻、動作、表情、場景等等成分構成一個整體，塑造出鄴城「銅雀臺／妓」新的意象，而重點在「妓」而不在「臺」，銅雀高臺、西陵墓田、松風慘雲等等不過顯示鄴城主角銅雀妓（當然，真正的主角是隱在銅雀妓身後的曹操）無盡幽怨的背景。與之前的「登臺」類詩賦不同，它弱化了「臺」所引發的宮室奢華、貴遊宴樂的聯想，又不取追悼武帝曹操的詩文多有的慷慨悲憤之情，代之以物是人非的傷感淒涼，為「鄴城」增添了另一層南朝化意蘊。

　　《樂府詩集》中標注為陳朝人的荀仲舉實為梁人，太清元年（547年）蕭梁於寒山一役中敗於東魏，荀被俘入北。入齊後的一次酒宴上，暢飲著的荀仲舉不知是否醉了，狠狠地咬住平時甚是禮遇他的長樂王尉粲的手指，「齧粲指至骨」。事後他解釋道，還以為那是條鹿尾巴。生「性粗武」實為鮮卑人的北鎮武士毛茸茸的手指成了南方人正經嚴肅的戲謔對象。[註64] 生活在鄴城的荀仲舉，他的《銅雀臺》應該是最

〔註63〕 如將登臺望陵的場景安置於秋日。或許是由「十五月夜」生發而成。見同卷何遜、江淹詩與下引荀仲舉詩。又如將場景換為日暮時分，見同卷何遜詩。

〔註64〕 《北齊書》卷四五《文苑‧荀仲舉傳》，同書卷一五《尉景附子粲傳》，第 627、195 頁。荀答句原為「我那知許，當是正疑是塵尾耳。」據本卷《校勘記》辨析，《冊府》《御覽》「塵」皆作「鹿」。第 636 頁。又《梁書》卷三《武帝紀》：「（太清元年八月）王師北伐，以南豫州刺史蕭淵明為大都督。……冬十一月，魏遣大將軍慕容紹宗等至寒山。丙午，大戰，淵明敗績」。《梁書》，北京：中華書局，1973 年，第 92 頁。

有可能實地實景描寫了：

　　　　　高臺秋色晚，直望已淒然。況復歸風便，松聲入斷弦。

　　　　　淚逐梁塵下，心隨團扇捐。誰堪三五夜，空對月光圓。〔註65〕

前四句突出銅雀臺，後四句引出銅雀妓，正與前引張正見《銅雀臺》的結構相同。張詩寫銅雀臺用「銅雀（臺）、墓田、松、歌、舞、淒涼、晚」，荀詩依次用「高臺、秋色、晚、淒然、歸風、松、斷弦」，除「臺、松、淒、晚」直接相合，荀詩中的「歸風」有回風之意，「斷弦」也可推測或有歌、舞。張詩寫銅雀臺上的女伎用「瑤席、疏、冷、曲、繐帷、空、淚，望陵」，荀詩依次用「淚、梁塵、團扇、三五夜，空、月光圓」，直接相合的是女伎的「淚」；「疏、冷」與「空」是兩位詩人同樣渲染出的淒冷場景。張詩用設瑤席、置繐帷、望陵來回應「魏武遺令」中叮囑的「於臺堂上施八尺床，繐帳，朝晡上脯糒之屬」和「汝等時時登銅爵臺，望吾西陵墓田」。荀詩則以「梁塵」，暗指動人之歌聲，「團扇」，指代失寵、被棄之宮女，用「三五夜」（即十五月圓夜）的月光圓來對應遺令中「月朝十五，輒向帳作妓」，揭示這些「妾與伎人」無限幽怨的情緒。

　　張正見的父祖本是北魏大臣，父歸蕭梁，張十三歲時即因過人才華為簡文帝蕭綱所稱賞，成年後所作五言詩「大行於世」。〔註66〕荀仲舉由梁入魏後也以文學知名。身處南北的兩位詩人，對「銅雀臺」的敘述如出一轍；自然，他們有各自詩化的重點，但從詩歌的構架、語言、情緒和意境看，兩位詩人分明是受一個確定了的古典來源的觸發，並使用相同的思維來塑造這個形象。

　　南朝的諸位鄴城詩作者，謝朓曾接待北使，張正見或許有父輩轉述北方見聞。其他幾位如江淹、劉孝綽、何遜，史傳中沒有他們出使北方和接待北使的記載。〔註67〕自然，無論是否出使北方或接待北使，

〔註65〕《樂府詩集》卷三一，第455頁。

〔註66〕《陳書》，卷三四《文學‧張正見傳》，北京：中華書局，1972年，第469～470頁。

〔註67〕《南齊書》卷四七《謝朓傳》：「隆昌（494年）初，敕朓接北使，朓自以口訥，啟讓不當，不見許。」〔梁〕蕭子顯：《南齊書》，北京：中

不能斷定沒有一點北方消息的傳入。但由他們的詩作內容看去，與身處鄴城的荀仲舉相似，對鄴城和銅雀臺的描述大多不是靠眼見耳聞，而是編織舊典故事來抒發自己的情懷。樂府裏眾多曲題都是繼承漢魏古題而來，而「銅雀」系列首見於南齊；當時詩文創作多同題唱和之舉，但正史中並無「銅雀」唱和這一雅事的記錄，是否可以這樣推測：承晉正統自居的南朝人，在感情上對一個北方政權的都城，並不覺親切；他們關注的不是當時的鄴都，而是與本朝有更多歷史與文化關聯的曹魏鄴城。加之時空的懸隔，他們可以比較自如地編選曹魏之事，以一個人作為描寫一個城池的切入點，體會曹操豪傑情志中的兒女深情。延至後世，齊梁新出的鄴城之意已經逐漸凝聚成一個固定的經典意象。鄴城不是異族統治下的北方都城，也不盡是曹操建起的意氣風發的魏都，它只是一個英雄不在的暮光之城，是一個寄託幽思、交織歷史與現實複雜情懷的城市。

（二）文治與武功的重建：北方詩歌裏的鄴城

在北方，自後趙石虎遷都鄴城，鄴的重建大體上由胡人主導。石虎在石勒重建鄴城的基礎上，在曹操時的正殿廢墟處修東西太武殿，又對三臺重加修繕，「甚於魏初。於銅爵臺上，起五層樓閣，去地百七十尺，周圍殿屋一百二十房，房中有女監、女妓」。諸多苑林費盡人力，「五月發五百里內民萬人，築華林園，垣在宮西，周環數十里」；「華林苑，在鄴城東二里。石虎使尚書張群發近郡男女十六萬人，車萬乘，運土築華林苑。又築長牆數十里」。在園內種植各種果樹，並引漳水入園。宮苑布置極盡奢華。〔註68〕又廣造佛寺，延請僧侶，開展譯經。宏大堂皇的宮苑城池引得北方各政權統治者競相傚仿。其後，前燕繼續都

華書局，1972 年，第 826 頁。查《梁書》卷一四《江淹傳》，第 247～251 頁；卷三三《劉孝綽傳》，第 479～484 頁；卷四九《文學‧何遜傳》，第 693 頁，皆未有出使北方或接待北使的記錄。荀仲舉、張正見傳中也無此類記載，事見前文引注。

〔註68〕《鄴中記》「太武殿」條、「銅雀三臺」條、「華林園」條，前引《鄴城暨北朝史研究》，第 379 頁、第 395 頁、第 415 頁。

鄴，對石虎後期和冉閔在位時毀壞的建築重修復建，整個城市保持著後趙的規模。〔註69〕只是，這一段時期的鄴城，仍然不在樂府詩的關注範圍內。

北魏統一北方後，南北關係緩和，互相通使，行人不斷。遷鄴後東魏李諧出使蕭梁，梁主客郎范胥問，為何由「盛美」的洛陽遷往並非「測影之地」的鄴城，李諧解釋，鄴城正在關河之內，也曾是皇居帝里，與洛陽相去不遠。而聖人是相時而動，本不待情勢。李諧本人經歷了魏分東西，東魏孝靜帝由洛遷鄴，他的辯解其實是有些勉強的；最後他答覆范胥提出的金陵王氣盛於前代說，終究還是斷定：「帝王符命，豈得與中國比隆？紫蓋黃旗，終於入洛。」在這位北方使者心目中，洛陽相較鄴城，始終是更傳統更強大的中華正統所在。提問的范胥「默而無答。江南士子，莫不嗤尚」。〔註70〕可知李諧敘述的南北之別與洛、鄴兩城的區分，所堅持的地域正統論是南方士人也難於反駁的。

然而，自西晉後期以來，洛陽殘破，大多數南方人和南遷的中原人士已將洛陽視作夷狄所處的荒蕪之地，〔註71〕遑論久置於外族治下的鄴城。自然，在北魏孝文帝的一系列改革後，北方的文教慢慢恢復。永安二年（529年）蕭梁名將陳慶之護送元顥入洛，回到南方後感歎「昨

〔註69〕《晉書》卷一百一〇《慕容儁載記》：「儁自薊城遷於鄴，赦其境內，繕修宮殿，復銅雀臺」，第2838頁。

〔註70〕《魏書》卷六五《李平傳》，第1460～1461頁。〔宋〕李昉等編：《太平廣記》，卷一七三「俊辯」「李諧」條，北京：中華書局，1961年，第1282頁。〔宋〕劉敞：《南北朝雜記》，「李諧」條，《叢書集成初編》第3827冊《兩晉解疑（及其他三種）》，北京：中華書局，1991年，第6～7頁。孫英剛《洛陽測影與「洛州無影」——中古知識世界與政治中心觀》仔細分析了這段對話，指出洛陽作為測影之地、「土中」的思想傳統和觀念對南方士人與統治者擁有持續的正統號召力。《復旦學報（社會科學版）》2014年第1期，第2～9頁。

〔註71〕〔魏〕楊衒之撰，周祖謨校釋：《洛陽伽藍記校釋》（第2版），卷二《城東》「景寧寺」條，「欽重北人」的陳慶之自述「自晉宋以來，號洛陽為荒土，此中謂長江以北盡是夷狄」。北京：中華書局，2010年，第93頁。

至洛陽，始知衣冠士族並在中原，禮儀富盛，人物殷阜，目所不識，口不能傳」。〔註72〕進入東魏，出使南方的使者們往往能與蕭梁的主客郎接對相當，言語間各占機鋒。梁武帝見魏使李諧、盧元明後，「謂左右曰：『朕今日遇勍敵，卿輩常言北間都無人物，此等何處來？』」〔註73〕然而蕭梁出使鄴城的南方使臣們，在親身感受到當時北方地區文化的顯著進步後，他們流傳下來記錄、稱許鄴地和鄴下人士的話語或篇章卻並不多；在受文體、題材所限的樂府詩中就更難見到了。整體而言，此時鄴城的文教不夠顯赫，人物不夠華美。雖然也有如邢子才等「好經術，亦以才博擅名」的文士精英，但更多的是談吐囉嗦、不著要領的鄴下博士們。〔註74〕梁武帝驚異的北間人物盡是「一時之選，無才地者不得與焉」；梁使臣入鄴，「鄴下為之傾動」。〔註75〕在南方對北方審視的重心文化方面，北方在進步，卻非躍進，新的文化中心的建立並未完成，南北對等的交流在現實與心理層面顯然都還未有大規模實現。

但在當時的北方，若從軍事、政治考量，鄴城比洛陽實在更適合作為首都。天平元年（534年），高歡以「孝武既西，恐逼崤、陝，洛陽復在河外，接近梁境，如向晉陽，形勢不能相接，乃議遷鄴」，並且，在遷都「詔下三日，車駕便發，戶四十萬狼狽就道」。〔註76〕如此匆忙是因為面對西、南兩方之敵，地處河北的鄴城比河南的洛陽更為安全與重要。一千多年後，顧祖禹總結歷代河北戰事與政局，也認為「自古用兵，以鄴而制洛也常易，以洛而制鄴也常難，此亦形格勢禁之理矣」。進一步推廣看去，鄴地「據河北之襟喉，為天下之腰膂」，「馳逐中原，鄴其縮轂之口」。〔註77〕

〔註72〕《洛陽伽藍記校釋》卷二《城東》「景寧寺」條，第93頁。
〔註73〕《北史》卷四三《李崇傳》，第1604頁。
〔註74〕王利器：《顏氏家訓集解》（增補本），卷三《勉學》：「買驢，書券三紙，未有驢字」，北京：中華書局，1993年，第177頁。
〔註75〕《北史》卷四三《李崇傳》，第1604頁。
〔註76〕《北齊書》卷二《神武紀》，第18頁。
〔註77〕〔清〕顧祖禹：《讀史方輿紀要》，卷四六《河南方輿紀要序》，第2085頁；卷四九《河南》，第2315、2316頁，北京：中華書局，2005年。

　　再則，就營建新都而言，自遷鄴之始，主政者即是以「上則憲章
前代，下則模寫洛京」為標準的。〔註78〕即遠追曹魏、石趙的鄴城，
近擬魏晉洛陽、特別是北魏洛陽的樣貌，也是新城營建者生活過的洛
陽的樣貌。〔註79〕於是，在為了容納新遷入人口而在原鄴城南面營建
新宮時，這座鄴南城的修建不僅直接使用洛陽宮殿材料，在城市規劃
布局上也多借鑒沿襲洛陽之例。武定四年（546年），「移洛陽漢魏石經
於鄴」。〔註80〕東魏統治者力圖建起一座能代替洛陽地位的新的都城，
它既佔據河北地勢之利，又能取得中原正統的位置。〔註81〕在與西方、
南方政權並立時，可以發出「尺書徵建鄴，折簡召長安」的壯語。〔註
82〕然而，這一在文化上統一北方、傲視南方的用心至少在樂府詩中並
沒有得到多少回應。記錄這段歷史中一系列分裂轉折的是流傳於民間

〔註78〕　《魏書》卷八四《儒林‧李業興傳》：「遷鄴之始，起部郎中辛術奏曰：
　　　　『今皇居徙御，百度創始，營構一興，必宜中制。上則憲章前代，下
　　　　則模寫洛京。……通直散騎常侍李業興碩學通儒，博聞多識，萬門千
　　　　戶，所宜訪詢。今求就之披圖案記，考定是非，參古雜今，折衷為制，
　　　　召畫工並所須調度，具造新圖，申奏取定。庶經始之日，執事無疑。』
　　　　詔從之。」（第1862頁）則是新都的規劃除了「憲章前代，模寫洛京」
　　　　的原則外，是以「參古雜今，折衷為制」為指導的，「今」的指標無疑
　　　　指洛陽，糅合遠近古今，求得中制。且辛術推薦問詢的李業興是以碩
　　　　學通儒知名，本傳記其「博涉百家，圖緯、風角、天文、占候無不詳
　　　　練，尤長算曆」（第1861頁），也能見當時營建初始的各種考量。《北
　　　　齊書》卷三八《辛術傳》：「（術）與僕射高隆之共典營構鄴都宮室，術
　　　　有思理，百工克濟。」第501頁。《北齊書》卷一八《高隆之傳》：「天
　　　　平初，……領營構大將，京邑製造，莫不由之。」第236頁。
〔註79〕　陳寅恪《隋唐制度淵源略論稿》：「東魏鄴都之制，……即將洛陽全部
　　　　移徙於鄴是也。其司營構之任而可考知者，……北魏洛陽都邑環境中
　　　　所產生之人物而已。」北京：商務印書館，2011年，第80頁。
〔註80〕　《魏書》卷一二《孝靜紀》，第308頁。
〔註81〕　王靜、沈睿文《一個古史傳說的嫁接──東魏鄴城形制研究》精到分
　　　　析了東魏統治者利用在新建鄴城南城時挖掘出神龜一事，規劃布局，
　　　　建築起北方新的權力中心的過程。在南北三個政權並立時，樹立鄴城
　　　　為天下之中，彰顯東魏的文化正統。《北京大學學報（哲學社會科學
　　　　版）》第43卷第3期，2006年5月，第86～91頁。
〔註82〕　《北齊書》卷三七《魏收傳》，第487頁。

的一些謠歌：

> 可憐青雀子，飛來鄴城裏。羽翮垂欲成，化作鸚鵡子。
> (《東魏童謠》)

> 可憐青雀子，飛入鄴城裏。作巢猶未成，舉頭失鄉里。
> 寄書與父母，好看新婦子。(《北齊鄴都童謠》) 〔註83〕

這是記敘東魏北齊更替之事的兩條謠歌。清河王之子元善見，永熙三年（534年）被權臣高歡立為帝，都鄴城，魏分東西。「雀子謂魏帝清河王子，鸚鵡謂神武」。〔註84〕這位十一歲即位的少年皇帝一直生活在監視中，被高澄罵作「癡人」、「狗腳朕」。曾「不堪憂辱」，與臣下密謀「偽為山而作地道向北城」逃走。〔註85〕武定八年（550年），高洋逼迫孝靜帝禪位，奪取東魏政權，建立北齊。不久，孝靜帝中毒而死，皇后高氏（高歡之女，太原公主）改嫁楊愔作了新婦。鄴城見證了傀儡天子十七年的艱難處境和屈辱命運。

再看北齊時的一組歌謠：

> 百尺高竿摧折，水底然燈澄滅。(《北齊武定中童謠》)

> 馬子入石室，三千六百日。(《北齊文宣時謠》)

> 狐截尾，你欲除我我除你。(《北齊後主武平初童謠》)

> 和士開，七月三十日，將你向南臺。

> 七月刈禾傷早，九月喫糕正好，十月洗蕩飯甕，十一月出卻趙老。(《北齊後主武平中童謠二首》)

> 黃花勢欲落，清尊但滿酌。(《北齊後主武平末童謠》)

> 金作掃帚玉作把，淨掃殿屋迎西家。(《北齊末鄴中童謠》) 〔註86〕

〔註83〕 《樂府詩集》卷八九，第1253、1254頁。
〔註84〕 《北齊書》卷二《神武紀》，第18頁。
〔註85〕 《北史》卷五《魏本紀五》，第196頁。
〔註86〕 《樂府詩集》卷八九，第1254～1255頁。

這七條北齊歌謠，分別預見了高澄遇刺身亡、高洋在位年日、胡長仁謀刺和士開反為和所害、高儼殺和士開、高儼死、趙彥深出為西兗州刺史、穆提婆母子衰敗、北周滅齊等北齊大事。〔註87〕預言之後每每接以「未幾」、「果如」而「應之」，強大的時間緊迫感混雜著童謠自身明朗又詭譎的氣質，彌漫著鄴城。

有意味的是，北朝後期，北齊詩人盧思道記錄的兩次鄴城遊宴活動，仍然是將目光回首投向了建安時期：

　　　鄴下盛風流，河曲有名遊。應、徐託後乘，車馬踐芳洲。豐茸雜樹密，遙裔鶴煙稠。日上疑高蓋，雲起類重樓。金羈自沃若，蘭棹成夷猶。懸匏動清吹，採菱轉豔謳。還珂響金埒，歸袂拂銅溝。唯畏三春晚，勿言千載憂。(《河曲遊》)

　　　城南氣初新，才王邀故人。輕盈雲映日，流亂鳥啼春。花飛北寺道，弦散南漳濱。舞動淮南袖，歌揚齊後塵。駢鑣歇夜馬，接軫限歸輪。公孫飲彌月，平原宴浹旬。即是消聲地，何須遠避秦。(《城南隅讌》)〔註88〕

在詩歌中稱道「鄴下風流」的，盧思道或許是第一人。〔註89〕第一首詩很明顯是向曹丕「河曲之遊」的致敬之作。

曹丕在建安二十年（215年）寫給友人吳質的書信中回憶：「每念昔日南皮之遊，誠不可忘。……今果分別，各在一方。元瑜長逝，化為

〔註87〕 姜望來《謠讖與北朝政治研究》第十章第二節《鄴城謠讖與東魏北齊政局》，詳細列舉了二十一件與東魏北齊高氏統治有關的謠諺讖緯事件，認為「高齊時代之鄴城，謠讖盛行並與政治緊密結合」，天津：天津古籍出版社，2011年，第218～224頁。另，姜文推論，「北周吞滅北齊，既是北周勢力壯大所致，也是北齊社會政治日益謠讖化之必然結果」（第224頁），對於北齊末年社會政治特徵及其發展結果的判斷似乎稍顯過度。

〔註88〕 《樂府詩集》卷七七，第1086～1087頁。

〔註89〕 正史中提到「鄴下風流」的，如《北史》卷四三：「是時鄴下言風流者，以（李）諧及隴西李神俊、范陽盧元明、北海王元景、弘農楊遵彥、清河崔贍為首。」第1604頁。

異物，每一念至，何時可言？方今蕤賓紀辰，景風扇物，天氣和暖，眾
果具繁。時駕而遊，北遵河曲，從者鳴笳以啟路，文學託乘於後車。」。
建安二十三年，又與吳質書曰：「昔年疾疫，親故多罹其災，徐、陳、
應、劉，一時俱逝，痛何可言邪！昔日遊處，行則同輿，止則接席，何
嘗須臾相失！每至觴酌流行，絲竹並奏，酒酣耳熱，仰而賦詩。當此之
時，忽然不自知樂也。」〔註90〕可知曹丕記憶中的友朋同遊是歡樂的，
在當時竟已「不自知樂」；而對同遊的追憶每每伴隨著傷逝之歎，實在
是有很深的悲傷。

　　盧思道的詩則略去了這種悲傷，直接回溯到曹丕與徐幹、應瑒等
暢遊河曲的歡樂之時，用「懸匏、採菱」兩句回應《與吳質書》中所
記絲竹之樂。詩中車馬、高樓、金羈、蘭棹等等都是曹氏兄弟與文士
們遊宴中頻頻出現的景物。感歎人生短促，應及時行樂，也是建安詩
作裏常常流露的一種情感。第二首則引獨佔八斗之才的曹植入詩，用
漳水南岸鄴城一隅的歌舞歡宴，遙遙比附三百年前同樣熱鬧的曲宴。
〔註91〕

　　顯然，這兩首樂府詩所展現出的鄴城記錄是經過作者選擇的，它

〔註90〕　《三國志》卷二一，《魏書·王粲傳》裴注引魚豢《魏略》，第608頁。
　　　　《王粲傳》記「始文帝為五官將，及平原侯植皆好文學。粲與北海徐
　　　　幹字偉長、廣陵陳琳字孔璋、陳留阮瑀字元瑜、汝南應瑒字德璉、東
　　　　平劉楨字公幹並見友善。」第599頁。

〔註91〕　祝尚書著：《盧思道集校注》，成都：巴蜀書社，2001年，第35～37、
　　　　33～35頁。另，孫明君〈謝靈運〈擬魏太子鄴中集詩八首〉中的鄴下
　　　　之遊〉認為謝靈運的擬作是對鄴下遊宴詩的總結與模仿，這些擬作忽
　　　　視了鄴下諸子與曹操父子間存在的衝突和不快，忽視了鄴下諸子的理
　　　　想抱負，將這些志士們寫成追求享樂的世俗之士。鄴下之遊是曹丕一
　　　　人的完美記憶，而謝靈運卻將之擴大為建安時代鄴下諸子這個精英群
　　　　體的集體性完美記憶。文章提醒讀者要認清詩人情志的複雜性，注意
　　　　後續接受者的再創造。《陝西師範大學學報（哲學社會科學版）》第35
　　　　卷第1期，2006年1月，第24～28頁。細讀盧思道的這兩首樂府詩，
　　　　雖然也有追憶和復刻，卻並沒有一味沉溺於歡愉，鄴地的「風流」之
　　　　氣主導著遊宴行程。謝詩與盧詩所展示的氣象實有格局的不同，這
　　　　或許也是作者所欲傳達的情緒不同所致。

是鄴下風流的一個面相，它忽略了建安士人關注關懷的世事，更多地是在烘托出一種氣象，一種北齊士人盧思道認為鄴下應有的、類似建安時的「彬彬之盛，大備於時」〔註92〕的氣象。

　　這種京都氣象的想像，對自己歷史和地域文化的懷念是從鄴下的曹魏傳統開始的。雖說盧詩在技巧上借鑒齊梁詩人，情調與寫法都有南朝樂府和宮體詩的模樣，但對本地風流盛景的體認，自有其立足鄴下故地，依託河朔，書寫新興政治文化中心的用意。〔註93〕

　　自高歡遷孝靜帝於鄴城後，即刻回到晉陽，掌控軍力，遙制朝廷，「自是軍國政務，皆歸相府」。〔註94〕在高澄執政和北齊建立後，晉陽也一直是霸府別都所在，成為東魏北齊的實際軍事中心和政治重心。〔註95〕鄴城作為京城，留給士人們的空間更多的在文化培養上。「爰逮武平，政乖時蠹，唯藻思之美，雅道尤存」，〔註96〕後主高緯時設立文林館，〔註97〕初衷是編纂《御覽》，「當時操筆之徒，搜求略盡」，這是北齊士人整理文籍，進行文化建設的一種努力，因而史稱「待詔文林，亦是一時盛事」。待《御覽》完成後，「所撰錄人亦有不時待詔，付所司

〔註92〕《梁書》卷四九《文學·鍾嶸傳》，第 695 頁。
〔註93〕李俊：《初盛唐時期的盛世理想與文學》，北京：中國社會科學出版社，2008 年，第 106～110 頁。
〔註94〕《北齊書》卷二《神武紀》，第 18 頁。
〔註95〕崔彥華《「鄴——晉陽」兩都體制與東魏北齊政治》認為東魏北齊兩都制的特別之處在於，首都鄴城是基於陪都晉陽而選擇的。晉陽是當時的政治、經濟、軍事中心。《社會科學戰線》2010 年第 7 期，第 242～245 頁。梁傳福《再論東魏北齊時代的晉陽》也認為晉陽具備了首都的一切屬性，強調晉陽不僅是其時軍事、政治上的中心，在文化上也處於領先地位，是具有全局意義的中心都市。晉陽是東魏北齊的真正首都，鄴城是因晉陽而成為名義上的首都。《中國古都研究》（第二十輯），太原：山西人民出版社，2005 年，第 114～126 頁。此二文對晉陽的重要地位似已闡述過當。
〔註96〕《北齊書》卷四五《文苑傳》，第 602 頁。
〔註97〕《北齊書》卷四五《文苑傳》，「三年，祖珽奏立文林館，於是更召引文學士，謂之待詔文林館」，第 603 頁。卷八《後主紀》記武平四年（573 年）「置文林館」，第 106 頁。應是武平三年奏議設立文林館，四年正式設置。

處分者」。〔註 98〕而在北周攻陷晉陽，後主奔鄴時，「掌知館事」的顏
之推曾獻策南投陳朝；〔註 99〕其後同為館臣的盧思道、李德林等並為
皇太后、後主召見，商議禪位皇太子之事。〔註 100〕可知文林館臣確已
進入到某些政治核心決策中。〔註 101〕

　　上引兩首盧思道樂府詩並沒有確切的創作時間，但從詩中歡快的
春日之境，聯想當年遊宴共飲的建安諸子他們所懷抱的建功立業的理
想，作者或許也有不甘文學之臣而希望參與機要的用心，詩歌寫作的
時間應該還在北齊。史載高緯時「承武成之奢麗，以為帝王當然。乃更
增益宮苑，造偃武修文臺，其嬪嬙諸宮中起鏡殿、寶殿、玳瑁殿，丹青
雕刻，妙極當時」。〔註 102〕隋代追述前事時也說：「魏郡，鄴都所在，
浮巧成俗，雕刻之工，特云精妙，士女被服，咸以奢麗相高，其性所尚
習，得京、洛之風矣。語曰：『魏郡、清河，天公無奈何！』」〔註 103〕
君主的好尚引領著風氣，與傳統民風結合後，盧詩中的高屋重樓、宴飲
彌月其實就是當時京鄴都繁華的真實描繪。於是，在此樂府詩中，盧思
道的寫作信心追溯到曹魏之時，又濾去北齊後期京城過於奢靡的印象，
在這個「氣初新」的時節裏，自認為代表了北朝文化的士人盧思道，他
所強調、想要回歸的「鄴下」是經過了歷史情懷與文學傳統薰染，並且
為現實所激勵，是能夠容納他個人與時代想像的，「廣延髦俊，開四門
以納之，舉八紘以掩之，鄴京之下，煙霏霧集」的新的文化都城。〔註 104〕

〔註 98〕　《北齊書》卷四五《文苑傳》，第 604 頁。
〔註 99〕　《北齊書》卷四五《文苑傳》，第 617～618 頁。
〔註 100〕　《北齊書》卷八《後主紀》，第 110 頁。
〔註 101〕　黃壽成《北齊文林館考》詳細梳理了入文林館士人的官位品級、籍貫
　　　　　　出身與學識，分析文林館臣的職責，認為文林館臣與後世李唐王朝的
　　　　　　翰林學士有相似之處，設立文林館與當時在山東地區新形成的漢文化
　　　　　　有很大關係。《暨南史學》（第七輯），桂林：廣西師大出版社，2012
　　　　　　年，第 385～396 頁。
〔註 102〕　《北齊書》卷八《幼主紀》，第 113 頁。
〔註 103〕　〔唐〕魏徵：《隋書》，卷三〇《地理志》，北京：中華書局，1973 年，
　　　　　　第 860 頁。
〔註 104〕　《北齊書》卷四五《文苑傳》，第 602 頁。

　　然而，建德六年（577年）春正月，北周武帝宇文邕攻下鄴城，俘齊主，北齊亡。盧思道嚮往的帝都新氣象尚未成型即戛然而止。周武帝以鄴城過於奢華，下令拆毀三臺、宮殿、園林，〔註105〕改鄴城所在司州為相州。緊接著五月又下詔：「并、鄴二所，華侈過度……諸堂殿壯麗，並宜除蕩，薨宇雜物，分賜窮民。」〔註106〕四個月內兩度下令拆毀，鄴城看似是因奢獲罪，其實還是因為它在政治上的高度敏感，也即它作為北齊政權以及遠高於北周的關東文化的象徵地位。能帶走的文化主體──以文林館學士為首的十八文士，皆「隨駕後赴長安」，〔註107〕留下的殘垣廢墟，待後人憑弔。

　　但關中周隋政權對這座文化名城的疑忌尚不止此，大象二年（580年），相州總管尉遲迥據鄴城，起兵反抗楊堅，北方震動。〔註108〕鄴城之於河北地區的戰略意義重新凸顯。平定尉遲迥後，楊堅為了消除鄴城潛在的對於舊齊人士的號召力，「移相州於安陽，其鄴城及邑居皆毀廢之。分相州陽平郡置毛州，昌黎郡置魏州」。〔註109〕相州治所移往鄴城南面的安陽，轄區縮減，鄴城自身完全毀壞，因政治而興的一代名城又因政治而廢棄了。

四、「宮怨」與懷古：唐人的現實關懷

　　《樂府詩集》中沒有隋代詩人的鄴城主題作品，收錄的唐人鄴城樂府大多以銅雀臺、銅雀妓為題，用詞、結構、取意頗似南朝詩人。初

〔註105〕《周書》卷六《武帝紀》：「（建德六年春正月辛丑）詔曰：『偽齊叛渙，竊有漳濱，世縱淫風，事窮雕飾。或穿池運石，為山學海；或層臺累構，槃日凌雲。以暴亂之心，極奢侈之事，……其東山、南園及三臺可並毀撤。瓦木諸物，凡入用者，盡賜下民。山園之田，各還本主。』」《周書》，北京：中華書局，1971年，第101頁。

〔註106〕《周書》卷六《武帝紀》，第103頁。

〔註107〕《北齊書》卷四二《陽修之傳》，第564頁。

〔註108〕胡如雷：《周隋之際的「三方之亂」及其平定》，《河北學刊》1989年第6期，第57～66頁。胡先生將北周末年這場亂局中的緊張局勢和相關人物的各種考量、抉擇、行動生動又曲折地分析出來。

〔註109〕《周書》卷八《靜帝紀》，第133頁。

唐文學承六朝餘緒，前引鄭愔《銅雀臺》，詩中所用詞「鄴臺、玉座、金樽、妓、舞、歌、泣、陵」等與南朝鄴城樂府詩中的關鍵詞「銅雀臺、西陵、墓田、繐帳、作伎、淚、秋、暮」等意思大體相當，詩歌營造出的蕭索松風中的悲涼氣氛也大致相仿。除了這類延續南朝風格的鄴城詩，唐人鄴城樂府也有一二新變。現將《銅雀臺》、《銅雀妓》系列作品歸總拆解，列表簡析如下：

表 1 《樂府詩集》「銅雀」系列曲題內容分析表

題　名	作　者	時　代	關鍵詞	主　角	基　調	類　型
《銅雀臺》〔註 110〕	張正見	陳	銅雀、晚、墓田、歌、松、舞、風、瑤席、曲、繐帷、淚、望陵	歌者	淒涼	
	荀仲舉	梁	高臺、秋色、晚、望、歸風、松、弦、淚、團扇、三五夜、月光圜	奏曲女	淒然	
	王無競	唐（初）	銅雀、望、青松郭、繐帳、陵田、歌吹、塵、羅幕、妾怨、君恩、高臺、曲、淚	奏曲女	怨	類南朝鄴城詩

鄭愔	唐（初）	日斜、漳浦、望、風、鄴臺、玉座、金樽、妓、舞、帳、泣、歌、向陵、松風、愁煙、井欄	歌舞妓	蕭索	類南朝
劉長卿	唐（中）	高臺、西陵、漳河、蒼苔、青樓、月夜、日暮、鄴、君王、宮路、歌舞、行人	作者（感懷）	寂寞	懷古（君不見鄴中萬事非昔時，古人何在今人悲。）
賈至	唐（盛）	日暮、銅雀、西陵、撫弦、聽管、淚、奠、空床、月、妾	彈奏絃管女	心魂斷絕	類南朝
羅隱	唐（晚）	歌舞、淚、伴君死、望西陵	歌舞女	憔悴	類南朝
薛能	唐（晚）	魏帝、銅雀臺、黃花、棘叢、歌舞	作者（感懷）	雀臺成棘叢	懷古（人生富貴須回首）
張氏琰	唐	君王、冥寞、銅雀、歌舞、西陵、鳥、空殿、青苔、紅粉	紅粉（宮女）	空	類南朝

	梁氏瓊	唐	歌扇、陵、奠、舞、夢、月色、松聲、暮、未死妾、掩袂、銅臺	歌舞女	哀	類南朝兼訴奉陵（誰憐未死妾）
《銅雀妓》〔註111〕	謝朓	齊	縂帷、井干、樽酒、西陵、歌吹、淚、嬋娟、玉座、妾	歌吹女	鬱鬱寂寞	
	何遜	梁	秋風、葉落、管絃、望陵、歌、酒、帳、舞、帷幔、曲、日暮、松柏聲	歌舞者	寂寂	
	劉孝綽	梁	雀臺、三五日、歌吹、西陵、松風、素帷、弦斷、望陵	歌者	心傷悲	
	江淹	梁	武王、金閣、劍、佩、秋、月圓、白露、夜、燭、蘭幕、歌舞臺、螻蟻郭	作者（感懷）	寂寞	類懷古（徒登歌舞臺，終成螻蟻郭。）

〔註111〕《樂府詩集》卷三一，第456～461頁。

王勃	唐（初）	妓、深宮妓、曾城、君王、歌舞、錦衾、羅衣、高臺、西北望、流涕、青松	深宮妓		類南朝又似宮怨詩
王勃	唐（初）	金鳳、銅雀、漳河、鄴城、君王、臺榭、舞、筵、歌、西陵、松檟、綺羅	作者（感懷）		懷古（金鳳鄰銅雀，漳河望鄴城。／西陵松檟冷，誰見綺羅情。）
沈佺期	唐（初）	分鼎地、望陵臺、雄圖、遺令、綺羅、君、歌舞、妓、恩、漳河	作者（感懷）		懷古（昔年分鼎地，今日望陵臺。）
喬知之	唐（初）	金閣、分香、鉛華妝、歌舞地、君王、弦、曲、西陵暮、秋煙、白楊	作者（感懷）		懷古（共看西陵暮，秋煙生白楊。）
高適	唐（盛）	日暮、銅雀、幽聲、玉座、松柏、綺羅、君恩、妓、舞	歌舞女		類南朝

歐陽詹	唐（中）	古臺、黃金屋、落葉、陵、谷、妝容、舞態、繐帷、歌聲	作者（感懷）	蕭條、惆悵	懷古（高陵永為谷）
袁暉	唐（盛）	君、玉座、望陵、曲、松、暮、吹	奏曲女	怨、哀、悲	類南朝
劉商	唐（中）	魏主、美人、高臺、歌舞、夕陽、深谷、紅粉、弦、西陵木、秋風、曲、向西、哭、野草、陵寢、麋鹿	作者（感懷）		懷古兼訴奉陵（況復陵寢間，雙雙見麋鹿。／仍令身歿後，尚足平生欲。）
李賀	唐（中）	佳人、酒、秋容、石馬、歌聲、陵樹、高臺、淚眼	佳人	憂、愁	類南朝
吳燭	唐	秋色、西陵、綠蕪、弦、管、舞、淚珠	舞者		類南朝
朱光弼	唐	魏王、銅雀妓、日暮、管絃、西陵樹、舞	銅雀妓	悲	類南朝
朱放	唐（中）	歌、舞、西陵、日暮、妾	歌舞女	愁斷腸	類南朝

	皎然	唐（中）	樽酒、向陵看、君王、歌、曲	歌女	悲	類南朝
《雀臺怨》〔註112〕	馬戴	唐（晚）	魏宮、歌舞地、玉座、銅臺、雨、西陵樹、漳浦	作者（感懷）		懷古（萬恨盡埋此，徒懸千載名。）
	程氏長文	唐	君王、行人、簫笴、歌、雄劍、瑟、階、秋露、月、歌舞處、西陵灰	作者（感懷）		懷古（當時歌舞人不回，化為今日西陵灰。）

　　依照上表中的詩歌類型再作時代區分，記數如下：

表 2　《樂府詩集》「銅雀」系列曲題類型時代統計表

	南朝式	懷古類	
初唐	3 首	3 首	6 首
盛唐	3 首	0 首	3 首
中唐	3 首	3 首	6 首
晚唐	1 首	2 首	3 首
唐（不確定年代）	4 首	1 首	5 首
（唐代）總計	14 首	9 首	23 首
南朝	5 首	1 首	6 首
（歷代）總計	19 首	10 首	29 首

　　唐代詩人在銅雀系列 3 題 29 首詩作中創作了 23 首，貢獻大半，其中懷古類 9 首，類似南朝風格的 14 篇。這裡所說的類似南朝詩人風格或南朝式鄴城樂府詩即指上節歸納的有固定人物（女（伎））、固定地

〔註112〕馬戴詩《雀臺怨》題下注：「《雀臺怨》：《英華》卷二〇四作《銅雀臺》」。
　　　　《樂府詩集》卷三一，第 460 頁。

點（鄴城銅雀臺）、固定時間（秋日日暮／月夜）、標誌行為（望陵、歌舞、泣）和特定基調（悲）的鄴城主題詩作。如初唐沈佺期的《銅雀妓》：「昔年分鼎地，今日望陵臺。一旦雄圖盡，千秋遺令開。綺羅君不見，歌舞妾空來。恩共漳河水，東流無重回。」前半段大開大合發思古之情，後半段雖然歌舞妾寂寥登場，但她沒有望陵而泣，沒有照耀在三五月光下，也沒有秋色暮氣的從旁烘托，只是感懷「恩共漳河水，東流無重回」，傷悼追念先王的情思，因而還是歸入懷古類，並不算嚴格意義上的各項組成構件齊全的南朝風格鄴城詩。〔註 113〕唐人鄴城樂府中，這類南朝風樂府佔據近三分之二強，在唐代初盛中晚各個時期詩人筆下都會出現。若略去不明年代的作品，這類鄴城樂府詩在唐各時期裏的分布是較為平均的，沒有忽多忽少，在各個時期裏穩定地傳承，作為一種經典樣式書寫流傳。

（一）變化了的哀怨：奉陵主題

唐代詩人比他們的前輩偏好「銅雀臺／妓」題材，在唐人鄴城詩歌中，在其中的南朝風格《銅雀臺》《銅雀妓》詩裏，有些在情緒與基調上已發生了變化。如不確知年代的梁氏瓊《銅雀臺》裏的「誰憐未死妾」；中唐劉商《銅雀妓》中的「高臺無晝夜，歌舞竟未足」、「仍令身歿後，尚足平生欲」。一則是代入式的自言自語，哀怨不幸，一則是直指隱沒了的君王，兩者語氣都不再淒婉，比之南朝詩人筆下女伎在雀臺上追思舊日主君，淚水漣漣，這兩則簡直可以說是發出了控訴的聲音。這個控訴的對象應是唐代宮人的奉陵制度。〔註 114〕

〔註 113〕 這種劃分只為本文本節分析便利而設，對某首詩歌的類別屬性判斷也據此設定。當然，判斷各個構成要件的齊全時會有多少、程度的考量，以及對詩意的斟酌確認。

〔註 114〕 鄧小軍、馬吉兆《銅雀臺詩「宮怨」主題的確立及其中晚唐新變》指出，中晚唐銅雀臺詩包含了唐人對活人奉陵、配陵制度的現實批判。《北方論叢》，2009 年第 4 期，第 16～20 頁。本文此段全取此判斷。但鄧文將南朝至初唐作為銅雀臺詩「宮怨」主題的確立時期，將中晚唐作為「宮怨」主題的新變期，新變期中又包含著由現實批判到「懷古詠史」的發展，這一發展過程也是對傳統「宮怨」主題的突破過程。

　　「唐制……凡諸帝昇遐，宮人無子者悉遣詣山陵供奉朝夕，具盥
櫛，治衾枕，事死如事生。」〔註115〕唐代宮人的配陵制已屢為唐詩人
所批判，中唐後詩風、文風尚實、明道，在直刺現實的詩歌中，白居易
《陵園妾》、韓愈《豐陵行》都對奉陵制提出質疑。〔註116〕如搜羅史
實，南朝詩人續寫的鄴都銅雀臺故事中，身心囿於雀臺上的妾、伎命
運，與現實中奉陵宮人的悲劇最為契合。於是，唐人的銅雀主題樂府
中，不少是詩人針對現實的、代言式的寫作，也使這些樂府詩比之前代
多了怨憤之氣。而南朝詩人對雀臺上的妾、伎和背後君王的描述淒涼
不失婉約，也有由來。「自魏三祖以下，不於陵寢致祭，……至於江左，
亦不崇園寢。及宋齊梁陳，其祭無聞。」〔註117〕南朝人是靠著歷史的
想像來敘述鄴城銅雀臺，是自我設境生情創作出一個主題模式。

（二）虛實交錯的懷古主題

　　南朝詩人創作了奠定後世基本風格模式的「銅雀」樂府，江淹的
一首則與這一風格有所不同：

　　　　武王去金閣，英威長寂寞，雄劍頓無光，雜佩亦銷爍。

　　　　本文對「銅雀」主題的解釋切入視角不同，敘述與結論不盡相同，詳
　　　　見上下文。
〔註115〕《資治通鑒》卷二四九，《唐紀六五》「宣宗大中十二年（858 年）」條
　　　　胡注，第 8068 頁。
〔註116〕陳寅恪先生認為《陵園妾》「此篇實與陵園妾並無干涉」，是「以隨豐
　　　　陵葬禮，幽閉山宮，長不令出之嬪妾，喻隨永貞內禪，竄逐遠州，永
　　　　不量移之朝臣」。陳寅恪：《元白詩箋證稿》，第五章《新樂府》，北京：
　　　　三聯書店，2001 年，第 274～277 頁。然詩中「命如葉薄將奈何，一
　　　　奉寢宮年月多」、「山宮一閉無開日，未死此身不令出」等句，描繪宮
　　　　人幽閉絕望之情震動人心，似為直寫而非他喻。《樂府詩集》卷九九，
　　　　第 1383 頁。而韓愈《豐陵行》中「設官置衛鎖嬪妓，供養朝夕象平
　　　　居」句，森嚴冷酷，「鎖」字已將作者態度顯露無遺。〔清〕方世舉首，
　　　　郝潤華，丁俊麗整理：《韓昌黎詩集編年箋注》，北京：中華書局，2012
　　　　年，第 227～228 頁。
〔註117〕〔唐〕杜佑撰，王文錦等點校：《通典》，卷五二《禮十二》「上陵」，
　　　　北京：中華書局，1988 年，第 1450 頁。此條資料因讀上引鄧小軍文
　　　　得知。

> 秋至明月圓，風傷白露落。清夜何湛湛，孤燭映蘭幕。撫影
> 愴無從，惟懷憂不薄。瑤色行應罷，紅芳幾為樂。徒登歌舞
> 臺，終成螻蟻郭。（梁·江淹《銅雀妓》）〔註118〕

江淹筆下，魏武帝曹操又重回詩歌敘述的焦點。詩中寫曹操離世後人物兩非，英雄功業與樂事繁華，寥落頹敗。詩人悲「愴」無有同情者，懷「憂」深厚。江淹詩中仍含有南朝式鄴城詩的一些成分，如表時間的「明月圓」，綜合地點、行為的「歌舞臺」，這都是南朝詩人對魏武遺命故事整理、提煉、創作出的「銅雀臺」意象要素。另一面，江淹大概受陸機《弔魏武帝文》的啟發，將曹操作為主角，關注曹操並開始敘述曹操逝後鄴城的滄桑之變，明白地表達對古人往事的感喟。自然，他是沒有登臨銅雀臺的，他所懷之古還是得自書籍中或想像裏的。在他之後唐人懷古類的鄴城詩中，有不少延續了他的敘述結構和感情表達：

> 金鳳鄰銅雀，漳河望鄴城。君王無處所，臺榭若平生。
> 舞筵紛可就，歌梁儼未傾。西陵松檟冷，誰見綺羅情。（王勃
> 《銅雀妓》）
>
> 蕭條登古臺，回首黃金屋。落葉不歸林，高陵永為谷。
> 妝容徒自麗，舞態閱誰目。惆悵總帷前，歌聲苦於哭。（歐陽
> 詹《銅雀妓》）
>
> 魏帝當時銅雀臺，黃花深映棘叢開。人生富貴須回首，
> 此地豈無歌舞來。（薛能《銅雀臺》）〔註119〕

初中晚唐的三位作者，都在詩歌的前半段寫山河依舊、樓臺變遷，後半段轉而憐惜伎人。不同的是，銅雀臺由初唐時「若平生」，臺榭尚在，至中唐時已稱「蕭條」喚作「古臺」，到晚唐時黃花、棘叢深掩，徹底敗落。自中唐起，懷古類鄴城詩對鄴城的細節描寫，類似實地實景的書寫多了起來。如劉長卿的「漳河東流無復來，百花輦路為蒼苔。」「草

〔註118〕 《樂府詩集》卷三一，第 457 頁。
〔註119〕 《樂府詩集》卷三一，第 456～459 頁。

色年年舊宮路。宮中歌舞已浮雲，空指行人往來處。」舊時宮室化為烏有，帝王車道布滿青苔。劉商的「臺邊生野草，來去胸羅縠。況復陵寢間，雙雙見麋鹿。」道路廢棄，野草茂盛，不見行人。晚唐馬戴的「西陵樹不見，漳浦草空生。」則更是唯見野草的空曠世界了。〔註120〕

　　嚴耕望先生曾考察唐代太行山以東的南北走廊，它在南北交通上居於特殊重要的地位。相州正在這條南北走廊驛道之上。北去相州治所四十里的「鄴城自昔稱『平原千里，運漕四通。』唐人亦謂『鄴城最當官路，使命來往，賓客縱橫』」。〔註121〕此唐人語，摘自《全唐文》卷三〇六張楚《與達奚侍郎書》。〔註122〕達奚珣為玄宗朝人，後降於安祿山。「鄴城最當官路，賓客縱橫」的說法應是安史亂前，玄宗朝盛時的景象。然而，如此繁華的市鎮，唐人樂府對其往來交通的關注之少確實奇怪，或許這就是鄴城意象的經典化已部分制約了詩歌內容的選取與表達。

　　《樂府詩集》裏有另一首盛唐詩人張說的鄴城詩，創作時間早於張楚修書達奚郎時：

　　　　君不見魏武草創爭天祿，群雄睚眥皆相馳逐。晝攜壯士破堅陣，夜接詞人賦華屋。都邑繚繞西山陽，桑榆漫漫漳河曲。城郭為墟人改代，但有西園明月在。鄴旁高冢多貴臣，蛾眉曼睩共灰塵。試上銅臺歌舞處，唯有秋風愁殺人。(唐・張說《鄴都引》)〔註123〕

張說在開元元年（713年）以相州刺史充河北道按察使，〔註124〕他所

〔註120〕《樂府詩集》卷三一，第455、459、460頁。

〔註121〕嚴耕望：《唐代交通圖考》，卷五篇四五《太行東麓南北走廊驛道》，上海：上海古籍出版社，2007年，第1549、1532頁。

〔註122〕〔清〕董誥等編：《全唐文》，北京：中華書局，1983年，第3116頁。

〔註123〕《樂府詩集》卷九一，第1277頁。

〔註124〕《舊唐書》卷八《玄宗本紀》：「開元元年十二月……癸丑，……紫微令張說為相州刺史。」第172頁。卷九七《張說傳》：「俄而為姚崇所構，出為相州刺史，仍充河北道按察使。」第3052頁。《資治通鑑》卷二一〇《唐紀二六》「玄宗開元元年」條：「姚崇既為相，紫微令張

見的鄴城是「城郭為墟」。河北地區在唐時雖一直是軍事重地,但開元初鄴城規模遠不如前,也遠不及相州治所安陽。〔註125〕由王勃詩、張說詩到張楚之書,鄴城的發展應是經歷了一段過程。

又可注意的是,張說的這首《鄴都引》與前述「銅雀」系列在《樂府詩集》裏分屬不同曲調,並未排列在一起,而他的書寫,在敘述結構上和江淹詩是相似的。前四句寫魏武帝文武並施,於戎馬之餘,不廢吟詠。《三國志》論曹操,「漢末,天下大亂,雄豪並起……太祖運籌演謀,鞭撻宇內……克成洪業者,惟其明略最優也。抑可謂非常之人,超世之傑矣」。曹操「文武並施,御軍三十餘年,手不捨書,晝則講武策,夜則思經傳,登高必賦,及造新詩,被之管絃,皆成樂章」。〔註126〕詩人張說以文儒領袖鎮守邊塞,〔註127〕這四句的讚美,是感激於英雄的意氣。「都邑繚繞,桑榆漫漫」為追憶曹魏時鄴城盛景,人世更迭,城郭幾度興廢,只有曾經照耀西園公宴上的明月依舊。這裡的銅雀臺上的秋風沒有愁怨,沒有纖弱浮華,詩人由詠歎歷史上的王霸興亡,自然生發思古幽情。將鄴城與霸業相繫,編織起不同於南朝式雀臺詩的另一類人、時、事的排列組合。張說為姚崇所排由京城而邊鎮,面對蕭條

說懼,乃潛詣岐王申款。……(十二月)癸丑,說左遷相州刺史。」第6692頁。另可參前引郁賢皓《唐刺史考全編》卷一〇〇「相州」,第1406頁。

〔註125〕 《舊唐書》卷三九《地理志二》:「(河北道相州)漢魏郡也。後魏道武改為相州,隋為魏郡。武德元年(618年),置相州總管府,領安陽、鄴、……八縣。……天寶元年(742年),改為鄴郡。乾元元年(758年),復為相州。」「後周移鄴,置縣於安陽故城,仍為鄴縣。隋又改為安陽縣,州治所。」「周大象二年,隋文輔政,相州刺史尉遲迥舉兵不順,楊堅令韋孝寬討迥,平之。乃焚燒鄴城,徙其居人,南遷四十五里。以安陽城為相州理所,仍為鄴縣。煬帝初,於鄴故都大慈寺置鄴縣。貞觀八年(634年),始築今治所小城。」第1491~1492頁。

〔註126〕 《三國志》卷一《魏書·武帝紀》,第55頁。同卷裴注引王沈《魏書》,第54頁。

〔註127〕 《舊唐書》卷九七《張說傳》:「(說)為開元宗臣。前後三秉大政,掌文學之任凡三十年。」第3057頁。

寂寞之景卻引曹操戎馬風流來抒發不可拘於一時一事的志氣，與中、晚唐詩人懷古時的淡漠冷落相比，只能用盛唐風氣下的詩人心態才可以理解。另一盛唐詩人王維，寫少年時的英姿，引曹彰作勇猛的典範「射殺山中白額虎，肯數鄴下黃鬚兒」，〔註128〕出戰立功的情緒慷慨熱烈。這曾是建安時鄴下文人作品中的重要主題，但在後世卻幾乎為鄴城銅雀主題所棄用，也可說是模式化書寫的另一種影響了。

　　而到漁陽鼙鼓動，河北望風而下。九節度圍攻鄴城不下，躊躇兵敗。更多鄴城周遭的情況由杜甫《三吏》《三別》轉折記錄。安史之亂勉強平定，河北山東又為藩鎮所割據，驕兵悍將，貢賦不入，實際上不為唐所有，直至唐末。此地的甲兵形勢、山河險要、民心向背、民族矛盾等詳細描繪，往往在非樂府詩類中述及。〔註129〕中晚唐詩人的鄴城樂府詩中記錄此地的大多是荒涼之景。這種荒涼是實景又有可能是詩意，前引劉商詩中「生野草」、「見麋鹿」，是在描寫征人返鄉詩中常用的筆法，張氏琰《銅雀臺》「空殿沉沉閉青苔」句，也是宮怨詩中多見的場景。這些荒涼之境似實似虛，很難確認作者是否實際經過這裡。劉長卿道「君不見鄴中萬事非昔時，古人何在今人悲」，〔註130〕萬事已非，是景致也是人事，這或許就是鄴城在唐代極盛之時過後最真實的景象了。

　　那麼，唐人銅雀系列樂府詩何以不是直接受魏武遺令的觸發而

〔註128〕《樂府詩集》卷九〇，王維《老將行》，第1268頁。
〔註129〕晚唐詩人聶夷中著有《早發鄴北經古城》：「微月東南明，雙牛耕古城。但耕古城地，不知古城名。當昔置此城，豈料今日耕。蔓草已離披，狐兔何縱橫。秋雲零落散，秋風蕭條生。對古良可歎，念今轉傷情。古人已冥冥，今人又營營。不知馬蹄下，誰家舊臺亭。」（《全唐詩》，卷六三六，第7350頁）這個荒廢的古城應該就是廢棄的鄴都。此詩非樂府，而與樂府中的鄴城主題詩相比，敘述節制，更有史料意義。詩中並沒有提及具體的某人某事，似可從一個側面說明樂府鄴城詩在主題上的規範與要求，和它自身作為一個主題的確立與營造典型意象的成熟。（《全唐詩》附作者小傳，稱聶夷中：「河東人。咸通十二年（871年）登第，官華陰尉」。卷六三六，第7346頁。）
〔註130〕《樂府詩集》卷三一，第455頁。

作，或是直承陸機《弔魏武帝文》的脈絡呢？即使在懷古類的唐人鄴城樂府中，出現的伎人、妾也是登臺望陵作伎的女子，而不是分香作履的女子，更沒有陸機所記魏武遺令中其他遺令內容的描寫。蕭梁詩人何遜在其「銅雀」詩中加入「日暮」這一時刻，其他五位南朝詩人仍遵循遺令中「月朝十五」的設定。而在唐人鄴城樂府中，僅 3 篇提及「月」，其中 2 篇月與暮同在；設為日暮的場景則有 8 篇（無明顯時刻的 12 篇），這正可說明唐人是接受了南朝銅雀系列詩，並由此出發來書寫鄴城的。自然，中唐後鄴城周遭的大變動又使詩歌的感懷反思對象由伎人轉至古人和作者身處的時代變遷本身去了。

五、結語

綜觀《樂府詩集》中的鄴城詩歌，鄴城的基本意象是由南朝詩人確定的，即以銅雀臺／銅雀妓為典型意象。以銅雀臺作為女伎登場的舞臺，將魏武故事悲情化，用秋夜、暮色、松風等等烘托出一位歌舞罷、望西陵墓田而泣的女伎形象。這一女子的哀怨與所望之人曹操輝煌壯大的功業相對照，淒冷寂寞的高臺與建安年間銅雀臺初成時眾賓彙集、詩酒歌宴相對照，尤能引得人無限唏噓。

自此後，無論北齊盧思道如何尋找、重塑鄴城的帝都意識，盛唐張說摹寫眼前之景、如何懷古賦今，在他們的筆下都沒有出現一個有力量的新的文化地理意象。盧思道追溯的文化傳統在曹魏，詩歌寫作時運用的卻是當時南朝樂府的詞彙、語調。張說別出機杼，讓曹操在詩歌中作為主角重新出場，卻還不能放下「銅臺歌舞」這個南朝式鄴城樂府的常用詞組。南方詩人創造的鄴城銅雀意象和鄴城樂府詩寫作模式，作為一種經典傳統在北方以及南北統一後的唐帝國內傳播開去，穩定地發生著影響。中唐鄴城樂府詩的新變，也僅在部分詩歌的基調上，而這些詩歌仍然以銅雀妓這個典型意象中的典型人物來述說當時宮人奉陵制度的殘酷。銅雀曲題和銅雀臺／妓意象是南方人認識北方地域、塑造地域意象進而影響北方地域認識的一個特殊例子。

　　至於西晉人的鄴都賦作、北朝鄴都童謠歌謠，是特定文化社會裏的歷史產物，不可忽視，但對於鄴城樂府的地域化意象而言，是次要的，是南朝所形塑的鄴城經典意象（銅雀臺／妓）的例外和反襯。比較三者產生時間，賦作與大部分童謠並未影響到南朝詩人的鄴城想像。

　　南朝詩人塑造的鄴城意象，交織著時間與性別的衝突，戲劇感、張力十足，表現力與感染力也尤其突出。但對於鄴城本身而言，這一描寫，特別是模式化、程式化的追憶過往，往往容易掩蓋每首詩中的具體時代和個人情境因素，使得這個城市的更多複雜面相，諸如民族融合、宗教繁盛、文化新出等等意義與意味都漸漸隱去，為人所遺忘。

第四章　南方詩人摹寫的仙都與鬼域：
《樂府詩集》中的「泰山」

　　泰山一何高，迢迢造天庭。峻極周已遠，層雲鬱冥冥。
梁甫亦有館，蒿里亦有亭。幽塗延萬鬼，神房集百靈。長吟
泰山側，慷慨激楚聲。（晉・陸機《泰山吟》）

　　岱宗秀維岳，崔崒刺雲天。岝崿既嶮巇，觸石輒千眠。
登封瘞崇壇，降禪藏肅然。石閭何晻藹，明堂秘靈篇。（宋・
謝靈運《泰山吟》）〔註1〕

　　《樂府詩集》中直接以「泰山」為題的只有上列《泰山吟》兩首。
值得特別注意的是這兩首樂府都是南人所作。據已有研究，陸機詩作
於西晉滅吳（280 年）、陸氏入洛之後，〔註2〕謝靈運詩作於劉宋文帝
元嘉（424～453 年）前期（謝氏卒於元嘉十年），〔註3〕陸機生活的西

〔註1〕《樂府詩集》卷四一，第 605 頁。
〔註2〕見前引姜亮夫：《陸平原年譜》，第 96～97 頁。今學者多從此說。
〔註3〕《宋書》卷一六《禮志》：「宋太祖在位長久，有意封禪。遣使履行泰
　　　山舊道，詔學士山謙之草封禪儀注。其後索虜南寇，八州荒毀，其意
　　　乃息。」第 439 頁。黃節據以推測謝靈運《泰山吟》「蓋其時作也」（黃
　　　節注：《謝康樂詩注》，北京：人民文學出版社，1958 年，第 17 頁。
　　　按黃注成書於上世紀二十年代。）黃節此說其後頗有人引徵。按宋文
　　　帝在位三十年，「在位長久」自當在元嘉中葉以後；又山謙之在朝活動
　　　的有關記錄，均為元嘉中後期：故李雁據以否定黃說。李雁又稱「文

晉不論，謝靈運創作此詩之際，泰山所在兗州地區仍然在南朝劉宋的疆域之內，因而他們的作品都有可能是實地抒懷之作，但沒有任何證據能夠表明他們曾躬臨泰山。不過二人雖說都是吟詠泰山，但詩中泰山形象及其主題卻明顯有別。二人也有共同點，那就是他們觀察、詠吟泰山的南人視角。

一、兩大主題：封禪與傷逝

（一）陸機的「泰山之吟」

傳說黃帝曾「合鬼神」於泰山之上，[註4] 於是陸機筆下的泰山，上「集百靈」，下「延萬鬼」，乃神鬼麛聚之所。泰山腳下「主死」的小山梁甫，[註5] 其上之「館」，顯然是「百靈」下榻的「神房」；泰山南側的「蒿里」——「人死魂魄」所歸的「死人里」，[註6] 其所屬之「亭」亦在冥界「幽塗」：二者均非此岸之物。「峻極」遼遠，「層雲」蒼鬱，所狀描的似乎是現實中的泰嶽，但「迢迢造天庭」，則又分明是直通天宮的神山。陸機在泰山之側的慷慨長吟，正是「《薤露》、《蒿里》之類」的「喪歌」，[註7] 歌中的泰山形象，是神鬼所聚的超自然之域，而神

帝在位不久既欲封禪」，復據靈運元嘉五年所上《勸伐河北書》中有「仰希太平之道，傾睹岱宗之封」云云，故推測此詩「約作於元嘉四、五年間」（李雁：《謝靈運研究》，北京：人民文學出版社，2005 年，第168～169 頁。）。其說可從。

[註 4] 〔清〕王先慎撰、鍾哲點校：《韓非子集解》，卷三《十過》，北京：中華書局，1998 年，第 65 頁。

[註 5] 〔北魏〕酈道元注、楊守敬等疏：《水經注疏》卷二四《汶水》引《開山圖》。南京：江蘇古籍出版社，1989 年，第 2069 頁。

[註 6] 〔晉〕崔豹撰《古今注》卷中《音樂》：「《薤露》、《蒿里》，並喪歌也。……亦謂人死魂魄歸乎蒿里。……使挽柩者歌之，世呼為輓歌。」（影印文淵閣《四庫全書》本，第 850 冊第 105 頁，臺北：商務印書館，1983 年）《漢書》卷六三《武五子·廣陵厲王胥傳》載胥自歌有云：「蒿里召兮郭門閱，死不得取代庸，身自逝。」顏注：「蒿里，死人里。」（第 2762 頁）

[註 7] 上引《古今注·音樂》、陸機《泰山吟》題解引《樂府解題》：「《泰山吟》，言人死精魄歸於泰山，亦《薤露》、《蒿里》之類也。」又《後漢

鬼背後的「泰山」主題是傷逝──對人生苦短、世事無常、悲歡離合的
弔挽和感傷，考慮到泰山「接吳之境」，〔註8〕故此詩非常切合作者國
破家亡的遭際，緬懷故鄉故人的心境。

（二）謝靈運的「泰山之議」

　　謝靈運的詩作很像是為廟堂而作，前四句寫泰山的巍聳險峻，後
四句記泰山封禪。從「降禪藏肅然」、「石閭何晻藹」，可知講的是漢武
帝封禪之事。

　　《史記》引管子語，稱古來封禪者「七十二家」，「封」一律於泰
山之巔，除禹禪會稽外，「禪」照例為泰山之麓的小山梁父。然而具
體禪於梁父山何處則不一其地，最多的是梁父東之云云山，此外還有
亭亭山、社首山等。〔註9〕秦始皇封禪仍循傳說中的舊例：「遂除車
道，上自太山陽至巔，立石頌秦始皇帝德，明其得封也。從陰道下，
禪於梁父。」〔註10〕然而元封元年（前110年）四月武帝之封禪，天
子先「至梁父，禮祠地主。……封泰山下東方，如郊祠太一之禮。封
廣丈二尺，高九尺，其下則有玉牒書，書秘」；「禮畢」後，天子又「獨
與侍中奉車（霍）子侯上泰山，亦有封。其事皆禁」；其後再「下陰

　　　　書》卷九〇《烏桓傳》：「中國人死者魂神歸岱山也。」（第2980頁）
〔註8〕　《樂府詩集》卷六四，曹植《驅車篇》：「神哉彼太山，五嶽專其名。……
　　　　東北望吳野，西眺觀日精。」（第929頁）《論衡·書虛篇》：「傳書或
　　　　言：顏淵與孔子俱上魯太山。孔子東南望，吳閶門外有繫白馬。」（北
　　　　京大學《論衡注釋》小組：《論衡注釋》，北京：中華書局，1979年，
　　　　第236頁。）曹詩蓋用此典，唯「東南」作「東北」。按泰山主峰玉
　　　　皇頂位於東經117°餘，北緯36°餘，吳門（蘇州）位於東經120°餘，
　　　　北緯31°餘，雖詩句解釋不能拘泥，但於泰山「望吳野」，自然應該
　　　　是「東南望」。又曹植多次表示寧願征吳戰死沙場，也不願終老於有
　　　　類囹圄的封國。他的《雜詩六首》之六有「拊劍西南望，思欲赴太山」
　　　　句，李善注：「太山，東嶽，接吳之境。……《責躬詩》曰『願蒙矢
　　　　石，建旗東嶽』，意與此同也。」（《文選》卷二九《雜詩上》，第1364
　　　　～1365頁。）
〔註9〕　《史記》卷二八《封禪書》，第1361頁。
〔註10〕　《史記》卷二八《封禪書》，第1366～1377頁。

道」，「禪泰山下阯東北肅然山，如祭后土禮」。〔註 11〕如果說封禪在廣義上就是祭祀天地，那麼據上引史料，武帝的封禪是一禪（梁父）、一封（泰山下東方）、再封（泰山上）、再禪（肅然山），或稱「兩封兩禪」。〔註 12〕如果說「天以高為尊，地以厚為德」，狹義的「封」為「升封泰山」，以示「增天之高」，「禪」為「除地為墠」，以示增地之「廣厚」，〔註 13〕則漢武帝嚴格意義上的封、禪，為封於泰山之上，禪於肅然山，而歷代封禪者，只有武帝禪於肅然山，此即謝詩所謂「降禪藏肅然」。

所謂「石閭何晻藹」，乃指太初三年（前 102 年）漢武帝第二次修封泰山〔註 14〕之際，因濟南人公玉帶聲稱黃帝因「封東泰山、禪凡山」而「不死」，故武帝亦欲傚傚之，卻因「東泰山卑小，不稱其聲，乃令祠官禮之，而不封焉」，仍「還泰山修五年之禮如前」，但增加一項，即親自「禪祠」泰山南麓的「石閭（山）」——「方士言仙人閭也」。〔註 15〕其後漢武帝修封，「禪石閭」遂成為保留節目。〔註 16〕

〔註 11〕 《史記》卷二八《封禪書》，第 1398 頁。參《漢書》卷二五上《郊祀志上》，第 1235 頁。

〔註 12〕 何平立稱漢武封禪為「兩封兩禪」，見氏著《巡狩與封禪：封建政治的文化軌跡》，濟南：齊魯書社，2002 年，第 177 頁。

〔註 13〕 〔清〕陳立撰、吳則虞點校：《白虎通疏證》卷六《封禪》，北京：中華書局，1994 年，第 278～279 頁。參《史記》卷六《秦始皇本紀》二十八年條《正義》引《晉太康地記》、《集解》引「服虔曰」、「瓚曰」，第 242～243 頁。

〔註 14〕 《史記》卷二八《封禪書》：「今天子（武帝）……建漢家封禪，五年一修封。」（第 1403 頁）《漢書》卷二五下《郊祀志下》：「泰山五年一修封。武帝凡五修封。」（第 1248 頁）

〔註 15〕 《史記》卷二八《封禪書》，第 1403 頁。參《漢書》卷二五上《郊祀志上》，第 1246 頁。

〔註 16〕 據《漢書》卷六《武帝紀》，泰始四年（前 93 年）三月第四次修封，征和四年（前 89 年）三月第五次修封，均明言「禪石閭」（第 207、210 頁）。唯天漢三年（前 98 年）三月第三次修封，但稱「修奉」泰山，而不言禪石閭（第 204 頁），疑為漏記。荀悅《漢紀》卷一四《孝武皇帝紀》本條作「修封禪」，疑為「修封泰山禪石閭」之略（中華書局張烈點校本，2002 年，第 247 頁。）。

「天下太平功成，封禪以告太平」，通過封禪「改正度」、興禮樂實現天下太平，漢武帝時「縉紳之屬皆望天子封禪」，〔註17〕即基於這樣的願景。這一願景也充分反映於《樂府詩集》有關泰山的篇什中。《宋書‧禮志三》稱：「宋太祖在位長久，有意封禪。遣使履行泰山舊道，詔學士山謙之草封禪儀注。」〔註18〕黃節先生即以為「康樂此篇（泰山吟），蓋其時作也」。〔註19〕按《資治通鑑》卷一二五「宋文帝元嘉二十六年（449年）五月」條載：「帝欲經略中原，群臣爭獻策以迎合取寵。彭城太守王玄謨尤好進言，帝謂侍臣曰：『觀玄謨所言，令人有封狼居胥意。』御史中丞袁淑言於上曰：『陛下今當席捲趙、魏，檢玉岱宗；臣逢千載之會，願上《封禪書》。』」〔註20〕《宋書‧禮志》稱文帝「在位長久有意封禪」，應為此時。當年宋文帝發動第三次北伐，在兵力佔優勢的情況下慘遭失敗，封禪亦無從談起，故《禮志》稱「其後索虜南寇，六州荒毀」，文帝封禪之意「乃息」。而謝靈運元嘉十年（433年）被誅，當時宋文帝在位時代尚未過半，故《泰山吟》不作於文帝「在位長久有意封禪」之際，他也未曾參與「履行泰山舊道」、「草封禪儀注」，似可斷言。而在宋文帝即位初年，靈運「遷侍中，日夕引見，賞遇甚厚」，自我期許亦高，原以為「應參時政」，有所作為。後來卻發現文帝於他，「唯以文義見接」，遂怏怏不平，乃優游山水，無心公務，因文帝「諷旨」，被迫辭職東歸。但他「將行」之際，「上書勸伐河北」，期望能平滅北魏，實現「區宇一統」，「仰希太平之道，傾睹岱宗之封」，可見他原本有宏偉的政治抱負，或許當時宋文帝即已有封禪之志，唯宋文帝並不像欣賞謝靈運的文學才能一樣看重他的政治軍事才

〔註17〕《白虎通疏證》卷六《封禪》，第278頁。《漢書》卷二五上《郊禮志上》，第1215頁。
〔註18〕《宋書》卷一六，第439頁。
〔註19〕黃節《謝康樂詩注》卷一《泰山吟》注，《黃節注漢魏樂府詩六種》，北京：人民文學出版社，2008年，第602頁。
〔註20〕《資治通鑑》卷一二五，第3935～3936頁。王玄謨進言獻策北伐事，詳見《宋書》卷七六本傳，第1973頁；袁淑願上《封禪書》事，詳見《宋書》卷七〇本傳，第1835～1836頁。

能。〔註21〕由此可見，謝靈運所著《泰山吟》中對漢武帝封禪的描寫，實為其政治理想的反映。而他在政治上的不得意，詩中同樣也有所反映。

眾所周知，在方士輩出的齊地，神仙傳說盛行，其中「黃帝由封禪而後仙」，〔註22〕「封禪者合不死之名也」，〔註23〕實為秦始皇、漢武帝熱衷於封禪的重要動機之一。元封元年（前 110 年）四月，漢武帝封禪後所下詔書即坦言「登封泰山」、「升禪肅然」，即因「震於怪物，欲止不敢」，希望藉此以「近神靈」，「接神仙」，〔註24〕最終目的當然是成仙。謝詩特別點出武帝修封泰山時，企圖遠仿黃帝「封東泰山、禪凡山」，而禪祠「方士所言仙人閭」的「石閭」山，實帶有濃重的諷刺意味。詩中「明堂秘靈篇」句，則旨在揭露漢武帝獨與侍中霍子侯登封泰山，以及所封牒書內容皆秘而不宣，實有不宜示人之隱，即如司馬彪所說，「恐所施用非是，乃秘其事」，〔註25〕或如武則天所說，「意在尋仙，或以情覬名，事深為己」，〔註26〕即「所施用」者實以接仙、成仙為旨歸，而有違封禪禮儀報功報德的應有之義。在這種意義上，漢武之封禪也一如秦始皇，「所謂無其德而用其事者」。〔註27〕謝靈運對漢武帝的諷喻，是否即是對宋文帝的規諷？甚或是對這位不識其才的本朝皇帝的牢騷、抱怨？不能排除這種可能。

上述表明，謝靈運的《泰山吟》，演繹了樂府泰山詩的第一主題

〔註21〕 《宋書》卷六七《謝靈運傳》，第 1772～1774 頁。參前引李雁《謝靈運研究》，第 168～169 頁。

〔註22〕 《後（續）漢書志》卷七《祭祀志上》，第 3163 頁。

〔註23〕 《史記》卷二八《封禪書》，第 1397 頁。「合」，《漢書》卷二五上《郊祀志上》作「古」，第 1235 頁。

〔註24〕 《漢書》卷六《武帝紀》元封元年夏四月條，本條注引「張晏曰」，第 191～192 頁。《史記》卷二八《封禪書》，第 1397 頁。

〔註25〕 《後（續）漢書志》卷七《祭祀志上》，第 3163 頁。

〔註26〕 武則天《請親祭地祇表》，《全唐文》卷九七，上海：上海古籍出版社，1990 年，第 437 頁。

〔註27〕 《漢書》卷二五上《郊祀志上》，第 1205 頁。

——封禪。該主題一方面反映了士大夫對以封禪為標誌的「天下太平」的想望，另一方面也反映了士大夫對帝王封禪行為的矛盾看法，以及對封禪背後的荒誕迷信的諷刺與批判。而封禪主題中的泰山形象，則成為國家權力宣誓其合法性的展臺，帝王登遐成仙的階梯，士大夫政治理想的寄託。作為僑姓大族的南方詩人謝靈運，儘管其家族播流江東已達百餘年之久，卻仍不滿於江左政權偏居東南一隅，常存回師中原之念。如其所上宋文帝《勸伐河北書》所云，自「中原喪亂」，「湮沒殊類」，北民「窮苦備罹」，「仰望聖澤」，宋廷應不惜「一往之費」，使「區域一統」，則自己「雖乏相如之筆」，仍想望「睹岱宗之封」，庶幾「免史談之憤」。〔註28〕相對於司馬談不得從封泰山的終天之恨，謝靈運更兼有神州陸沉和故園流離的家國之痛，加之祖上抗胡的榮光和自身對政治的熱衷，可以說《泰山吟》正是歌詩體的《勸伐河北書》。詩中所蘊含的期求太平、感懷中原的情愫，一如南朝士人的邊塞詩，他們面對的雖然是江南的佳山麗水、池塘園柳，是蘭亭雅集、山澤遨遊，筆下卻是中原山河、大漠孤煙，是衛霍伐胡、漢武封禪。《泰山吟》尾聯「石閭何晻藹」、「明堂秘靈篇」，透露出些許揶揄和諷刺——對歷史即漢武帝求仙的揶揄和對現實即宋文帝無為的諷刺，但全詩的主體意象仍是作者歷史想像和現實理想所寄、作為封禪聖地而被奉為五嶽之尊的泰山，以及其中與封禪相關的景點。

二、封禪主題的演繹及其變奏

（一）封禪主題的演繹：封禪

《史記‧封禪書》稱，「自古受命帝王，曷嘗不封禪？」「每世之隆，則封禪答焉」。儘管也有「無其德」、「無其應而用事者」，但由於「雖受命而功不至，至梁父矣而德不洽，洽矣而日有不暇給」，所以真正實現封禪的並不多。據《封禪書》所引管子，先秦及以上封禪者有七

〔註28〕《宋書》卷六七《謝靈運傳》，第 1772～1774 頁。

十二家，其中管子能確指其人其事的只有十二家。〔註29〕而秦漢以降，
至《樂府詩集》記載時代下限的五代，真正實現封禪的也不過秦始皇，
兩漢武帝、光武帝，唐高宗、武則天、玄宗，凡六起，其後也只有宋真
宗，而且武則天還是封禪中嶽嵩山。〔註30〕在《樂府詩集》中，有關
封禪泰山的內容多見於歷代皇家廟堂祭祀、饗宴所用歌辭，如《燕射歌
辭·北齊元會大饗歌》中的《食舉樂》：

> 唯皇道，升平日。河水清，海不溢。……驅黔首，入仁
> 壽。……刑以厝，頌聲揚。皇情邈，眷汾、襄。岱山高，配
> 林壯。亭亭聳，云云望。斾葳蕤，駕駊駊。刊金闕，奠玉龜。
> 〔註31〕

就歌辭所陳，北齊河清海晏，刑厝民樂，一片「太平功成」景象，而且
似乎已然登封岱山，降禪云云，實行金冊石函、金泥玉檢之事。實際上
北齊雖然確「有巡狩之禮，並登封之儀，竟不之行也」，〔註32〕歌辭不
過表述了北齊君臣對天下太平、封禪東嶽的美好憧憬而已。又《燕射歌
辭·周五聲調曲》中的「羽調曲」：

> 定律零陵玉管，調鍾始平銅尺。龍門之下孤桐，泗水之
> 濱鳴石。河靈於是讓珪，山精所以奉璧。滌九川而賦稅，乘
> 三危而納錫。北里之禾六穗，江淮之茅三脊。可以玉檢封禪，
> 可以金繩探冊，終永保於鴻名，足揚光於載籍。（北周·庾信）
> 〔註33〕

〔註29〕《史記》卷二八《封禪書》，第 1355～1361 頁。
〔註30〕 有關歷代封禪，詳見何平立：《巡狩與封禪——封建政治的文化軌跡》；
湯貴仁：《泰山封禪與祭祀》，濟南：齊魯書社，2003 年。汪海：《漢
唐封禪比較研究》，華東師範大學碩士論文，2008 年。
〔註31〕《樂府詩集》卷一四，第 209 頁。如《大饗歌》題解所云，此歌出《隋
書》卷一四《音樂志》，略云：「元會大饗，協律不得升陛，黃門舉麾於
殿上。今列其歌辭云。……食至御前，奏食舉樂辭：……惟皇道，升平
日……（其九）刑以厝……奠玉龜（其十）……。」第 325～328 頁。
〔註32〕《隋書》卷七《禮儀志》，第 140 頁。
〔註33〕《樂府詩集》卷一五《周五聲調曲》，第 216 頁。

《燕射歌辭‧晉朝饗樂章》中的「四舉酒」：

　　　　　八表歡無事，三秋賀有成。照臨同日遠，渥澤並云行。

　　　　　河變千年色，山呼萬歲聲。願修封岱禮，方以稱文明。〔註34〕

割據關隴的北周和偏安華北的後晉，儘管在上引燕射歌辭中極盡八表
無事、國泰民安之鋪陳，但都明確表示只是具備了「可以玉檢封禪」的
條件，尚止於「願修封岱禮」的願景，封禪泰山，還有待實行於將來。
可見即使處於分裂時代，封禪仍作為最高理想吟詠於廟堂。值得特別
指出的是，上引庾信所作《羽調曲》，幾乎全都是春獵祭魚般地堆砌典
故，展示聲明文物之盛，吉徵祥瑞之富，「以歌大業，以舞成功」。最後
則提到「古之封禪」所用的「北里之禾」、「江淮之茅」，歸結到封禪報
功。〔註35〕在北周武帝建德六年（577年）平北齊後，庾信曾上《賀平
鄴都表》，開首即言「臣聞太山梁甫以來，即有七十二代」云云，結尾
部分又稱：「當今……兵藏武庫，馬入華山，立明堂之制，奏《大武》之
樂，盛矣哉！」只須平定江南，征滅突厥，「然後命東後，詔蒼冥，衢壇
琬碑，銀繩瓊檢，告厥成功」，即封禪泰山，便「差無慚德」了。〔註36〕

〔註34〕《樂府詩集》卷一五，《晉朝饗樂章‧四舉酒》，第220頁。《饗樂章》
　　　　題解所引《五代會要》、《唐餘錄》，載錄了各首饗樂歌辭伴奏伴演的
　　　　樂、舞之名，但有關《四舉酒》所伴樂、舞，並不明確，兩書所載亦
　　　　有異。題解所引《唐代會要》為卷七《雅樂》，上海：上海古籍出版社，
　　　　1978年，第116頁。
〔註35〕庾信《周五聲調曲》亦收於作者文集《庾子山集》中。《曲序》曰：「元
　　　　正饗會大禮，賓至食舉，稱籩薦玉。六律既從，八風斯暢。以歌大業，
　　　　以舞成功。」其中「《宮調曲》者，歌其君也。……首章言太祖變魏作
　　　　周，王業之所由興也。次三章言閔帝受命，及明帝、武帝，德化之所
　　　　披也。」「《商調曲》者，歌其臣也。《角》、《徵》、《羽》三調曲，分別
　　　　歌其民、其事、其物，以頌「民安物阜庶績咸熙也」。《羽調曲》歌物，
　　　　雖也有「錢則都內貫朽、倉者常平罷紅」，「長樂善馬成廄、水衡黃金
　　　　為府」等有關物質財富的內容，但主要還是如上引一段所鋪陳的祥瑞
　　　　文物。〔北周〕庾信撰；〔清〕倪璠注；許逸民校點：《庾子山集注》，
　　　　卷六《郊廟歌辭‧燕射歌辭‧周五聲調曲》，北京：中華書局，1980年，
　　　　第473～503頁。
〔註36〕《庾子山集注》，卷七，第504～509頁。

羈旅於北國的南士庾信，看來已將天下一統、封禪報功的太平世界之望，轉寄於北周武帝了，而不僅僅是作為詞臣虛應故事。他雖然時時懷念故國，但他也知道，在故國——梁陳之際的江南政權，這樣的希望是何等的渺茫。

那些成功實行封禪的朝代，自然也在《樂府詩集》中留下了相關的篇章。《樂府詩集·舞曲歌辭·後漢武德舞歌詩》：

> 於穆世廟，肅雍顯清。……建立三雍，封禪泰山。章明
> 圖讖，放唐之文。休矣惟德，罔射協同。本支百世，永保厥
> 功。（漢·東平王蒼）

題解引《東觀漢記》曰：「明帝永平三年（60 年）八月，公卿奏世祖廟舞名。東平王蒼議，以為漢制，宗廟各奏其樂，不皆相襲，以明功德。光武皇帝撥亂中興，武功盛大，廟樂舞宜曰《大武》之舞，其《文始》、《五行》之舞如故，勿（乃？）進《武德舞》。詔曰：如驃騎將軍議，進《武德》之舞如故。」〔註37〕上引《東觀漢記》，《後（續）漢書志·祭祀志下》劉注所引更為詳備，〔註38〕參據二書可知，對於世祖（光

〔註37〕《樂府詩集》卷五二，第 754～755 頁。

〔註38〕題解所引《東觀漢記》記載東平王劉蒼議世祖廟舞名事，《後（續）漢書志》劉昭注引作《東觀書》，內容更為詳悉（卷九《祭祀志下·宗廟》，第 3196 頁）。題解「勿進《武德舞》」，劉注所引作「勿進《武德舞歌詩》曰：於穆世廟……」，從上下文，特別是下文引明帝詔書，可知「勿」蓋為衍文。而從宋代《冊府元龜》（卷五六五《掌禮部·作樂》，第 788 頁）、《東漢會要》（卷八《樂·樂舞》，北京：中華書局，1955年，第 80 頁）、《玉海》（卷一〇七《音樂·樂舞·漢大武舞、武德舞》，南京：江蘇古籍出版社·上海：上海書店聯合出版，1987 年，第 1965頁）諸書轉引劉蒼議，皆作「勿」，則更大可能是「勿」原為「乃」，形同致訛。明代《古詩紀》題解所引，「勿」即作「乃」（卷一三，影印文淵閣《四庫全書》本，第 1379 冊第 96 頁），蓋以意改。逯欽立輯校《先秦漢魏晉南北朝詩·漢詩卷五》錄劉蒼《武德舞歌詩》之題解所引《東觀漢記》，即本《古詩紀》（第 167 頁）。另，劉蒼之議是主世祖廟樂舞名為「大武」還是「武德」，上引《東觀漢記》所載既不甚明晰，諸史記載又有歧異，錢大昕對之有考，參錢大昕著，方詩銘等校點：《廿二史考異》，卷一三《續漢書一·祭祀志下》，上海：上海古籍出版社，2004 年，第 251 頁。

武帝）廟樂舞，劉蒼認為不應因襲西漢宗廟，因「光武皇帝受命中興，
撥亂反正，武暢方外，震服百蠻，戎狄奉貢，宇內治平，登封告成，修
建三雍，蕭穆典祀，功德巍巍，比隆前代」。他還創作了世祖廟舞歌辭
（《武德舞歌詩》），並得到詔書認可，被採用。劉蒼上議並新制世祖廟
舞歌詩，旨在「以明（光武帝）功德」，換言之，透過世祖廟舞樂問題，
對光武帝功德及地位的評價，臣下是有不同意見的，這實際上還反映
了對西漢、東漢關係的定位問題。

　　劉秀起兵及東漢建國伊始，以西漢法統的繼承者自居，是作為基
本國策的。建國次年（建武二年，26 年），統一戰爭遠未結束，即在新
都洛陽「起高廟（高帝劉邦廟），建社稷」。然而次年正月，又在洛陽立
「親廟」，祭祀光武親生高祖父至其父親四代祖先，隱然與高廟系統分
庭抗禮之勢，以至有後來（建武十九年）張純等之上奏建議撤除「親
廟」，並引發宗廟禮儀之爭。〔註39〕光武帝死後，明帝以其有「撥亂中
興」的功德，更立「世祖廟」，「以明再受命祖有功之義」，從而與「高
廟」並立於洛陽。張純等當年主張撤除「親廟」，即因光武帝「興於匹
庶，蕩滌天下，誅鋤暴亂，興繼祖宗……雖實同創革，而名為中興，宜
奉先帝，恭承祭祀者也」。及至兩祖廟並立，「自執事之吏，下至學士，
莫能知其所以兩廟之義」，〔註40〕後世更被視為非禮之舉屢遭非議。〔註
41〕總之，從東漢「親廟」、「世祖廟」之立以及世祖廟樂舞等問題，表
現了東漢人對光武帝及其所建立東漢的地位評價問題，而在劉蒼上議
及所作歌詩中，「登封告成」即「封禪泰山」，被認為是光武帝武功文治
的標誌性體現，因而對光武帝的評價問題也必然涉及到封禪問題。實
際上光武帝封禪，相對於當時對封禪的傳統認識，以及作為近例的秦

〔註39〕　《後漢書》卷一上《光武帝紀》建武二年正月壬子條，第 27 頁，《後
　　　　（續）漢書志》卷九《祭祀志下》，第 3193～3196 頁。

〔註40〕　《後（續）漢書志》卷九《祭祀志下》，《後漢書》卷三五《張純傳》，
　　　　第 3195～3196 頁。

〔註41〕　參郭善兵：《中國古代帝王宗廟禮制研究》，第三章《東漢皇帝宗廟制
　　　　度》，北京：人民出版社，2007 年。

皇、漢武封禪，均有不同之處，後世也不無非議。

按照傳統認識，封禪主體的資格主要有二：其一是「受命易姓」：「皆受命然後得封禪」，「王者易姓而起，必升封泰山」。其二是「天下太平功成，封禪以告太平」。〔註42〕《史記・封禪書》張守節《正義》引《五經通義》有簡要的概括：「易姓而王，致太平，必封泰山禪梁父何？天命以為王，使理群生，告太平於天，報群神之功。」〔註43〕古代學者正是從上述意義來理解、闡釋「封禪」。司馬彪《續漢書志》「論」曰：「封者，謂封土為壇，柴祭告天，代興成功也。……易姓則改封者，著一代之始，明不相襲也。……且唯封為改代，故曰岱宗。」〔註44〕《白虎通義》亦稱：「言禪者，明於成功相傳也。」而之所以封於東嶽岱宗，則因東方為「萬物之始，交代之處」，而岱宗之岱原本有交代之意。〔註45〕然而就光武帝封禪而言，他雖「受命中興，撥亂反正」，再造漢室，但東漢皇朝終究還是劉姓天下，從而打破了「受命易姓」始得封禪的傳統。上引《續漢書志》「論」即稱：「夏康、周宣，由廢復興，不聞改封」；「繼世之王巡狩，則修封以祭而已」，「世祖欲因孝武故封，實繼祖宗之道也」；「而梁松固爭，以為必改。……而松被誅死，雖罪由身，蓋亦誣神之咎也」。司馬彪對梁松的指責可謂嚴厲，同時也是對光武帝的批評。「論」又稱「且帝王所以能大顯於後者，實在其德加於民，不聞其在封矣」，則是對光武帝「致太平」之功德亦即上述第二項封禪資格的懷疑，矛頭所向直指光武帝。又《後漢紀》作者袁宏對光武封禪亦不無負面評價：「夫揖讓受終，必有至德於天下；征伐革命，則有大功於萬物。是故王者初基，則有封禪之事，蓋以其成功告於神明者也。……然則封禪者，王

〔註42〕　《史記》卷二八《封禪書》引管仲語，第1361頁。《白虎通疏證》卷六《封禪》，第278頁。〔漢〕應劭撰，王利器校注：《風俗通義校注》，卷二《正失》，北京：中華書局，1981年，第68頁。

〔註43〕　《史記》卷二八，第1355頁。

〔註44〕　《後（續）漢書志》卷九《祭祀志下》篇末「論曰」，第3205頁。

〔註45〕　《白虎通疏證》卷六《封禪》，第278～282頁。

者開務之大禮也。德不周洽，不得輒議斯事；功不弘濟，不得彷彿斯
禮。曠代一有，其道至高。故自黃帝、堯、舜至三代，各一得封禪，
未有中修其禮者也。雖繼職之君，時有功德，此蓋率復舊業，增修其
前政，不得仰齊造國，同符改物者也。」〔註46〕所謂「繼職之君」即
使「時有功德」，也不能等同受命易姓而王者，即如上述司馬彪所論，
認為中興之王不宜封禪；所謂「德不周洽」、「功不弘濟」不得「輒議」
封禪云云，實即委婉指出光武帝功德尚有欠缺。

　　實際上，光武帝也曾經意識到自己在位三十年，而「百姓怨氣滿
腹」，故嚴屬拒絕群臣的封禪泰山之請，不願自欺欺天。〔註47〕後來有
感於圖讖，即《武德舞歌詩》所謂「章明圖讖」，終於還是啟動了封禪
儀式。而就禮儀程序而言，相對於漢武帝有重大改動。其一是回歸登封
泰山、降禪梁父即一封一禪的傳統；其二是一反秦皇、漢武上山舉行封
禮時僅一二從臣相隨，而是百官數百人「畢位升壇」、軍士三千餘人跟
隨上山參與其事，從而使典禮具有很強的公開性、展示性，而相對減褪
其私人性、神秘性。

　　相對於兩漢，《樂府詩集》中有關唐代封禪的篇什就更多一些，主
要集中在唐玄宗封禪典禮上。「郊廟歌辭」中有張說所作《唐封泰山樂
章》。據題解所引《舊唐書・音樂志》，「玄宗開元十三年泰山祀天樂章」，
凡十四首，反映了封禮的全過程，充分體現了封禪連接天、地、人，溝
通天神、祖靈、蒼生的功能。其中「降神用《豫和》六變」：

　　　　把泰壇，柴泰清。受天命，報天成。竦皇心，薦樂馨。
　　志上達，歌下迎。

　　　　億上帝，臨下庭。騎日月，陪列星。嘉祝信，大糦馨。
　　澹神心，醉皇靈。

〔註46〕《後（續）漢書志》卷七《祭祀志上》注引「袁宏曰」，第3171頁。
　　　　〔東晉〕袁宏撰、張烈點校《後漢紀》，卷八光武皇帝紀中元元年春正
　　　　月條「袁宏曰」，北京：中華書局，2002年，第153～154頁。
〔註47〕《後（續）漢書志》卷七《祭祀志上》，第3161頁。

相百辟，貢八荒。九歌敘，萬舞翔。蕭振振，鏗皇皇。
帝欣欣，福穰穰。

高在上，道光明。物資始，德難名。承眷命，牧蒼生。
寰宇謐，太階平。

天道無親，至誠與鄰。山川遍禮，宮徵惟新。玉帛非盛，
聰明會真。正斯一德，通乎百神。

饗帝饗親，維孝維聖。緝熙懿德，敷揚成命。華夷志同，
笙鏞禮盛。明靈降止，感此誠敬。〔註48〕

據此六首，儀式首先是燔柴奠玉，封壇獻祭，笙歌樂舞，禮迎神靈：昊
天上帝，五方時帝及諸神，以及皇靈，此時泰山儼然一萬神殿。玄宗藉
玉牒以通神明，稟報天下太平功成，以「謝成於天」：承天眷命，下牧
蒼生，寰宇寧謐，「四海晏然」；八荒來貢，華夷一家。雖「玉帛非盛」，
但德通百神，「感此誠敬」，「明靈降止」，「子孫百祿，蒼生受福」。〔註
49〕其他如迎送皇帝之《太和》，登歌奠玉帛之《肅和》，等等，其內容
大抵如《豫和》。相對於前代帝王於玉牒文字皆秘而不宣，玄宗聲稱「朕
今此行，皆為蒼生祈福，更無秘請。宜將玉牒出示百僚，使知朕意」。
又稱「朕以薄德，恭膺大寶，今封祀初建，雲物休祐，皆是卿等輔弼之
力」。〔註50〕所有這些都為玄宗封禪增添了人文性。

《樂府詩集·郊廟歌辭》又載有賀知章撰《唐（玄宗）禪社首樂
章》，其中《靈具醉》一首為源乾曜撰。《舊唐書·音樂志》作「禪社首
山祭地祇樂章」，凡八首。其中皇帝行、登歌奠玉帛之時所用樂章，與
相應的封泰山樂章同名，分別為《太和》《肅和》，而內容亦為報功祈
福，唯歌辭有異、對象為地祇而已，然其飲福所用《福和》章，首句即

〔註48〕 《樂府詩集》卷五，第67頁。《舊唐書》卷三〇《音樂志三》（文字偶
有異同），第1097～1098頁。

〔註49〕 以上引文，有出於玄宗所封玉牒者，玉牒文及封禮過程，詳見《舊唐
書》卷二三《禮儀志三》，第898～899頁。

〔註50〕 《舊唐書》卷二三《禮儀志三》，第898～899頁。

為「穆穆天子，告成岱宗」，〔註51〕可知最終，儀式的目的與終點歸於泰山。

　　《樂府詩集‧郊廟歌辭》中，也有反映唐高宗封禪的內容，那是張說所撰《唐享太廟樂章》中高宗廟所用《鈞天舞》，〔註52〕其中「禮尊封禪，樂盛來儀」之句，顯然是歌頌其文治；「化懷獷鷔，兵賦句驪」則是歌頌其武功，可見「封禪」被認為是高宗在政治上最重要的建樹。而此樂章四言八句中，又有「高皇邁道，高拱無為」、「合位媧後，同稱伏羲」四句，隱含牝雞司晨之譏。對於「燕許大手筆」的張說來說，在理應歌功頌德的郊廟歌辭中，出現這樣的筆法，至少是不厚道的。他是玄宗封禪的積極推促者，也是《唐封泰山樂章》、《封祀壇頌》等封禪大手筆的執筆者，也許他是有意抹煞玄宗之前曾行封禪的高宗、武則天的功德，而突出玄宗封禪才是真正有其應、有其德的。

　　在《樂府詩集‧雜歌謠詞》中，收錄了漢武帝的「瓠子歌」，其中涉及到封禪。此歌出於《史記‧河渠書》，略云：

　　　　自河決瓠子後二十餘歲，歲因以數不登，而梁楚之地尤甚。天子既封禪巡祭山川，其明年，旱，乾封少雨。天子乃使汲仁、郭昌發卒數萬人塞瓠子決。……天子既臨河決，悼功之不成，乃作歌曰：「瓠子決兮將奈何？皓皓旰旰兮閭殫為河！殫為河兮地不得寧，功無已時兮吾山平。……歸舊川兮神哉沛，不封禪兮安知外？為我謂河伯兮何不仁，泛濫不止兮愁吾人！……」於是卒塞瓠子……而道河北二渠，復禹舊跡，而梁、楚之地復寧，無水災。

《漢書‧溝洫志》所引《瓠子歌》「不封禪兮安知外」句下顏注曰：「言不因巡狩封禪而出，則不知關外有此水。」〔註53〕歌中此句，大概是漢

〔註51〕《樂府詩集》卷七，第93〜94頁。《舊唐書》卷三〇《音樂志三》，第1118〜1119頁。
〔註52〕《樂府詩集》卷一〇，第149、152頁。
〔註53〕《史記》卷二九，第1412〜1413頁。《漢書》卷二九，第1682〜1684頁。

武帝對封禪勞民傷財的辯解，但封禪本起源於甚或從屬於巡狩，〔註54〕而巡狩對帝王瞭解境內政情民俗以及經濟、社會狀況，自然有著非常重要的作用，故有為之君很少孤守於深宮。正是因為封禪，武帝瞭解了「河決瓠子」之災，並調集軍民數萬人堵塞決口，使梁、楚之地復歸安寧。

無獨有偶，《資治通鑒》卷二一二「唐玄宗開元十三年（725年）十一月」條載：

> 上（自泰山封禪）還，至宋州，宴從官於樓上，刺史寇泚預焉。酒酣，上謂張說曰：「曏者屢遣使臣分巡諸道，察吏善惡，今因封禪歷諸州，乃知使臣負我多矣。懷州刺史王丘，饋牽之外，一無他獻。魏州刺史崔沔，供張無錦繡，示我以儉。濟州刺史裴耀卿，表數百言，莫非規諫。且曰：『人或重擾，則不足以告成。』朕常置之坐隅，且以戒左右。如三人者，不勞人以市恩，真良吏矣。」〔註55〕

玄宗「今因封禪歷諸州，乃知使臣負我多矣」，正與漢武帝「不封禪兮安知外」之意同。這大概是在宣誓王朝統治合法性和皇權神聖性，以及粉飾太平之外，封禪的另一項不無積極意義的政治功能。當然，類似功能的發揮方向是因人而異甚至絕然相反的。

北朝、隋、唐的封禪樂府詩，即使是半壁江山且並未果行其事的齊、周、後晉，都有著北方政權泰山在境、封禪可期，即地理上據有中原、政治上河清海晏從而「可以玉檢封禪、可以金繩探冊」的自信，因而詩中或鋪陳文物典禮之盛，或頌歌「八表無事」之功。更無論天下一統、果行封禪的後漢光武、盛唐玄宗，樂府詞臣筆下對燔柴奠玉、笙歌樂舞的「登封告成」典禮，對「化懷獷鬵」、「華夷志同」的太平盛世，無不極盡歌功頌德之辭，昂揚著自豪和自信。這裡，我們看不到謝靈運

〔註54〕 詹鄞鑫：《巡狩與封禪──論封禪的性質與起源》，《華東師範大學學報（哲學社會科學版）》1990年第3期。並參上引何平立《巡狩與封禪：封建政治的文化軌跡》相關章節。

〔註55〕 《資治通鑒》卷二一二，第6767～6768頁。

筆下對宋文帝恨鐵不成鋼的微諷。這裡，泰山成為天下太平、功成封禪的典型意象。

（二）封禪主題的變奏：遊仙

本節最後，還要談到《樂府詩集·雜曲歌辭》中一篇與封禪關係極為密切的詩歌，即曹植的《驅車篇》。自稱「我本太山人」〔註56〕的曹植在封東阿王後，旅行至泰山：

> 驅車揮駑馬，東到奉高城。神哉彼太山，五嶽專其名。隆高貫雲霓，嵯峨出太清。周流二六候，間置十二亭。上有湧醴泉，玉石揚華英。東北望吳野，西眺觀日精。魂神所繫屬，逝者感斯徵。王者以歸天，效厥元功成。歷代無不遵，禮祀有品程。探策或長短，唯德享利貞。封者七十帝，軒皇元獨靈。餐霞漱沆瀣，毛羽被身形。發舉蹈虛廓，徑廷升窈冥。同壽東父年，曠代永長生。〔註57〕

魏明帝太和中，朝內有封禪之議，〔註58〕曹植此篇是否因之而發，尚難確斷，但與封禪之議所醞釀的政治氛圍有關，則是可能的。詩中描述了泰山的高聳嵯峨，泉流潺潺，石英曄曄，以及在山顛東望西眺時進入視野的自然景物，但重點還是太山作為五嶽之首的神聖性質，這又反映在兩個方面。其一，發生在這裡的歷代封禪事件，包括登封泰山的道里長短以及途中的亭堠建築，前來封禪的易姓受命之王，他們的報功告成活動，登封祭祀的禮儀程序，包括從上面的金匱中探取玉策以卜年壽等。有關細節幾乎能與《封禪書》對讀。其二，與封禪有關的登遐成仙。前面談到，秦皇、漢武的封禪，深受流行於齊地的陰陽五行學說和神仙傳說的影響，接仙、成仙實為其重要目的。而在封禪儀式中，祀

〔註56〕《樂府詩集》卷六四，《磐石篇》，第 928 頁。

〔註57〕《樂府詩集》卷六四，《驅車篇》，第 929 頁。

〔註58〕趙幼文校注：《曹植集校注》，卷三《驅車篇》，北京：人民文學出版社，1998 年，第 404～406 頁。趙氏將此詩創作時間定為太和三年（229年）之後。

天帝、祭地祇、禮鬼神，旨在迎接百神，使他們能「感此誠敬」降止下
庭，與此同時，封禪者亦有成仙機會。詩中指出封禪者七十帝，只有黃
帝得以升仙，並描述了成仙者餐霞、衣羽、蹈虛、飛昇以及長生不死
（壽比神仙東父）的存在狀態。詩中又指出泰山負有「主召人魂」之
責，從而泰山就不僅僅是萬神殿，而且還是鬼魂所。

　　封禪的祭祀迎神，使泰山成為百神遨遊之地；泰山的主死功能，
又使之成為鬼魂游蕩之所。曹植詩中的泰山在明確傳達出「封禪」主題
外，另一主題傷逝自然出現。傷逝，即對生命消逝的哀傷，對死亡的弔
挽。百神遨遊，帝皇自然每每希望封禪中能現神跡、仙人降臨，以至得
遇成仙。而普通人也期待在這仙氣濃鬱的山中偶遇神人。於是泰山由
封禪主題變奏出遊仙主題。

　　曹植這位貴公子在兄長即位後，過著形如囚徒的諸侯王生活，和
早年所作《白馬篇》、《名都篇》的昂揚灑脫不同，身在藩國的曹植寫了
不少遊仙主題詩。如《飛龍篇》：

　　　　晨遊泰山，雲霧窈窕。忽逢二童，顏色鮮好。乘彼白鹿，
　　手翳芝草。我知真人，長跪問道。西登玉堂，金樓複道。授
　　我仙藥，神皇所造。教我服食，還精補腦。壽同金石，永世
　　難老。〔註59〕

又如《仙人篇》：

　　　　仙人攬六著，對博太山隅。湘娥拊琴瑟，秦女吹笙竽。
　　玉樽盈桂酒，河伯獻神魚。四海一何局，九州安所如。韓終與
　　王喬，要我於天衢。萬里不足步，輕舉凌太虛。飛騰踰景雲，
　　高風吹我軀。回駕觀紫微，與帝合靈符。閶闔正嵯峨，雙闕萬
　　丈餘。玉樹扶道生，白虎夾門樞。驅風遊四海，東過王母廬。
　　俯觀五嶽間，人生如寄居。潛光養羽翼，進趣且徐徐。不見昔
　　軒轅，升龍出鼎湖。徘徊九天下，與爾長相須。〔註60〕

〔註59〕　《樂府詩集》卷六四，《飛龍篇》，第926～927頁。
〔註60〕　《樂府詩集》卷六四，《仙人篇》，第923～924頁。

作者筆下的泰山，是仙人流連之所，也是詩人仙遊的目的地或出發地。
這裡有「顏色鮮好，乘彼白鹿，手翳芝草」的仙童，有優游對弈於泰山
之隅的仙翁，其旁還有奏樂的仙女，供食的河神……。詩人還與這些神
仙發生了交集，或者他向神仙討要仙藥，或者神仙邀他遊覽仙境。曹植
至少在青年時是不信神仙的，後期遊仙詩中嚮往的沒有拘束，自由行
遊，逍遙飄渺的生活，是他排解現實苦悶，抒發對處境的不滿的方式。
他的遊仙主題詩在其樂府詩作裏分量不小，在這些或明麗或恍惚的仙
境裏，作者隱隱流露出惆悵、落寞，所以才有「徘徊九天下，與爾長相
須」的孤獨的等待，「仰天長太息，思想懷故邦」，〔註61〕在兩個世界
中躑躅猶疑，實際上他是在借仙境之酒杯，澆人世之塊壘，通過「輕舉
凌太虛」、「飛騰踰景雲」的想像，來抒發不能實現宏偉政治抱負的苦
惱。

《相和歌辭》中曹操的《氣出唱》，實際上也是一首遊仙詩：

> 駕六龍乘風而行。行四海外，路下之八邦。歷登高山臨
> 溪谷，乘雲而行。行四海外，東到泰山。仙人玉女，下來翔
> 遊。驂駕六龍，飲玉漿，河水盡，不東流。解愁腹，飲玉漿。
> 奉持行，東到蓬萊山。上至天之門。玉闕下，引見得入。赤
> 松相對，四面顧望……東到海，與天連。……〔註62〕

作者的遊仙旅程，第一站也是泰山，然後一直向東，到蓬萊山，直到東
海。

神仙之說在齊地由來已久。濱海的地理環境和海市蜃樓的自然幻
相，很容易誘發居住在此的原始居民的想像。「自威、宣、燕昭使人入
海求蓬萊、方丈、瀛洲。此三神山者，其傳在勃海中，去人不遠。患且
至，則船風引而去。蓋嘗有至者，諸仙人及不死之藥皆在焉。其物禽獸
盡白，而黃金銀為宮闕。未至，望之如雲；及到，三神山反居水下。臨
之，風輒引去，終莫能至云。」〔註63〕秦統一後，秦始皇出巡最為頻

〔註61〕《樂府詩集》卷六四，《磐石篇》，第928頁。
〔註62〕《樂府詩集》卷二六，第383頁。
〔註63〕《史記》卷二八《封禪書》，第1369～1370頁。

繁之地就是舊齊地。這一地區的方士也接踵而至。皇帝對求仙的熱衷，
又刺激了齊地方士神仙活動的高漲。漢武帝是另一位醉心神仙長生之
術的皇帝，齊地的方士屢屢為其所用，不惜大興土木，耗費錢財。秦
皇、漢武在齊地的求仙活動雖然一無所獲，但他們企圖藉以接仙的封
禪泰山，卻使泰山成為了一個新的遊仙聖地，一條從泰山到蓬萊直至
東海的遊仙路線中的一個樞紐。當然如前所述，泰山不僅是一個仙都，
也是一個鬼都，這裡不盡是能自由飛天的神仙，也還有幽閉於泰山地
底之下的鬼魂。《相和歌辭》中的古辭《步出夏門行》：

> 邪徑過空盧，好人常獨居。卒得神仙道，上與天相扶。
> 過謁王父母，乃在太山隅。離天四五里，道逢赤松俱。攬轡
> 為我御，將吾上天遊。天上何所有，歷歷種白榆。桂樹夾道
> 生，青龍對伏趺。〔註64〕

作者終於修得神仙道，登天如履平地，並與神仙赤松子邂逅於「離天四
五里」之處，後者主動邀請他搭乘其坐駕，共旅登天之遊。值得注意的
是，他出發前在「太山隅」順便拜謁了他已過世的祖父祖母，進一步證
明了泰山同時作為仙都、鬼都的雙重角色。《樂府》中的「古辭」多為
東漢時作品，〔註 65〕而人死魂歸泰山、泰山神為陰間的主司，也大量
反映在東漢時代的傳世及出土文獻中（詳下），樂府中泰山詩歌的傷逝
主題也正是從這時開始形成的。對之我們將在下節探討。

三、傷逝主題的演繹及其變奏

（一）傷逝主題的演繹：喪歌

在《樂府詩集》編撰者宋人郭茂倩的解釋系統裏，感傷生命、追
懷逝者的喪歌曲題可以歸整出一條流轉的脈絡。《薤露》、《蒿里》兩題
題解為：

〔註64〕《樂府詩集》卷三七，第 545 頁。
〔註65〕王運熙：《漢代的俗樂和民歌》，《樂府詩述論》（增補本），第 256～259
頁。

崔豹《古今注》曰：「《薤露》《蒿里》泣喪歌也。本出田橫門人，橫自殺，門人傷之，為作悲歌。言人命奄忽，如薤上之露，易晞滅也。亦謂人死魂魄歸於蒿里。至漢武帝時，李延年分為二曲，《薤露》送王公貴人，《蒿里》送士大夫庶人。使挽柩者歌之，亦謂之輓歌。」譙周《法訓》曰：「輓歌者，漢高帝召田橫，至尸鄉自殺。從者不敢哭而不勝哀，故為輓歌以寄哀音。」《樂府解題》曰：「《左傳》云：『齊將與吳戰於艾陵，公孫夏命其徒歌虞殯。』杜預云：『送死《薤露》歌即喪歌，不自田橫始也。』」按蒿里，山名，在泰山南。
〔註66〕

前引陸機《泰山吟》，題解為：

《古今樂錄》曰：「王僧虔《技錄》有《泰山吟行》，今不歌。」《樂府解題》曰：「《泰山吟》，言人死精魄歸於泰山，亦《薤露》《蒿里》之類也。」〔註67〕

《梁甫吟》題解為：

《古今樂錄》曰：「王僧虔《技錄》有《梁甫吟行》，今不歌。……《陳武別傳》曰：武常騎驢牧羊，諸家牧豎十數人，或有知歌謠者，武遂學《泰山梁甫吟》《幽州馬客吟》及《行路難》之屬。……」按梁甫，山名，在泰山下。《梁甫吟》，蓋言人死葬此山，亦葬歌也。又有《泰山梁甫吟》，與此頗同。
〔註68〕

《北邙行》題解為：

晉張協《登北邙賦》曰：「……爾乃地勢窊隆，丘墟陂

〔註66〕《樂府詩集》卷二七，第396頁。
〔註67〕《樂府詩集》卷四一，第605頁。
〔註68〕《樂府詩集》卷四一，第605～606頁。另，與其他曲題不同，此處題解舉出若干古人琴曲論著中《梁甫吟》者，大概此曲在很長時間內是以琴曲聞名。而在這些論著中，無論《梁甫吟》或《梁甫歌》，多是哀傷的「梁甫悲吟」。

陀。墳隴歲疊，棋布星羅。……」按《北邙行》，言人死葬北

邙，與《梁甫吟》《泰山吟》《蒿里行》同意。〔註69〕

至「北邙」這個後世著名的喪葬之地為止，《薤露》、《蒿里》、《梁甫吟》、《泰山吟》都是《樂府詩集》中確認的喪歌曲題，無論其原始曲調是否散失，後世作者也都會依舊題作新詞。而這四條溯源釋義的題解也表明，樂府詩中的輓歌或喪歌，有一系是以泰山及其延展山脈——蒿里、梁甫來命名的。

《元和郡縣圖志》記錄唐中期泰山所在乾封縣，屬兗州。「泰山，一曰岱宗，在縣西北三十里。社首山，在縣西北二十六里。高里山，亦曰蒿里山，在縣西北二十五里。徂徠山，亦曰尤來山」。「梁父山，在縣（同州泗水縣）北八十里，西接徂徠山。《封禪書》曰：「古者封泰山禪梁父七十二家。」〔註70〕高里山與梁父山在地理位置上與泰山相鄰，是泰山下的小山。上古封禪禮中禪梁父是重要的一環，禪高里、祠后土也曾在武帝太初元年進行。古辭《薤露》為：「薤上露，何易晞。露晞明朝更復落，人死一去何時歸。」〔註71〕古辭《蒿里》為：「蒿里誰家地，聚斂魂魄無賢愚。鬼伯一何相催促，人命不得少踟躕。」〔註72〕據上引《薤露》《蒿里》題解中杜預判斷，《薤露》這一喪歌，在春秋時的泰山不遠處已經唱起，並非始自兩百餘年後齊人田橫的門人們。宋玉《對楚王問》一般斷定為戰國時作品，文中也已有《薤露》這一歌名。〔註73〕樂府古辭《薤露》不能確定是否即是春秋或戰國時的那首（或許其曲調仍得以保存下來），短短的歌辭中只是很自然地由物事推

〔註69〕　《樂府詩集》卷九四，第1323頁。

〔註70〕　《元和郡縣圖志》卷十《河南道‧兗州》，北京：中華書局，1983年，第267、270頁。

〔註71〕　《樂府詩集》卷二七，第396頁。

〔註72〕　《樂府詩集》卷二七，第398頁。

〔註73〕　《文選》卷四五，第1999頁。據宋玉所答，參據上引《薤露》、《蒿里》題解所引崔豹《古今注》，可知《薤露》並非楚國內流行曲調，不知是否因其演唱難度較高，故僅限於挽送王公貴人，從而與挽送士大夫庶人的《蒿里》區別開來？

想人情，感傷人死而不歸。後出的《蒿里》古辭則有了更具體的判斷，
世人無論賢愚，死後俱歸蒿里；有了更明確的「魂魄」、「鬼伯」等詞
彙，這些描述實已揭示出「蒿里」在漢代已經成為人們普遍認知到的死
後魂魄的去處。而蒿里山旁的「泰山」具有更強大的支配人生死的力
量，此能力的出現又似乎更早。

　　如上引《後漢書・烏桓傳》載烏桓葬俗，烏桓人相信死者魂靈歸
赤山，「如中國人死者魂神歸岱山也」。注引晉張華《博物志》云：「泰
山，天帝孫也，主召人魂。東方萬物始，故知人生命。」〔註74〕赤山、
泰山的類比透露出泰山「主人生死」說實即出自古人普遍存在的對山
川自然的崇拜。而原本只是上古之時齊魯之地對泰山的崇拜，隨著秦
漢帝國的統一、帝王封禪泰山的行為而升格為全國性的信仰，人們相
信位於東方的泰山是天帝之孫，主人魂魄，知人生命。至少在東漢時，
這一信仰在社會上流傳開來。〔註75〕《後漢書・許曼傳》中記曼祖父

〔註74〕《後漢書》卷九〇，第 2980～2981 頁。
〔註75〕「泰山治鬼」論者頗多，敘述判斷最扼要清晰者為吳榮曾《鎮墓文
　　　　中所見到的東漢道巫關係》中對「泰山君」的論述（收入氏著《先秦
　　　　兩漢史研究》，北京：中華書局，1995 年，第 362～377 頁）。另如顧
　　　　炎武認為，泰山之「仙論起於周末，鬼論起於漢末」，「鬼論之興」在
　　　　東京之世。具體而言，「哀、平之際，而讖緯之書出，然後有如《遁
　　　　甲開山圖》所云：『泰山在左，亢父在右，亢父知生，梁父主死』」，
　　　　即泰山治鬼說自西漢末年起。（〔明〕顧炎武著；欒保群校注：《日知
　　　　錄集釋》（校注本）卷三〇「泰山治鬼」條，杭州：浙江古籍出版社，
　　　　2013 年，第 1772～1773 頁。此條又以為「地獄之說，本於宋玉《招
　　　　魂》之篇」，是魏晉以下之人以《招魂》篇中的奇人奇境比附佛教之
　　　　說而成中國地域之境）。趙翼將此說出現的時間推遲至「後漢」，而
　　　　「泰山治鬼之說，漢、魏間已盛行」。比之顧氏，趙翼增加事例，補
　　　　南北朝時，無論南北方，都相信泰山有府君、其下有錄事協助。又引
　　　　宋人筆記，指出宋人仍信泰山府君事。但南宋時已不知泰山治鬼說
　　　　的來源，以為只是初唐典故。至明人胡應麟時，已對「泰山主發生，
　　　　乃世間相傳多治死者」有疑問了。（〔清〕趙翼著；欒保群，呂宗力校
　　　　點：《陔餘叢考》卷三五「泰山治鬼」條，石家莊：河北人民出版社，
　　　　2007 年，第 717～718 頁。）余嘉錫認為「人死魂歸泰山之說，起源
　　　　甚早，蓋秦漢之間已有之」。其認為「泰山治鬼之說，起於漢初，而
　　　　盛行於東京魏晉之間」。漢初之說，是得自《古今注》釋《薤露》《蒿

許峻「少嘗篤病，三年不愈，乃謁太山請命」〔註76〕，就是其人篤信泰山有主導人的生死壽命的能力。樂府古辭有《怨詩行》：「天德悠且長，人命一何促。百年未幾時，奄若風吹燭。嘉賓難再遇，人命不可續。齊度遊四方，各繫太山錄。人間樂未央，忽然歸東嶽。當須蕩中情，遊心恣所欲。」〔註77〕吟唱的是漢末盛行的感歎生命短促，當及時行樂的思想。樂歌中，人之所歸即在泰山，縱使遊歷四方，身後都緊緊繫於泰山錄簿之上。鄴下文人劉楨有詩：「常恐遊岱宗，不復見故人」，也是直言體衰，恐與生人別，進入泰山所轄之鬼域。〔註78〕東漢

里》歌為田橫門人所作。而梁父、蒿里都是泰山附近小山，梁父主死，蒿里收人魂魄，皆太山為之主，故而「漢以後書言及鬼神事皆屬之泰山，不言梁父蒿里」。而之所以有此說，大概出於「燕齊海上之方士」。《史記‧封禪書》所記秦始皇「祠名山大川及八神，八神將自古而有之」。八神之地主即「太山梁父」。這八神說即是方士所傳。「太山梁父，既為地主，人死歸於地，於是相傳遂謂太山治鬼，梁父主死」。而泰山設府，有府君、有令、有錄事，是道家比照漢制為之，到了齊梁佛教大興時，談論太山府君的就少了。並用到墓誌材料。（余嘉錫：《積微居小學金石文字論叢序》，收入氏著《余嘉錫文史論集》，長沙：嶽麓書社，1997年，第540～545頁。）余英時特別指出，魂與魄在漢晉人意識中有不同的歸處，不同的稱呼。魂飛昇到梁父，魄歸入蒿里。這反映了當時人思想中的二元來世觀念，不可混同言之。（余英時著；何俊編；侯旭東等譯：《東漢生死觀》，上海：上海古籍出版社，2005年，第90頁注②，第148～152頁。）劉屹指出「民間實際的生死信仰習俗與經典文獻所記」有差距，漢代墓券文中一般沒有區分魂與魄，偶而提及，也沒有所謂魂上歸天、魄下入地的說法。「很可能是到漢代，死者要保留著原有的軀體以開始新的地下生活」。而地下的歸宿在這一時期被認為是在泰山。泰山與蒿里，一是地下冥府所在，一是死者聚居之地。漢初有蒿里為地下死人聚集地的觀念，卻未有明確的泰山治鬼說，只因為人們往往將泰山與蒿里連為一體，於是將蒿里的出現等同於泰山治鬼說的出現。前引劉屹《敬天與崇道：中古經教道教形成的思想史背景》，第71～76、83～91、119～125、261頁。

〔註76〕 《後漢書》卷八二下《方術列傳》，第2731頁。這位許峻在請命途中「行遇道士張巨君，授以方術。所著《易林》，至今行於世」，是以道士為師，以方術「顯驗」著稱。泰山與道教、道士的關係可見親密。
〔註77〕 《樂府詩集》卷四一，第610頁。
〔註78〕 《文選》卷二三，劉楨《贈五官中郎將》，第1111頁。

鎮墓文中提到的「生屬長安，死屬太山」、「生人屬西長安，死人屬東太山」，〔註79〕則是這一信仰是由西漢延續至東漢民間社會的例證。魏晉之後，此說在社會上依然流行。《搜神記》裏有泰山人胡母班為泰山府君送信、替父請命的曲折故事。出土的鎮墓文中，也有「（東晉）咸安五年十月癸酉朔，姬令熊死日不時。……太山長問見死者，姬令熊自往應之」和「太山長□，死者阿平自往應之」，從此類已成格式化的文字敘述看來，此時的生者是相信死者會魂歸泰山、接受彼地官吏的問詢管束的。〔註80〕其後直至唐宋，即使有佛教地獄觀念的傳入並流行於世，此一層面的泰山信仰一直在民間社會存在。〔註81〕

　　與泰山五里之隔的蒿里山，又稱高里山，《史記‧封禪書》記「（太初元年十二月）上親禪高里，祠后土」，〔註82〕《漢書‧武帝紀》錄此事後出注詳細辨析「高里」：「伏儼曰：『山名，在泰山下。』師古曰：『此高字自作高下之高，而死人之里謂之蒿里，或呼為下里者也，字即為蓬蒿之蒿。或者既見太山神靈之府，高里山又在其旁，即誤以高里為蒿里。混同一事，文學之士共有此謬，陸士衡尚不免，況其餘乎？今流俗書本此高字有作蒿者，妄加增耳。」〔註83〕是以為高里山原來沒有「死人里」之意，是後人比附具有「死人里」之意的蒿里，將別處的蒿里移至神異的泰山下。則蒿里本在何處？《漢書‧廣陵厲王胥傳》中載

〔註79〕　羅振玉：《貞松堂集古遺文》、《古器物識小錄》，轉引自吳榮曾：《鎮墓文中所見到的東漢道巫關係》，《先秦兩漢史研究》，北京：中華書局，1995 年，第 366 頁。

〔註80〕　《姬令熊鎮墓文》，錄文後注，資料出處為敦煌佛爺廟灣墓葬發掘簡報。韓理洲等輯校編年：《全三國兩晉南朝文補遺》，西安：三秦出版社，2013 年，第 138 頁。《阿平鎮墓文》，錄文後注，發掘自敦煌發現的西晉十六國墓葬，具體作時不詳。第 212 頁。

〔註81〕　又可參劉安志《從泰山到東海——中國中古時期民眾冥世觀念轉變之一個側面》，陳鋒，張建民主編：《中國古代社會經濟史論：黃惠賢先生八十華誕紀念論文集》，武漢：湖北人民出版社，2010 年，第 34～57 頁。

〔註82〕　《史記》卷二八，第 1402 頁。

〔註83〕　《漢書》卷六《武帝紀》，第 119 頁。

劉胥自殺前的悲歌：「蒿里召兮郭門閱，死不得取代庸，身自逝。」蒿
里在西漢中期時已具「死人歸處」的意義。顏注：「蒿里，死人里。」
〔註84〕也未說明所在何處。王先謙《漢書補注》對上文所引《武帝紀》
顏注補充道：「顏謂死人之里自作蓬蒿之蒿，案《玉篇》：『蒿里，黃泉
也。死人里也。』《說文》：『呼毛反。』」經典為鮮薨之字。《內則》注：
『薨，乾也。』蓋死則槁乾矣。以蓬蒿字為蒿里，乃流俗所作耳。」聞
一多《樂府詩箋》：「蒿里，本死人里之公名，泰山下小山亦死人里，故
亦因以為名。」〔註85〕流俗之人認為人死之後身體枯槁，蒿里之蒿、蓬
蒿之蒿在被割除之後也會衰敗乾枯。將蒿里作為死人里的公有（共有）
之名至少在西漢劉胥那時便已存在，而泰山因其主人生死之力，它周
圍的小山丘也會被當成死人聚集之處，視作死人里，高里正在其中。如
此，以蒿替代高，情理相合。陸機在西晉時如此理解蒿里並不算「謬」。

再看《薤露》題下四首，〔註86〕除古辭外，魏晉三人除曹植敘述
願輔明君，其他兩首其實還是輓歌。曹操依舊調填新詞，哀悼東漢的亂
亡。晉張駿一首則是寫給西晉王朝的憤慨輓歌。《蒿里》四首，〔註87〕
除古辭外，作者分別是曹魏、劉宋、唐代詩人。曹操舊曲新詞，寫關東
群雄討伐董卓卻互相爭奪，百姓大受其害。宋鮑照、唐貫休也都是悲憤
難抑，其詩正是寫給混亂時代的悲痛輓歌。《薤露》《蒿里》兩曲題的原
始意味都被繼承下來。《北邙行》三篇全是唐人之作，而王建與張籍詩
中分別用一句「蒿草少於松柏樹」、「車前齊唱《薤露歌》」，〔註88〕呼
應已是輓歌經典標誌的「蒿里」、「薤露」，之後便鋪陳「北邙」這個新
的喪葬熱點。《樂府詩集》中直接以《輓歌》為題的有14首，〔註89〕

〔註84〕 《漢書》卷六三，第2762頁。
〔註85〕 轉引自丁福林，叢玲玲校注：《鮑照集校注》，北京：中華書局，2012
年，第172頁。
〔註86〕 《樂府詩集》卷二七，第396～397頁。
〔註87〕 《樂府詩集》卷二七，第398～399頁。
〔註88〕 《樂府詩集》卷九四，第1323頁。
〔註89〕 《樂府詩集》卷二七，第399～403頁。在分類編選上，《輓歌》是緊
隨《薤露》《蒿里》詩的同卷亦被視為同類的曲題。

魏、晉、劉宋、北齊 5 位詩人寫作 9 首，其中晉朝的兩位詩人寫的都是場景連貫的三篇章組詩，細緻描寫臨終、出殯、下葬的情景，揣摩逝者的感受。這個題材在兩晉或是寫作的熱點或為社會的熱點。4 位唐代詩人提供了 5 首詩作，「蒿里」和「薤露」在 3 位詩人的筆下以「蒿上」、「黃蒿」《薤露》歌」的形式出現。最晚近的一位中唐人白居易則逕直推開了舊的輓歌地標，細緻充分地記敘北邙上的送葬人群；北邙給唐人的切身實感是其他地點難以比擬的。樂府詩中北邙最終取代薤露、蒿里成為更經典、更為人熟知的喪葬之地代稱。

（二）傷逝主題的變奏：懷才不遇

這一主題中變奏最為顯著的是《梁甫吟》一題：

步出齊城門，遙望蕩陰里。里中有三墓，累累正相似。問是誰家墓，田彊、古冶子。力能排南山，文能絕地紀。一朝被讒言，二桃殺三士。誰能為此謀？國相齊晏子。（蜀·諸葛亮）〔註90〕

誤為作者的諸葛亮只是在早年躬耕隴畝時，「好為《梁父吟》」，這位名士模樣，自比管仲、樂毅的隱居者，〔註91〕他之吟詠《梁父吟》應有深意。《梁父吟》所詠是晏子二桃殺三士，三士是國之勇士，晏嬰是齊國輔政三朝的名相。孔明是有大抱負大智慧者，他所誦《梁父吟》所寄寓的正是為士為相之道：士「惟淡泊可以全節」，為相者應「開誠布公」、「為國惜才」。〔註92〕觀其後立身處世，治世待士，都不離此。

其後陸機所作《梁甫吟》是感歎歲月易逝，人生短促，行正道仍不免有憂患。全篇以「哀吟梁甫巔，慷慨獨撫膺」結束，作者在梁甫山頂想到這些，所聞是「悲風絕響」，所見是烏雲壓城（「玄雲相仍」），「年

〔註90〕《樂府詩集》卷四一，第 606 頁。
〔註91〕《三國志》卷三五，第 911 頁。
〔註92〕王炎平《釋諸葛亮『好為《梁父吟》』》，《魏晉南北朝史論文集》，成都：巴蜀書社，2006 年，第 83～88 頁。闞文文，郝玉龍：《『梁甫（父）』題材詩歌的演變及其審美特徵》，《理論界》2012 年第 10 期，第 119～121 頁。

命時相逝」則是其所感,「慶雲鮮克乘」則是其所悲,不禁「撫膺」歎息。沈約之作全仿陸機,也是感慨時光流逝,人生苦短。結尾處作者「京歌步梁甫,歎絕有遺音」,傚仿著謝安作「洛生詠」,唱著京歌在梁甫山漫步。〔註93〕

諸葛亮之「好為《梁父吟》」,尚在他躬耕於隆中、劉備三顧茅廬之前,對他來說,當時最迫切的問題是能夠早被知遇,而不是善待賢才。出身江東名族的陸機,他對偉大祖先的自豪,卓著的文名,凌雲的壯志,對於功業的執著追求,都使他對入洛後的現實境遇倍感失落,悲怨難抑,他所歎息的除了自「負其才望,志匡世難」〔註94〕而才不能用外,還有一個羈旅北方的南士對故國的悼懷和傷感,「梁父吟」的旋律從他的口中流出,真正成了一曲浸著熱淚的輓歌。值得注意的是陸機《泰山吟》尾聯「長吟泰山側、慷慨激楚聲」。當年推翻嬴秦的主力是楚人,漢高祖劉邦建立的西漢政權,在某種意義上就是一個楚人控制的政權。「高祖樂楚聲」,楚辭、楚歌即所謂「楚聲」,憑藉著楚人的故國情結和政治強勢進入漢家宮廷,成為樂府的主流。〔註95〕《文心雕龍》稱漢武帝立樂府,「總趙代之音,撮齊楚之氣」,〔註96〕陸機《梁父吟》則可謂「撮齊楚之氣」的典型。章太炎稱陸機「辭賦多悲,懿親凋喪,懷土不衰,張華以為聲有楚焉」。〔註97〕發源於齊地的輓歌,被賦予楚聲的悲壯哀怨特色(如高祖《大風歌》、項羽《垓下歌》堪稱典

〔註93〕《樂府詩集》卷四一,第 606 頁。

〔註94〕《晉書》卷五四《陸機傳》,第 1473 頁。

〔註95〕說詳郭建勳、張偉:《楚聲與樂府詩》,吳相洲主編:《樂府學》(第三輯),北京:學苑出版社,2008 年,第 191~200 頁。下文所論楚聲的哀怨特色,亦請參考此文。

〔註96〕范文瀾《文心雕龍注》卷二《樂府》,北京:人民文學出版社,1958 年,第 101、107 頁。

〔註97〕章太炎《陸機贊》,《太炎文錄初編・文錄》卷二,收入《章太炎全集(四)》,上海:上海人民出版社,第 230~231 頁。章文所為「張華以為聲有楚焉」,當據《文心雕龍》卷七《聲律》「張華論韻謂士衡多楚」,詳見范文瀾《文心雕龍注》卷七,第 553 頁,第 561 頁范注引陸雲《與兄平原書》。

型），即「慷慨激楚聲」，在陸機《梁父吟》中表現得淋漓盡致。楚聲曾
作為重要的音樂資源被兩漢樂府所汲用，作為廣義楚人〔註98〕的陸機、
謝靈運乃至南朝詩人，又將楚聲和南人的視角，帶到六朝的樂府中。

　　相對於陸機，沈約的「梁甫吟」少了那份沉痛，多了形式上的文
辭雕飾，不過是和著那來自北土的喪曲，借用已成定式的意象，且模仿
北人的音調，哀歎自然界的日居月諸、春秋代序，和人世間的韶光易
逝、人生無常而已。

　　陳陸瓊則將這首《梁甫吟》唱成了輕鬆的歌舞小調，「臨淄佳麗地，
年少習名倡。似笑唇朱動，非愁眉翠揚。掩抑隨竿轉，和柔會瑟張。輕
扇屢回指，飛塵亟繞梁。寄言諸葛相，此曲作難忘」。〔註99〕除了保留
與原作有關聯的一位吟唱者，時空背景整個調換，不是對梁甫山的描
述，倒像是對繁盛的齊國臨淄城的想像。

　　最後一位擬作者李白，他的轟轟烈烈的擬作：「長嘯梁甫吟，何時
見陽春？君不見朝歌屠叟辭棘津，八十西來釣渭濱。寧羞白髮照淥水，
逢時吐氣思經綸。……君不見高陽酒徒起草中，長揖山東隆準公。入門
不拜騁雄辯，兩女輟洗來趨風。東下齊城七十二，指麾楚、漢如旋蓬。
狂生落拓尚如此，何況壯士當群雄。……梁甫吟，梁甫吟，聲正悲。張
公兩龍劍，神物合有時。風雲感會起屠釣，大人嵬屼當安之」。〔註100〕
李白也以二桃殺三士可悲可歎，他「長嘯梁甫吟，何時見陽春」，正是
自己懷大才而不遇，希望能如孔明般被識拔，遇明主，建功業。在這一
點上，又回到了陸機的悲忿上。

　　《梁甫吟》曲題由輓歌轉為以諸葛亮為代表的文士的抒懷之作，
這個題目含有的士人懷才不遇，渴望見用，施展抱負的內涵原本不是
「泰山」主題所包含的；「泰山」主題原本相對單純地集中在溝通天地

〔註98〕　參余嘉錫《世說新語箋疏・豪爽篇》第 1 條「王大將軍年少時……語
　　　　音亦楚」條箋疏，余嘉錫撰，周祖謨、余淑宜整理：《世說新語箋疏》，
　　　　北京：中華書局，1983 年，第 595～597 頁。
〔註99〕　《樂府詩集》卷四一，第 607 頁。
〔註100〕《樂府詩集》卷四一，第 607 頁。

人神之義。「梁甫」意象旁逸斜出，在生成中自我改造，獨立而時時不忘回應泰山原始主題意象「傷逝」之義，最終「梁甫」作為一個子意象未能跳脫「泰山」意象之外，而是成為「泰山」主題意象的一個層面。兩個曲題各有重點，總意象與子意象各得其所。

四、結語

「泰山」系列主題，由慕神仙、封禪、求正統而望眉壽、懼下里，由仙而鬼，最終回到個體人的本身。拋開了生死界限，追問人（士人）如何立身用世，如何將才華發揮的問題。這一系列曲題，大多含有封禪、哀挽的意蘊，固然會帶有濃厚的仙氣抑或鬼（喪）氣，但曲題經過士人的改造，選擇，發展出新的內容，懷才待用，因為其中涉及到生與死、人與己，這新的內容也就顯得更加真摯而有勇氣。「泰山」這組意象的表達，其間體現出的士人個體意識特別強烈。

在樂府詩「泰山」意象的演繹與變奏中，南方詩人的貢獻是明顯的，可以說，他們是這一意象的最初形塑者。謝靈運的《泰山吟》和《勸伐河北書》，約略同時寫成，前者飽含收復中原之思、統一天下之望的「泰山」意象，即後者「傾睹岱宗之封」的藝術呈現，儘管大謝筆下不免流露出對現實的不滿。北朝隋唐以封禪為主題的樂府詩中，即使分裂時期的北方政權，也因其在正統爭奪上有定鼎中原的地理優勢，故其「泰山」意象的內涵始終是功成封禪，分裂是暫時的，天下大同指日可期，更不用說唐代「泰山」樂府對盛世封禪的盡情謳歌。

在樂府「泰山」主題中，曹魏時旁逸出「遊仙」一支，這與泰山封禪儀式中的祭祀迎神有關，因為泰山從來被視為諸神遊聚之地。但也因泰山同時有主死功能從而又被視為魂魄終歸之所，於是「泰山」主題又變奏出傷逝一脈。本來作為泰山封禪景點的「梁父」、「蒿里」，以及與「蒿里」同為古辭、基調亦同的「薤露」，後起的《北邙行》，在樂府中構成了一個喪歌系列，成為感傷人生短促、弔挽生離死別的「傷逝」主題意象。作為《梁甫吟》擬作之首的諸葛亮之作，立意似乎偏離

了主題，但詩中「里中有三墓，累累正相似」、「問是誰家墓」諸語，仍不離輓歌之體、傷逝意象。陸機《梁甫吟》，則是一個羈旅北方的南士對故國、對故鄉也是對自己難酬壯志的悼挽和感傷，最顯樂府的「楚聲」特色。但江南文士陳朝陸瓊輕音樂似的擬作，似乎又從沉重的喪逝主題中逸出，沈約則介於陸機、陸瓊之間。李白的擬作則是對前人的兼收並蓄，有豪放，有悲忿，但筆調又洋溢著瀟灑和輕快，總之，《梁甫吟》不過是這位天縱之才藉以澆潑胸中壘塊的酒杯，如他所知，唐的「梁父」、「蒿里」，早已移到了「北邙」，那才是新時代典型的傷逝意象所在。

第五章　南朝詩人的京洛想像與唐人的帝都重塑：《樂府詩集》中的「兩京」

　　　　欲知佳麗地，為君陳帝京。由來稱俠窟，爭利復爭名。
鑄銅門外馬，刻石水中鯨。黑龍過飲渭，丹鳳俯臨城。群公
邀郭解，天子問黃瓊。詔幸平陽第，騎指伏波營。五侯同拜
爵，七貴各垂纓。衣風飄飆起，車塵暗浪生。舞見淮南法，
歌聞齊後聲。揮金留客坐，饌玉待鐘鳴。獨有文園客，偏嗟
武騎輕。（梁・戴暠《煌煌京洛行》）〔註1〕

這是一位南朝詩人筆下的「帝京」，是他理想中最稱「佳麗」之處，

〔註1〕《樂府詩集》卷三九，第584頁。另，曲題「煌煌京洛行」之「行」，
　　　是樂府詩的一種題名，類似篇、章。「後人擬古題樂府、新題樂府及諸
　　　歌行體多沿用之，成為樂府體及從樂府體衍生的歌行體的主要的題
　　　名」。（錢志熙：《樂府「行」之本義再探討》，氏著《漢魏樂府藝術研
　　　究》，北京：學苑出版社，2011年，第268~283頁。）有學者認為「行」
　　　即「歌、歌詠」。（張煜：《樂府「行」題本義新考》，《首都師範大學學
　　　報（社會科學版）》，2011年第1期，第91~97頁。）「行」之義本無
　　　須多解，但本段討論中常常涉及兩京間的行走，又有《少年行》等曲
　　　題的分析，可能會使閱讀中無意混淆「行」的意思，故在此處稍作提
　　　示。

即題目中標舉的長安與洛陽。煌煌，明亮輝煌。〔註2〕詩題中「京」，是指西漢之長安，「洛」，是指東漢、西晉、還包括曹魏時的首都洛陽。銅馬、石鯨指長安上林苑之銅馬與昆明湖的石鯨，黑龍飲渭是指黑龍山出渭水，丹鳳臨城概指建章宮東之鳳闕。〔註3〕郭解是西漢大俠，黃瓊是東漢名臣，平陽第是武帝姊平陽公主府，伏波營應指光武帝伏波將軍馬援的軍營。五侯指西漢王氏一門五人同日封侯，七貴指漢後族即外戚，衣風車塵應指西晉石崇潘岳等佞陷賈謐事，或許同時也回應陸機入洛經年慨歎的那句「京洛多風塵，素衣化為緇」。〔註4〕全篇多處指明地點，說明史事。在這位梁代詩人筆下的長安與洛陽，除了作為帝王所居的皇家氣象外，高門權貴聚集，據有「俠窟」之名日久，又是名利場與佳麗地。

西安與洛陽自西周至五代，數為帝都，《樂府詩集》中提及這兩地的詩歌不勝枚舉，為更清晰簡明地展示樂府中兩京的特徵，先整理出曲題中包含長安、洛陽字眼字義的篇章，如以上《煌煌京洛行》篇。《煌煌京洛行》曲題收樂府詩五首，如題解所引《樂府解題》所云，第一首曹丕此題「五解」，都是寫的「虛美者多敗」，〔註5〕其中有活動於西漢京師長安的人物如張良、郭解等，但楚懷、燕昭、蘇秦、吳起等等，與京、洛似全無關係，全詩與「煌煌」的長安、洛陽兩城本身也幾乎沒有關係。宋鮑照一首以「鳳樓十二重」起，可以理解為是

〔註2〕《漢書》卷八七下《揚雄傳》：「明哲煌煌，旁燭亡疆」，顏師古注：「煌煌，盛貌也」。第3581頁。

〔註3〕《史記》卷二八《封禪書》：「（太初元年（前104年））於是作建章宮，度為千門萬戶。前殿度高未央。其東則鳳闕，高二十餘丈」。第1402頁。卷一二《孝武本紀》：「作建章宮，……其東則鳳闕，高二十餘丈。」司馬貞《索隱》引《三輔黃圖》云：「武帝營建章，起鳳闕，高三十五丈。」又引《三輔故事》云：「北有圓闕，高二十丈，上有銅鳳凰，故曰鳳闕也。」第482頁。

〔註4〕金濤聲點校：《陸機集》，《為顧彥先贈婦二首》之一，北京：中華書局，1982年，第54頁。姜亮夫先生將此詩創作時間定為陸機入洛後。見前引姜亮夫：《陸平原年譜》，第70頁。

〔註5〕《樂府詩集》卷三九，此詩題解，第582頁。

寫洛陽樓臺之盛美，然而以女子口吻設辭，敘述備受寵幸卻心懷憂懼
的複雜心理，實是以比興手法抒發詩人自身感慨。除卻首二句可以聯
想到洛陽，全詩他句與主旨與京洛並無關聯。唯梁代簡文帝蕭綱、戴
暠，陳代張正見三篇詩中細緻描寫東西二京的地理、宮室、人物。如
此看來，顯然是南朝人，尤其是梁人對這個曲題及其描寫對象興趣更
大些。

一、《樂府詩集》中「京洛」指向的統計

　　將兩京作為「京洛」的描寫範疇其實在《樂府詩集》以及唐以前
的正史或詩文作品中是很少出現的。查《樂府詩集》中 22 次提及「京
洛」，除曲題篇名（如《煌煌京洛行》等）與敘事中的地點指示（如
「京洛相高，江左彌重」〔註6〕等）之外，6 位詩人在其詩中 9 次使
用「京洛」二字。魏曹植三首詩中「京洛」均指洛陽；〔註7〕宋鮑照
二首皆指洛陽，〔註8〕其中《北風行》中「京洛女兒多嚴妝」句，在
《玉臺新詠》中「京洛」逕作「洛陽」。齊謝朓詩中「京洛」也似指洛
陽。〔註9〕北周王褒詩中語句模擬曹植《名都篇》，其中「京洛」自然
也應與曹詩同義，作洛陽解；〔註10〕北齊盧思道詩也是擬曹植《美女
篇》同題之作，其「京洛」也當作洛陽解。〔註11〕隋薛道衡詩中「京
洛」指向模糊，似已擴大指京邑。〔註12〕如此看，自東漢後期，有文
人樂府以來，東漢、魏晉、南朝、北朝、隋唐等時段的詩人對「京洛」
的詩中理解大致都是一致的：隋之前作「洛陽」解釋，隋之後慢慢擴
大指「京邑」。而上述《煌煌京洛行》題解引《樂府解題》道：「若宋
鮑照『鳳樓十二重』，梁戴暠『欲知佳麗地』，始則盛稱京洛之美，終

〔註6〕卷四四，第 638 頁。
〔註7〕卷三九，第 570～571 頁；卷六三，第 912 頁。
〔註8〕卷六五，第 936、943 頁。
〔註9〕卷七五，第 1063 頁。
〔註10〕卷六七，第 967 頁。
〔註11〕卷六三，第 914 頁。
〔註12〕卷三四，第 504 頁。

言君恩歇薄，有怨曠沉淪之歎。」在鮑照與戴暠的詩中，對洛陽與長安兩地都有描繪或指示，〔註13〕這裡的「京洛之美」，正是指兩京的繁華。此曲題中梁陳詩人以「京洛」代指兩京，在《樂府詩集》中也算特別之例。

同樣，「京洛」在唐之前的正史和詩文中多指洛陽，兼指兩京的用法幾乎沒有。以唐為界查詢正史、《文選》、《全上古三代秦漢三國六朝文》中的「京洛」一詞，東漢時始出現於賦作中，魏晉時使用次數增多，南北朝時相對使用最為頻繁；大體都指「洛陽」，而將長安與洛陽稱作「兩京」、「兩都」。

「京洛」在前四史中，僅《後漢書》載班固《兩都賦》出現「京洛」一次，以與西都（長安）相對。〔註14〕其後《晉書》《宋書》《梁書》《魏書》《北齊書》《周書》《隋書》《南史》《北史》中 41 次提及京洛，除《宋書‧樂志三》中載錄曹丕《煌煌京洛行》和曹植《野田黃雀行》歌辭，〔註15〕以篇名、詩歌歌辭可不計入，其餘 39 次的歷史敘事中的「京洛」皆指洛陽。《晉書》卷一一一史臣論慕容儁「文武兼優，加之以機斷，……猶將席捲京洛，肆其蟻聚之徒」。以其本傳中記：「儁於是復圖入寇，兼欲經略關西，乃令州郡校閱見丁，……期明年大集，將進臨洛陽，為三方節度。」〔註16〕所謂「席捲」直接指向的仍可理解為「洛陽」。

《文選》中 11 次提及「京洛」，無論正文和注文，10 處確指洛陽（正文中寫「京洛」為東漢班固賦 1 篇，魏曹植樂府 2 首，西晉陸機詩 2 首，齊謝朓詩 1 首）。齊謝宣遠《於安城答靈運》詩「迢遞封畿外，窈窕承明內」句注曰：「宣遠為安城守，故云封畿外。靈運為秘書監，故云承明內也。毛詩曰：『京畿千里』。承明，假京洛而言之也。」

〔註13〕卷三九，第 582～584 頁。

〔註14〕《後漢書》卷四〇下《班彪附子固傳》，第 1370 頁。

〔註15〕《宋書》卷二一《樂志三》，第 618、620 頁。

〔註16〕《晉書》卷一一一《慕容暐載記》，第 2863 頁。卷一一〇《慕容儁載記》，第 2840 頁。

〔註17〕承明門在洛陽，這正是「京洛」可作「洛陽」解的意思〔註18〕。但若擴充指向洛陽與長安，〔註19〕進而泛指京城，在原詩中與邦畿相對分指內外也能解釋得通，抑或更為契合。在同書鮑照賦作的注釋中，又有「陸機《擬東城一何高》曰：『京洛多妖麗，玉顏侔瓊蕤。』然京洛即東都也」。〔註20〕此處注釋的明確自然是由於陸機原文指向的明確。於是，可以認為，《文選》注者在上述一二注中所傳達的是唐代文士對「京洛」理解的第一指向是洛陽，同時也可當作京城的代稱；它可以包含長安，長安與洛陽在此詞義中是作為京畿區域整體而存在的。

　　《全上古三代秦漢三國六朝文》中 22 次提及「京洛」，皆可作洛陽解。值得注意的是其中使用「京洛」一稱最密的是南北朝人（計 15 次）；後漢雖是最初使用卻不見多用，查《全後漢文》中僅三例，除班固《東都賦》外，有班彪《冀州賦》與蔡邕《述行賦》。《全隋文》中錄開皇中一翻譯沙門的上文帝書，稱「京洛」是在「爰暨魏晉京洛之日」句中（卷三五），當然此處的「京洛」更帶有時間、時代的性質，但指向洛陽則是無疑的。由此可見，直至隋時「京洛」尚多指洛陽一城。

　　《樂府詩集》中又有《洛陽道》與《長安道》兩曲題，梁代至唐代的詩人們對此二題都有書寫，下文將拆解詩人們的作品，列表尋找詩中字句裏透露的一些變化。

〔註17〕《文選》卷二五，第 1191 頁。
〔註18〕又《文選》卷二四曹植《贈白馬王彪》：「謁帝承明廬，逝將歸舊疆。」注引陸機《洛陽記》曰：「承明門，後宮出入之門，吾常怪謁帝承明廬，問張公，云：『魏明帝作建始殿，朝會皆由承明門。』」第 1123 頁。
〔註19〕《漢書》卷六四上《嚴助傳》載助為會稽太守，武帝賜書曰：「君厭承明之廬，勞侍從之事」，張晏注「承明廬在石渠閣外。直宿所止曰廬。」（第 2789～2790 頁）是長安亦有承明廬之說。
〔註20〕《文選》卷一一，鮑照《蕪城賦》注，第 506 頁。

二、兩京道上的風景：梁陳詩人對中原都城的追憶與美化

（一）《洛陽道》

表3　《樂府詩集》「洛陽道」曲題內容分析表

曲　題	作　者	作者時代	關鍵詞	史實故事	故事時代	詩歌季節
《洛陽道》〔註21〕	簡文帝（蕭綱）	梁	佳麗所、大道、春光、遊童、金鞍、馬、蠶、桑	蠶妾、玉車、潘果、挾彈	戰國（羅敷）、西晉（衛玠、潘安）●◆	春日間
	元帝（蕭繹）	梁	大道、青槐、綠柳	玉珂戰馬、鬥雞、秦氏	戰國（羅敷）、魏（漢末曹植）〔註22〕◆♣	春末日暮

〔註21〕　《樂府詩集》卷二三，第339～343頁。
〔註22〕　梁陳詩人似乎多將曹植「鬥雞」事與洛陽相連，如表中所列陳代詩人王瑳《洛陽道》，也有「洛陽夜漏盡，……曹王斗雞返」的描述。（《樂府詩集》第342頁）而《樂府詩集》卷六四曹植《鬥雞篇》題解引《鄴都故事》：「魏明帝大和中，築鬥雞臺。趙王石虎亦以芥羽漆砂；鬥雞於此。故曹植詩云，『鬥雞東郊道，走馬長楸間』是也。」（第927頁）是將曹植「鬥雞走馬」的地點放在鄴城附近。《鄴中記》「鬥雞臺」條：「漳水南有玄武池，次東北五里鬥雞臺。曹植詩曰：『鬥雞東郊道，走馬長楸間』。後，石虎亦鬥雞於此。」則較為細緻地指出了鬥雞臺的位置。（前引《鄴城暨北朝史研究》，第408頁。此條題注「鬥雞臺一條，據明崔銑撰《彰德府志·鄴都宮室志》引《鄴中記》」。崔銑的《鄴都宮室志》本於宋《相臺志》，見崔銑《明嘉靖彰德府志序言》）又，曹植在《鬥雞篇》中敘述觀鬥雞是「遊目極妙伎，清聽厭宮商。主人寂無為，眾賓進樂方。長筵坐戲客，鬥雞觀閒房。」主人公優游恢意，長筵賓客滿席；論主人心境與所處環境更像是在建安時代的鄴城，曹植意氣與聲勢正盛期，與其在曹魏黃初後憂懼憤怨，「常汲汲無歡」的情形不可同日而語。（《三國志》卷一九《魏書·任城陳蕭王傳》，第561～576頁。）魏明帝曹叡或許在太和時修築鬥雞臺，但曹植卻不大可能在此時於此地鬥雞。而《鬥雞篇》題解與《鄴中記》中都引述的曹植「鬥雞走馬」句應原出自他的《名都篇》，即「名都多妖女，京洛出少年。寶劍直千金，被服光且鮮。鬥雞東郊道，走馬長楸間。」其中「鬥雞東郊道」之「東

沈約	梁	大道、佳麗、裙、帶、領			日暮
庾肩吾	梁	微道、河曲、層城、洛川、金門柳、桐井泉、罘罳、雙闕	潘生	西晉•	春日
車敖	梁	八達道、九重城、重關、雙闕、王孫、公子、佳麗			
張正見	陳	曾城、上洛、柳、槐	連騎	西晉•	春日
後主（陳叔寶）	陳	1. 喧嘩、邑里、遨遊、洛京、柳、苔、臺上、城下			
		2. 日光、東京道、城樓、佳麗、曙	南陌佳麗	戰國（羅敷）♦	白日
		3. 建都、洛汭、中地、城陽、八達、康莊、銅溝、金谷、伊水、河橋	建都、金谷	東漢、西晉•♥	春末

郊」在《樂府詩集》中注「一作長安」。《名都篇》正文前有段簡短的釋題：「名都者，邯鄲、臨淄之類也。以刺時人騎射之妙，遊騁之樂，而無憂國之心也。」（《樂府詩集》卷六三，第 912 頁）推測所謂「名都妖女」、「京洛少年」或為互文，名都泛指名都大邑，鬥雞走馬是無憂國之心的逸樂之行。梁陳詩人將曹植與洛陽相繫，將貴公子的鬥雞走馬等遊樂活動與洛陽相繫，大概是詩人另一種形式的洛陽想像。

		4. 金埒、九衢、柳、槐、京兆妝、當壚、金羈	當壚	東漢（孫壽）♥	春末
		5. 槐、馳道、御水、銅溝、陵霄闕、井干樓、〔註23〕徹侯		西漢、魏♣	春日
徐陵	陳	柳、金馬、銅駝	潘郎車	西晉●	春日
		馳道、濯龍、橋			春日
岑之敬	陳	洛水、小平津、喧喧、鬱鬱、桃李、採桑	陌上採桑、衛玠、安仁	戰國（羅敷），西晉●◆	春日
陳暄	陳	洛陽九逵、羅綺、麗神	玉人、鎮西豔曲、臨淄逢麗神、雙璧、潘夏	魏（曹植）、西晉、東晉（謝尚）〔註24〕●♣	春

〔註23〕 井干樓在漢長安建章宮內。《史記》卷二八《封禪書》：「（武帝）於是作建章宮，度為千門萬戶。……乃立神明臺、井干樓，度五十丈，輦道相屬焉。」第1402頁。表3中列陳後主《洛陽道》五首，第五首中有「遠望凌雲闕，遙看井干樓」句，陳後主的《洛陽道》五首的前四首中均有明確指出詩歌敘述的即為洛陽之地，如「洛京」、「東京」、「洛汭」、「洛陽」等，此一首則未點明，它描述了京城的街道、建築和貴戚，在敘述建築時分別舉出洛陽、長安兩地名樓，對於《洛陽道》之題稍稍旁逸出了邊界。但若以洛陽為京城之主題進行描述，寫作時提及另一京城的知名樓臺，似也不無可。

〔註24〕 詩中所稱「鎮西歌豔曲」之事，故事背景實不在洛陽。《樂府詩集》卷七五載有謝尚《大道曲》：「青陽二三月，柳青桃復紅。車馬不相識，音落黃埃中。」題解引《樂府廣題》：「謝尚為鎮西將軍，嘗著紫羅襦，據胡床，在市中佛國門樓上彈琵琶，作〈大道曲〉。市人不知其三公也。」（第1061頁）直白清亮的歌辭類似南方民歌風格的「豔曲」。又

王瑳	陳	蒼龍闕、〔註25〕鳳凰臺	曹王斗雞、潘仁載果	魏(漢末曹植)、西晉 ●♣	
江總	陳	德陽、洛水、伊闕、河橋、槐	李膺、王戎、風塵、綠珠、孫秀	東漢、西晉 ●♥	
		小平、長秋、濯龍、司隸	錦車濯龍	東漢(馬皇后) ♥	

據《晉書》卷七九《謝尚傳》：「永和中……進號鎮西將軍，鎮壽陽。尚於是採拾樂人，並製石磬，以備太樂。江表有鍾石之樂，自尚始也。」（第 2071 頁）卷二三《樂志下》：「永和十一年（355 年），謝尚鎮壽陽，於是採拾樂人，以備太樂，並製石磬，雅樂始頗具。」（第 698 頁）壽陽處在東晉北方邊境，有中原流民移入，使謝尚能於此聚集流散的宮廷樂工，復建江左太樂。以他的音樂才華學習、模擬流行於東晉上層的建康周遭南方民歌，創作《大道曲》類的「豔曲」是很自然的事。（但《樂府廣題》所記事似為孤證，余嘉錫先生在《世說新語箋疏‧容止篇》第 32 條箋注「仁祖企腳北窗下彈琵琶」句曾引此例，大約此事合乎謝尚情性。（見前引余氏《世說新語箋疏》，第 623～624 頁。）《晉書‧謝尚傳》記「（謝尚）及長，……脫略細行，不為流俗之事。好衣刺文袴，諸父責之，因而自改，遂知名。善音樂，博綜眾藝。」（第 2069 頁）卷九三《外戚‧王濛傳》載簡文帝與孫綽議論「諸風流人」，孫綽評「謝尚清易令達」。（第 2419 頁））然而陳暄在「洛陽道」上記謝尚，時間地點都不符合。勉強言之，首句「洛陽九逵上」，或與「歌豔曲」的《大道曲》中的「大道」暗合；而「鎮西歌豔曲」前後句引衛玠、曹植事例，或是主人公雖貴為三公卻於鬧市門樓上彈唱的絕俗之舉，符合作者心目中的一系列洛陽風流人物的形象。

〔註25〕蒼龍闕在漢長安未央宮。《史記‧高祖本紀》：「蕭丞相營作未央宮，立東闕、北闕」。司馬貞《索隱》：「東闕名蒼龍，北闕名玄武，……《說文》云『闕，門觀也』。高三十丈。」（《史記》卷八，第 385～386 頁。）王瑳詩首句為「洛陽夜漏盡」，後引潘安等例，確是圍繞洛陽作文章，舉「蒼龍闕」是與其後洛陽「鳳凰臺」相對，即「日照蒼龍闕，煙繞鳳凰臺」，也可看作是列舉兩京樓觀來突出洛陽的皇家氣象。與前注陳後主詩、陳暄詩相似，王瑳詩嚴格說是稍溢出主題，然而，詩人寫作終是詩意創作，自有其行文謀篇的斟酌考量；過於拘泥，糾結字字句句多少有礙於整體的分析，也有悖於詩歌創作的鮮活生氣。此後引述篇章中如此類者不作單獨說明。

	於武陵	唐	浮世、浮雲、青草冢、白頭人、歲暮、洛陽塵	洛陽塵	西晉陸機	冬末
	鄭渥	唐	客亭、事不齊、楊柳、苧麻、塵土、御堤			
小計	共20首	梁5、陳13、唐2首				

《洛陽道》20 首，梁、陳 18 首，唐 2 首。梁陳人詩中引洛陽故人故事的有 13 首，〔註26〕起自東漢之建都，與東漢洛陽宮室、皇室大臣事 4 首（標♥）；次為曹魏樓臺、曹植鬥雞與逢洛神事 4 首（標♣）；〔註27〕而引晉事多達 9 首（標●），可見南朝人喜愛此曲題，且最愛援引晉人晉事入詩。試舉兩首：

> 洛陽佳麗所，大道滿春光。遊童時挾彈，蠶妾始提筐。
>
> 金鞍照龍馬，羅袂拂春桑。玉車爭曉入，潘果溢高箱。（梁·簡文帝《洛陽道》）

> 洛陽夜漏盡，九重平旦開。日照蒼龍闕，煙繞鳳凰臺。
>
> 浮雲翻似蓋，流水到成雷。曹王鬥雞返，潘仁載果來。（陳·王瑳《洛陽道》）

在南朝詩人眼中，洛陽一直是在春日陽光中。〔註28〕宮闕樓臺圍繞、河橋縱橫；四通八達的大道上，玉人佳麗，優游和樂，一片安寧繁華。詩中引西晉事，幾乎盡是俊士樂事。潘岳似是梁陳人詩中西晉洛陽風流的代表人物，史傳記其「少時常挾彈出洛陽道，婦人遇之者，皆連手

〔註26〕梁陳詩人在「洛陽道」上引入「秦氏妻」這位佳麗，秦羅敷事傳為戰國邯鄲故事，時空背景與洛陽皆有距離，這一設置的分析見本章第三節「採桑女」部分。表 3 中統計梁陳詩人引秦羅敷事 4 首（標◆）。

〔註27〕因曹植鬥雞事時間地點不能確定，標記時將援引曹植鬥雞事的 2 首詩列入曹魏時事的時間範疇內。

〔註28〕南朝詩人的 18 首《洛陽道》，有 11 首詩歌中的季節在春天。

縈繞，投之以果，遂滿車而歸。」〔註29〕這位遊於洛陽道上的美少年，作為主角登場7次，金谷會1則也是參與者。所引晉事中唯一一則有不幸結局的綠珠，在詩中也是以孫秀強邀、含淚而舞的形象出現，比之正史記載裏最終墜樓明志，〔註30〕「含淚舞」實在是詩人設置的相當和緩的情節了；況且，在整首詩描述的宮闕、河橋、歌吹的場景中，綠珠只是洛陽故事的一小段。洛陽始終是美好無邪的。於是，在梁陳詩人的洛陽道上，青春人物耀眼的容顏之美充盈著，潘岳與夏侯湛〔註31〕、衛玠〔註32〕等美姿容的玉人遊走其間光耀洛陽城，至於他們的文才吏治、玄思、抱負抑或趨時之舉則不為梁陳詩人所理會了。

而在唐人的兩首《洛陽道》中，詩歌裏的情緒就急轉直下了：

　　　　浮世若浮雲，千回故復新。旋添青草冢，更有白頭人。

歲暮客將老，雪晴山欲春。行行車與馬，不盡洛陽塵。（唐·

於武陵《洛陽道》）

　　客亭門外路東西，多少喧騰事不齊。楊柳惹鞭公子醉，

〔註29〕《晉書》卷五五《潘岳傳》：「岳美姿儀，辭藻絕麗，尤善為哀誄之文。少時常挾彈出洛陽道，婦人遇之者，皆連手縈繞，投之以果，遂滿車而歸。」第1507頁。

〔註30〕《晉書》卷三三《石苞附子石崇傳》：「崇正宴於樓上，介士到門。崇謂綠珠曰：『我今為爾得罪。』綠珠泣曰：『當效死於官前。』因自投於樓下而死。」第1008頁。

〔註31〕《晉書》卷五五《夏侯湛傳》：「湛幼有盛才，文章宏富，善構新詞，而美容觀，與潘岳友善，每行止同輿接茵，京都謂之『連璧』。」第1491頁。

〔註32〕《晉書》卷三六《衛瓘附孫衛玠傳》：「（玠）總角乘羊車入市，見者皆以為玉人，觀之者傾都。」第1067～1068頁。本傳中，衛玠五歲時，便「風神秀異」，及長，好言玄理。而其觀察時局，判斷準確，以家族門戶計，扶母南行，又見其行動果決。過江之後復為名流推重，引為柟棵之才。衛玠在洛陽和豫章兩地兩個時段都以其容貌、才華引起轟動；而梁陳詩人在《洛陽道》中，不言其才，唯稱其貌，是延續當年洛陽人的觀感，也是曲題內容與詩歌氛圍的輕鬆不需要詩人發掘個中人物的多面性和內在之美，如此不免使人物扁平化，埋沒了衛玠知人恕人的智慧與識量，拋卻了他應對複雜世事的沉重感，使其人單調而失去「風神」之秀了。

苧麻掩淚魯人迷。通宵塵土飛山月，是處經營夾御堤。須刻
知音幾存歿，半回依約認輪蹄。（唐・鄭渥《洛陽道》）

於武陵是唐大中時進士，鄭渥是晚唐人，這二位詩人的洛陽道上是青
草冢、白頭人，是歲暮和客將老，喧騰而事不濟。春日麗色換成冬景，
輕快優游轉為感歎「浮世若浮雲」，人事更替、知音存沒而山河依舊的
悵然無奈。對照盛唐詩人李白的《洛陽陌》：「白玉誰家郎，回車渡天
津。看花東陌上，驚動洛陽人。」〔註 33〕與梁陳詩人在《洛陽道》中
的筆調相似，輕巧地寫出洛陽城內的玉人美景，連詩中的季節感也與
梁陳詩人渲染的洛陽春日相近。中晚唐詩人的《洛陽道》則是實實在在
地寫「道」上之事，寫客旅，寫客亭、寫門外東西向的道路和不盡的塵
土，這是辛苦經營、通宵不歇，行人車馬來往掀起的塵土，正如陸機入
洛後感慨的「素衣化為緇」的京洛風塵，滿是苦楚無奈；此塵土大概很
難與潘岳、石崇輩孜孜以求、乾沒不已時揚起的塵土聯想在一起。而中
唐以後，唐人在洛陽道上感受到的多是如此無奈與苦楚的情緒。

　　不難看出，梁陳人詩中的洛陽是想像與美化居多的。北魏後期的
帝都洛陽確實壯麗輝煌；而自武泰元年（528 年）河陰之變起，洛陽城
於兵革之下，人物流離，京城昔日的繁華蕩然無存。至永熙三年（534
年）高歡攜孝靜帝倉皇遷鄴，洛陽在東西南三方鼎立中成為危地前線，
對於東魏高氏而言，此地實際政治上的重要性已不如晉陽、鄴城。天平
元年（534 年）十月「改司州為洛州」，洛州刺史「鎮洛陽」。十一月，
「改相州刺史為司州牧」，「分鄴置臨漳縣，以魏郡……等郡為皇畿」。
天平四年（537 年）西魏攻洛州，佔據金墉城。元象元年（538 年）七
月東魏侯景、高敖曹圍金墉。武定元年（543 年）高歡、宇文泰戰於邙
山，洛州復入東魏。〔註 34〕加之東魏遷都修建鄴城新城，大量拆毀洛
陽宮殿，二十年間戰火紛擾完全改變了帝都的模樣。東魏武定五年（547
年）楊衒之重經洛陽，感慨洛陽的殘破才是這座城市的實景：

〔註 33〕《樂府詩集》卷二三，第 343 頁。
〔註 34〕《魏書》卷一二《孝靜紀》，第 297～298、301、306 頁。

城郭崩毀，宮室傾覆，寺觀灰燼，廟塔丘墟。牆被蒿艾，
巷羅荊棘，野獸穴於荒階，山鳥巢於庭樹。遊兒牧豎，躑躅
於九逵，農夫耕老，藝黍於雙闕。〔註35〕

而看表 3 所列大約同時期梁陳詩人筆下的洛陽，全然沒有硝煙荊棘之
氣。徐陵在梁末曾出使東魏，〔註36〕因侯景亂起，滯留北方，他在詩
中描述洛陽街市時猶徵引「潘郎車」作為洛陽佳話。陳後主死於洛陽，
葬於北邙，自然是見識過楊隋治下的洛陽，但他的洛陽道上仍然是漢
魏晉人物，似乎與他生活之時相隔遙遠。其詩用詞、結構、意境、感情
與同題前代蕭梁詩人幾無差別。梁陳詩人看待洛陽的目光有大半是留
在西晉時的。但其實潘岳所處的西晉洛陽正是危機重重，梁陳詩人筆
下的「妙人」潘岳與夏侯湛，二人都有累年不調的經歷，無論自身仕途
與所處時代都不似詩中的明媚美好。

（二）《長安道》

表 4　《樂府詩集》「長安道」曲題內容分析表

曲　題	作　者	作者時代	關鍵詞	史實故事	徵引故事時代	詩歌季節	主題思想
《長安道》〔註37〕	簡文帝（蕭綱）	梁	神皋、陸海、隴右、西秦、金槌、複道、長樂、宜春	金張、許史	西漢	春末	
	元帝（蕭繹）	梁	長楸道、小平津、槐、燕姬、趙女、赭汗			春	

〔註35〕 《洛陽伽藍記校釋》，《洛陽伽藍記序》第 25 頁。楊衒之自敘「武
定五年，歲在丁卯，余因行役，重覽洛陽」。《洛陽伽藍記序》第 24
頁。

〔註36〕 《陳書》卷二六《徐陵傳》：「中大通三年，王立為皇太子，東宮置學
士，陵充其選」「太清二年（548 年），兼通直散騎常侍。使魏，魏人
授館宴賓」。第 325～326 頁。

〔註37〕 《樂府詩集》卷二三，第 343～348 頁。

庾肩吾	梁	桂宮、複道、平陵、新豐、廣路	漢宮、陵	秦、西漢		
後主（陳叔寶）	陳	建章、未央、長樂、明光、新豐、渭橋、紅妝	漢宮	西漢		
顧野王	陳	鳳樓、廣路、章臺、富平、渭橋、狹斜	張敞、疏廣、董賢	西漢		
阮卓	陳	馳道、鐘鳴、鳳闕、章臺、金吾、丞相	漢宮	西漢		
蕭賁	陳	灞陵、渭水、北斗城、橋、牽牛、狹斜	北斗城	秦、西漢		
徐陵	陳	輦道、雙闕、豪雄、五都、天漢、法駕、執金吾	韓康、董偃	西漢、**魏**		
陳暄	陳	繡陌、綺門、借殿、買園	張敞、韓嫣	西漢		
江總	陳	翠蓋、金羈、王侯、七貴、紅塵	王氏一門	西漢		
王褒	北周	槐衢、馳道、採桑、五馬、二童	許、史	戰國、西漢		
何妥	隋	狹斜、四達、鳳轄、箭服、魚文、五陵、任俠	五陵遊俠	西漢		
崔顥	唐	甲第、	霍將軍	西漢	富貴天定、炙手灰盡、天子賜、可期	
孟郊	唐	胡風、秦樹、賤子泣、朱門、十二衢			朱門不可入、賤子泣	
顧況	唐	人、馬、山中老			胡不歸於山中	

聶夷中	唐	駐馬、走輪、草、塵			身上塵多於路邊草（奔走之勤）	
韋應物	唐	漢家、丹闕、甘泉、建章、馳道、邊塵、九衢、麗人、山珍海錯	衛、霍	西漢	邊將開戰邀功	
白居易	唐	青樓、豔歌、酒、行樂、外州客			長安道，一回來一回老	
薛能	唐	汲汲、營營、關繻	劉楨	晉	交馳紛紛、各自奔營	
貫休	唐	八表、一轍、關月				
沈佺期	唐	秦地、層城、樓閣、九衢、車馬、千門、綠柳、紅塵、狹斜	鬥雞、曹植	漢末	類梁陳	
小計	共21首	梁3、陳7、北周1、隋1、唐9首				

　　《長安道》21首，南朝人創作10首，比之《洛陽道》的18首，關注度已見降低。江左東晉南朝政權禪讓相繼，自然認為自己的正統性承自西晉，對洛陽有切身的親近，即使這種親近是通過典籍的自我敘說而來。〔註38〕而唐人《長安道》創作9首，比之《洛陽道》的2首大為增加，這又是唐人對長安的親切了。

　　試舉四首：

〔註38〕 與本節闡述南朝詩人寫作《洛陽道》、《長安道》的觀察視角最接近者為王文進《南朝山水與長城想像》中「南朝士人的時空思維」一節，王文認為南朝人士「藉由不斷地題詠先朝故都『長安』、『洛陽』、『京洛』，來證明自己與漢代中原文化正統的延續性」。而「『長安』、『洛陽』、『京洛』就是『金陵』」，是「南朝人士特殊的時空思維使其慣於使用歷史的名詞」。臺北：里仁書局，2008年，第157～196頁。本文認為除了上溯漢代，還可考慮南朝士人與西晉的心理聯繫。

神皋開隴右，陸海實西秦。金槌抵長樂，複道向宜春。
落花依度憶，垂柳拂行人。金、張及許、史，夜夜尚留賓。
（梁・簡文帝《長安道》）

槐衢回北第，馳道度西宮。樹陰連袖色，塵影雜衣風。
採桑逢五馬，停車對兩童。喧喧許史座，鐘鳴賓未窮。（北周・
王褒《長安道》）

長安狹斜路，縱橫四達分。車輪鳴鳳轄，箭服耀魚文。
五陵多任俠，輕騎自連群。少年皆重氣，誰識故將軍。（隋・
何妥《長安道》）

秦地平如掌，層城出雲漢。樓閣九衢春，車馬千門旦。
綠柳開復合，紅塵聚還散。日晚鬥難回，經過狹斜看。（唐・
沈佺期《長安道》）

蕭綱之作幾乎可看作是由西漢人物、宮殿拼湊長安、關中地名而成。北
周王褒與隋何妥 2 首，混入南朝同題詩作中風格氣質並不相違。初唐
沈佺期 1 首，先寫秦地地理、次樓閣、次植物風景、最後人物，詩作
布局與蕭綱詩一致，用詞也與南朝人無異；這三篇都可看出南朝詩風
對北人創作長安題材的影響。

在《長安道》中，南朝詩人著重描寫了長安地理、建築（宮室、
樓臺、陵）、路、車馬、橋樑、津渡，貴戚王侯；與他們描寫洛陽相比，
詩中同樣能見到宮室、道路、橋樑、貴人，這本是一般描繪京師作品都
會涉及的，但詩中的長安顯然不如洛陽春光明媚、柳槐兩布。

北周王褒、隋代何妥是有長安生活經驗的，而他們詩中的長安與
南朝詩人相仿。長安有許、史等貴人，佳人是採桑女，路是狹斜道，五
陵有任俠者與重氣的少年。採桑女在南朝詩人的《洛陽道》中屢次出
現，成為南朝洛陽佳麗的代表；王褒早年在南方生活，他的《長安道》
上遇見的採桑女想必還是熟悉的南朝樣貌。何妥後來走過的狹斜路或
許也是南朝詩人經常描述的貴遊之路。雖稱狹斜小巷，卻有「縱橫四

達」之狀，道上的俠騎與少年又是漢代史傳中長安城異常醒目的人群。由王褒而何妥，由北周而隋，南方的文學式樣與北方的歷史文化傳統、實景風貌在詩中具體實在地影響作用著，又隨著時代而有消長。

　　唐人的《長安道》上沒有採桑女、狹斜道（除卻沈佺期那充滿南方風格的一首），有的是甲第朱門，汲汲營營奔走於道路和賤子悲泣：

　　　　長安甲第高入雲，誰家居住霍將軍。日晚朝回擁賓從，
　　路傍拜揖何紛紛。莫言炙手手可熱，須臾火盡灰亦滅。莫言
　　貧賤即可欺，人生富貴自有時。一朝天子賜顏色，世上悠悠
　　應始知。（唐·崔顥《長安道》）

　　　　胡風激秦樹，賤子風中泣。家家朱門開，得見不可入。
　　長安十二衢，投樹鳥亦急。高閣何人家，笙簧正喧吸。（唐·
　　孟郊《長安道》）

　　　　長安道，人無衣，馬無草，何不歸來山中老。（唐·顧況
　　《長安道》）

初盛唐時詩人尚懷抱遇天子賞識、一朝富貴的真誠念頭，中唐以後則一如《洛陽道》裏的唐人，辛苦經營艱辛備至。他們看到長安的皇居層樓，豔歌美人，也明白朱門難入，悲歡外州客在長安道上，「一回來，一回老」（白居易《長安道》）。

三、兩京道上的人與路：唐人棄用的南朝想像

（一）採桑女

　　《長安道》中的佳人有四處，梁元帝詩中佳麗是燕姬趙女，是傳統歌舞美人的代稱。陳後主詩中紅妝是當壚的美人。韋應物詩中麗人是唯恐時光轉逝的貴婦人。王褒詩中採桑人更像是引出「五馬」貴賓的引導者，與採桑美人羅敷巧慧的原始形象相差已遠。《洛陽道》中佳人出場8次，[註39]都出現在梁陳詩人的筆下，其中4處是採桑的麗人。

───────────────

〔註39〕江總一首中「絃歌聲不息，環佩響相從」是只聞聲不見人。

　　《樂府詩集》卷二八古辭《陌上桑》的題解：「一曰《豔歌羅敷行》。
崔豹《古今注》曰：『《陌上桑》者，出秦氏女子。秦氏，邯鄲人有女名
羅敷，為邑人千乘王仁妻。王仁後為趙王家令。羅敷出採桑於陌上，趙
王登臺見而悅之，因置酒欲奪焉。羅敷巧彈箏，乃作《陌上桑》之歌以
自明，趙王乃止。』《樂府解題》曰：『古辭言羅敷採桑，為使君所邀，
盛誇其夫為侍中郎以拒之。』與前說不同。若陸機『扶桑升朝暉』，但
歌美人好合，與古詞始同而末異。又有《採桑》，亦出於此。」〔註40〕
按此解，古辭《陌上桑》原是由戰國時故事演進變化而來，邯鄲採桑美
人為趙王悅而欲奪，美人以智巧拒之，趙王知而止。《陌上桑》古辭則
盛稱採桑女秦羅敷容顏儀態之美，五馬使君悅而相邀，羅敷誇飾夫婿
以拒之。〔註41〕原始的戰國故事形成古辭後，轉為漢代的場景，豐富
了地點、人物、動作、語言、神態，歡樂無比地呈現出來。這一古辭
在後世衍生出若干曲題，〔註42〕如《採桑》、《豔歌羅敷行》等，情節
或有刪減變動，但主角羅敷驚人的美貌和採桑的形象（身份／動作）
一直未變。而梁陳詩人在《洛陽道》中將這位採桑美人置入洛陽城中，
作為洛陽麗人的代表，不知因由何在。而且由今日看來，羅敷並不是
兩京或其中哪一座城市的代表性女性形象。這是一個曾經出現又最終

〔註40〕　《樂府詩集》卷二八，第410頁。

〔註41〕　閻步克先生認為羅敷「專城居」的夫婿是縣官；「五馬」使君可能是名
　　　　低級使者。從南北朝到明清的詩文中，以「五馬」指代「太守」，「從
　　　　史學角度看都是錯誤的」。閻步克：《漢代樂府〈陌上桑〉中的官制問
　　　　題》，《北京大學學報（哲學社會科學版）》第41卷第2期，2004年3
　　　　月，第53～59頁。閻步克：《樂府詩〈陌上桑〉中的「使君」與「五
　　　　馬」——兼論兩漢南北朝車駕等級制的若干問題》，《北京大學學報（哲
　　　　學社會科學版）》第48卷第2期，2011年3月，第97～114頁。

〔註42〕　《陌上桑》曲題的文學分析可參袁金春，饒恒久：《〈陌上桑〉研究的
　　　　回顧與思考》，《寧夏大學學報（人文社會科學版）》第22卷總第89
　　　　期，2000年第2期，第14～19頁。易聞曉：《〈陌上桑〉擬作的主題
　　　　演變》，《貴州師範大學學報（社會科學版）》2009年第3期，第77～
　　　　82頁。又可參劉懷榮：《「採桑」主題的文化淵源與歷史演變》，《文史
　　　　哲》1995年第2期，第52～55頁。

消失的形象。暫取樂府詩中「採桑」系列六題來追尋它的變化，詳見
下表。

表 5　《樂府詩集》「採桑」系列曲題內容分析表

曲　題	作　者	作者時代	故事時間	地　點	人　物	情　節
《陌上桑》〔註43〕	古辭不詳	約漢代	春日	邯鄲城南隅	秦氏採桑女羅敷	羅敷拒使君，誇耀夫婿
	魏武帝（曹操）	漢末	與原始故事無關，敘遊仙			
	魏文帝（曹丕）	魏	與原始故事無關，敘從軍艱辛			
	吳均	梁	春日	無	採桑女	思故人
	王臺卿	梁	春夜	無	採桑女	和景動春心
	王筠	梁	春日清晨	無	羅敷	採桑、遇秋胡
	無名氏（一作王筠）	梁	春日清晨	秦氏樓	採桑女	心急採桑妝不成
	李白	唐	春日	渭橋東、名都	秦羅敷	採桑女拒使君、秋胡
	常建	唐	春日	無	富家美人	採桑
	陸龜蒙	唐	春季	無	鄰家美人	採桑（繡襦襦）
《採桑》〔註44〕	鮑照	宋	季春	無	工女	採桑作新服，宴飲
	簡文帝（蕭綱）	梁	春日	邯鄲（叢臺）	叢臺妾	歎息春日短

〔註43〕《樂府詩集》卷二八，第 410～414 頁。
〔註44〕《樂府詩集》卷二八，第 414～417 頁。

	姚翻	梁	春日	洛水南	採桑女	相思
	吳均	梁	春日	渭水南	採桑女	相思
	劉邈	梁	春日	南陌頭	青樓倡妾	愁婦相思
	沈君攸	梁	春日暮	南陌	採桑女	相思
	後主（陳叔寶）	陳	春日	南陌	採桑女	採桑待使君
	張正見	陳	春日	無	採桑女	年少羞怯，拒使君
	賀徹	陳	春日	無	豔妾 採桑女	採桑拒使君
	傅縡	陳	春日	城南	羅敷	採桑拒使君
	郎大家朱氏	唐	春夜	無	妾	相思
	劉希夷	唐	春日暮時	西秦、灞水曲、渭橋東	秦家採桑女	道逢使君，歸去夢見
	李彥遠	唐	春日	無	採桑美人	拒使君，明真性
	王建	唐	春日	無	不明	思良人
《豔歌行》〔註45〕	傅玄	晉	白日	無	秦羅敷	拒使君
	張正見	陳	白日	長安（建章、新市），睢陽	秦樓婦	夫婦逸樂生活（夫婿侍中郎）（胡姬酒）
《羅敷行》〔註46〕	蕭子範	梁	春日	城南	採桑美人	採桑、惜春
	顧野王	陳	春日	南陌	採桑女	採桑拒使君
	高允	後魏	不明	邑中	秦羅敷	美人引人顧

〔註45〕 《樂府詩集》卷二八，第417～418頁。
〔註46〕 《樂府詩集》卷二八，第418～419頁。

《日出東南隅行》〔註47〕	陸機	晉	暮春白日	洛水瀾	高臺妖麗	春遊
	謝靈運	宋	白日	長安（柏梁、桂宮）	美人	美人淑德
	沈約	梁	白日	邯鄲（叢臺）	傾城美人	美人華服
	張率	梁	不明	不明	美人	美人上妝
	蕭子顯	梁	白日	洛陽（洛西橋）	採桑美人	誇夫婿，拒顯貴
	後主（陳叔寶）	陳	春季？	長安（上苑）	當壚南威	當壚
	徐伯陽	陳	春日	朱城南陌	秦羅敷	採桑拒使君
	殷謀	陳	春日	無	秦氏佳麗	佳麗引人
	王褒	北周	春日	長安（三市、七條）	採桑賣酒玉人	誇夫婿、兄弟貴盛，拒將軍
	盧思道	隋	月夜	無	綺樓妾	思人
《日出行》〔註48〕	蕭撝	北周	日	無	秦樓女	含嬌酬使君
	李白	唐	改寫日出運行，萬物興廢皆自然			
	李賀	唐	改寫日之運行，時光逝去不可留			

　　《陌上桑》10 首，古辭外同題文人擬作 9 首，曹操、曹丕 2 首全與原作無關。從原作之意生發創作的篇章中，梁人 4 首未明具體地點，唐人 3 篇僅 1 首注明，卻將故事發生地移至渭橋東的名都，唐人的變換還表現在 1 篇中使採桑女富家化，給其家配置「金梯」，另 1 篇則細緻寫出採桑女身著「繡襠襦」，短衣褲裝更像是實寫。

　　《採桑》14 首，南朝 10 首，唐人 4 首。南朝詩中有地點指示的為 3 首。鮑照《採桑》是刺劉宋孝武帝而作，工女採桑淇澳間，借用

〔註47〕《樂府詩集》卷二八，第 419～422 頁。
〔註48〕《樂府詩集》卷二八，第 422～423 頁。

《詩經》淇澳意，怨刺的意味比實際地點的描寫更濃。簡文帝蕭綱的「叢臺妾」回應了《陌上桑》原始故事發生地邯鄲，但此妾非彼女，採桑不是她生活的手段，詩中她是獨坐樓臺歎息春光短促的美人。姚翻詩將地點移至洛水南，吳均詩更北移至渭水南，但主題皆是相思。其他6篇南朝詩作中地址仍是含混的南陌與城南，但這正是古辭所標注的地點，也可看作是謹守古辭文意。唐代4篇中的3篇完全不在意地點，詩歌的主題也改作普通的美人相思。劉希夷將故事放置在西秦的灞水旁、渭橋東，又將採桑女所思對象換作使君（這點與陳後主詩意相同）。如此，這個採桑故事完全拋卻了原始故事中主角性格、情節、民間趣味，成為一個美人、官吏相識相憶的平凡故事了。

《豔歌行》2首，晉傅玄將生動風趣的故事改寫得一板一眼，張正見則改寫成夫婦生活逸樂。夫婿仕遊於長安，除建章、文史閣、新市、睢陽外，又加入「少年場」「胡姬酒」等在後世有特殊指稱意義的詞彙。這是陳代人張正見心目中的長安宦遊，「少年場」大概承自曹植，「胡姬酒」則來自後漢辛延年《羽林郎》的「胡姬年十五，春日獨當壚」句，〔註49〕如此，這仍是來自對古典的繼承，只是這個模寫對象是東漢人假託西漢故事，這裡的長安便有了兩重書寫的印記了。

《羅敷行》3首皆未名地點，北魏詩人與梁、陳詩人筆法相似，洛陽的生活環境沒有在詩中發生影響，約束詩人寫作的仍是古辭。

《日出行》3首，唐人2首改寫他事，北周1首類似南朝詩作，秦樓女只剩姓名與答使君一情節與古辭相合；同樣也沒有地點指示。

《日出東南隅行》10首，是一個對晉至唐詩人都有吸引力的曲題，曲題將故事時間安排在春季（除季節不明外），在地點設置上相當自由。陸機將故事放在洛水西，謝靈運移至長安，沈約移回邯鄲，蕭子顯重新放入洛陽，陳後主將之放在長安，北周王褒的鬧市也有明顯的長安痕跡。在採桑系列6個曲題41首擬作中，有明確地點指示的以此曲題的

〔註49〕《樂府詩集》卷六三，第909頁。

6首為最。而在這些有明確設置地點的 12 首採桑詩中，長安竟然佔有
7首，洛陽 3 首，邯鄲 2 首（見表 6）。

表 6　「採桑」系列曲題地點指示表

	長　安	洛　陽	邯　鄲
西　晉		1	
宋	1		
梁	1	2	2
陳	2		
北　周	1		
唐	2		
小　計	7	3	2

　　仔細看作者時代可知，晉人陸機的洛陽、北周王褒和唐人李白、
劉希夷的長安設置都可以說是將羅敷故事的本地化，託名羅敷，實則
本地美人。南朝詩人將地點放在邯鄲，自然是回應原始故事。放置在長
安，或許是秦羅敷的「秦」氏姓氏的一個特別聯想。在《長安道》曲題
中，南朝詩人未將羅敷寫入，在「採桑」系列中，倒是又把羅敷置入長
安城。然而，除了吳均詩中的「渭城南」這麼明確的設定之外，宋謝靈
運、陳張正見和後主詩中的長安更多的偏向宮室、高門、都會的意義，
正配合他們詩中貴婦人、當壚女形象的羅敷設定。更何況，即使吳均詩
中的羅敷，也是思婦女子，渭城的指向更多在詩意，作為征人思婦離別
相思的起點。

　　在南朝人眼中，還是洛陽比長安更適合羅敷，而洛陽正是以春季美
景和採桑的美人羅敷聯繫在一起，是特殊的時節裏需要一個正逢其時的
美人，是南朝人的洛陽想像裏，特定時間與情緒的需求。而在唐人眼中
的長安洛陽不是只有春色盎然，中唐以後的兩京更是逐漸慘淡，辛苦經
營尚難入朱門，於是與歡欣氣氛的春日相連的採桑美人也就絕少進入唐

人的洛陽長安描寫中了。再加之長安之地其他女性形象的豐富，這個外
來的、根基不穩的羅敷也就難以勝任長安、洛陽的代表麗人形象了。

（二）狹斜道

狹斜是指小巷，曲題《相逢行》《長安有狹斜行》古辭有著相似的
敘述模式：

> 相逢狹路間，道隘不容車。不知何年少，夾轂問君家。
> 君家誠易知，易知復難忘。黃金為君門，白玉為君堂。堂上
> 置樽酒，作使邯鄲倡。中庭生桂樹，華燈何煌煌。兄弟兩三
> 人，中子為侍郎。五日一來歸，道上自生光。黃金絡馬頭，
> 觀者盈道傍。入門時左顧，但見雙鴛鴦。鴛鴦七十二，羅列
> 自成行。音聲何嚶嚶，鶴鳴東西廂。大婦織綺羅，中婦織流
> 黃。小婦無所為，挾瑟上高堂。丈人且安坐，調絲方未央。
> （古辭《相逢行》）

> 長安有狹斜，狹斜不容車。適逢兩少年，挾轂問君家。
> 君家新市傍，易知復難忘。大子二千石，中子孝廉郎。小子
> 無官職，衣冠仕洛陽。三子俱入室，室中自生光。大婦織綺
> 紵，中婦織流黃。小婦無所為，挾琴上高堂。丈夫且徐徐，
> 調弦詎未央。（古辭《長安有狹斜行》）〔註50〕

這種敘述模式簡化後即是三段：小巷路狹不容車——相逢問居所——
主人講述家室貴盛。《相逢行》古辭未明言具體市鎮，這給了擬作更大
的發揮空間。《長安有狹斜行》的擬作中又不盡是長安之事。〔註51〕簡
表分析如下：

〔註50〕《樂府詩集》卷三四，第508頁。卷三五，第514頁。《相逢行》古辭
題解：「一曰《相逢狹路間行》，亦曰《長安有狹斜行》」。

〔註51〕「狹斜」系列曲題的文學研究可參郭建勳：《從〈長安有狹斜行〉到〈三
婦豔〉的演變》，《文學遺產》2007年第5期，第21～26頁。宋亞莉：
《樂府歌詩〈相逢行〉東晉南朝演變考》，《東方論壇》2011年第2期，
第78～84頁。

表 7　《樂府詩集》「狹斜」系列曲題內容分析表

曲　題	作　者	作者時代	地　點	主　題	敘述結構
《相逢行》〔註52〕	古辭	漢末	未知	家室富貴	三段式
	謝惠連	宋	未知	感歎遇知心友人不易	與古辭不同
	張率	梁	長安（尚冠里，漸臺）	與古辭同	第一二段類似古辭，第三段與古辭相同
	崔顥	唐	洛陽	誇耀家室（套用《陌上桑》情節）	不同於古辭，三段改寫
	李白	唐	相逢於銀臺帝城	不同古辭，寫相逢相交	不同古辭
			未知	不同，寫相逢	不同古辭
	韋應物	唐	相逢於長安	不同，寫相逢	不同古辭
《相逢狹路間》〔註53〕	孔欣	宋	未知	不同古辭，寫遇不群士，共歸田	不同古辭
	昭明太子（蕭統）	梁	京師城北	同古辭	同古辭
	沈約	梁	相逢洛陽道	同古辭	同古辭
	劉孺	梁	未知	不同古辭，寫分離	不同古辭
	劉遵	梁	未知	不同古辭，寫相逢	不同古辭
	李德林	隋	相逢天衢，主人住河陽浦	同古辭	同古辭

〔註52〕 《樂府詩集》卷三四，第 508～511 頁。
〔註53〕 《樂府詩集》卷三四，第 511～513 頁。

《長安有狹斜行》〔註54〕	陸機	晉	伊洛	不同,寫世路險狹,正直之士無所措手足	不同古辭
	謝惠連	宋	紀郢	不同,寫紀郢通衢官路通	不同古辭
	荀昶	宋	相逢井陘,主人住邯鄲	與古辭同	與古辭同
	武帝（蕭衍）	梁	相逢洛陽,家住邯鄲	與古辭同	與古辭同
	簡文帝（蕭綱）	梁	相逢長安,家住青門北	與古辭同	與古辭同
	沈約	梁	金陵	不同古辭,寫金陵貴臣遊士匯聚,壓倒咸陽、臨淄	不同古辭
	庾肩吾	梁	相逢長安曲陌阪,家住長安御溝旁	與古辭同	與古辭同
	王同	梁	相逢名都馳道旁,家住洛川	與古辭同	與古辭同
	徐防	梁	相逢長安,家住霸城旁	與古辭同	與古辭同
	張正見	陳	長安有狹斜	不同古辭,寫長安路狹	不同古辭
	王褒	北周	不明	不同古辭,寫遊俠貴戚聚集城中,不如歸去	不同古辭

〔註54〕《樂府詩集》卷三五,第 514～518 頁。

由上表，《長安有狹斜行》《相逢狹路間》兩題沒有唐人之作，唐人在《相逢行》中完全是依舊題作新曲，脫離古辭之義，甚至未用到「狹斜」一詞。南朝詩人描敘的長安小街巷在唐代已不復在。小巷曲巷是南朝建康城的特色，「江左地促」、「紆餘委曲」，〔註55〕與長安規劃不同。而「狹斜」系列曲題包含的家室顯貴與歧路無所措手足的引申義，唐人直接以《長安道》來傾訴。「狹斜」曲題在唐人樂府中可算是一個消失的曲題。對此曲題熱衷的是梁人，《長安有狹斜行》11 首擬作，梁人 7 首，其中 5 首是與古辭基本相同的仿作。《相逢狹路間》梁人 4 首，與古辭相同的 2 首。《相逢行》梁人張率 1 首，也與古辭主題、結構類似：

> 相逢夕陰街，獨趨尚冠里。高門既如一，甲第復相似。
> 憑軾日欲昏，何處訪公子？公子之所在，所在良易知。青樓
> 出上路，漸臺臨曲池。堂上撫流徵，雷樽朝夕施。橘柚分華
> 實，朱火燎金枝。兄弟兩三人，⋯⋯丈人無遽起，神鳳且來
> 儀。（梁・張率《相逢行》）

然而張率詩中卻未用「狹斜」一詞，也無「狹路」、「曲巷」之詞之義，描述於長安遇高門，更在切題寫「相逢」上。逢於路上而尋見高門，已無必要用狹路小巷引入情節了；則張詩實際是脫離了古辭之義而借用其結構、對象來寫作，詩中的長安可作京城解釋，又有京城代稱的意味。至於長安是否有「狹斜」，就不在張詩考慮範圍內。

梁人改變古義又有地點指示的是沈約 1 首：「青槐金陵陌，丹轂貴遊士。方驂萬乘臣，炫服千金子。咸陽不足稱，臨淄孰能擬。」沈約改寫此題，稱道金陵衣冠勝咸陽、臨淄。咸陽與臨淄是北方盛都，很明顯，沈約是以南朝視角看待北方城市，誇耀齊梁勝過北方元魏。晉、宋

〔註55〕《世說新語》記東晉建康城的規劃有賴王導的因地制宜：「此丞相乃所以為巧。江左地促，不如中國；若使阡陌條暢，則一覽而盡。故紆餘委曲，若不可測。」見前引余嘉錫《世說新語箋疏》，《言語篇》第102 條，第 156 頁。另可參劉淑芬：《六朝的城市與社會》，「六朝建康城的興盛與衰落」一節，臺北：臺灣學生書局，1992 年，第 35～59 頁。

人在這 3 個曲題中有 5 首作品，唯《長安有狹斜行》中的 3 首有具體地點，而這地點偏又不是長安。陸機瞭解古辭之義而徑直改寫，描繪他身處京城伊洛間無可奈何的倦意：「伊洛有歧路，歧路交朱輪。……余本倦遊客，豪彥多舊親。……守一不足矜，歧路良可遵。」謝惠連也是徑直寫紀鄆，摹狀他切身之事。〔註 56〕陸、謝兩人都是實寫。荀昶回應古辭之義，又將地點轉至井陘、邯鄲，曲題中的「長安」沒有提示內容的作用，反而似「城市」的代稱。陳代作品 1 首，陳張正見認為長安有狹斜小巷，路窄卻能通過馬匹，枝高不會妨礙車輛，這看似矛盾的描述正是一個南方人對往昔北方盛世都會的想像。北周王褒的 1 篇依然使用「狹斜」一詞，但完全棄用古辭的形式和主題，而是回到陸機擬作之義，寫城中喧囂，遊俠貴戚聚集，路邪塗艱不如歸去。這裡的路狹自然不是實指了。而到了隋代李德林的詩中：

> 天衢號九經，冠蓋恒縱橫。忽逢懷刺客，相尋欲逐名。我住河陽浦，開門望帝城。金臺遠猶出，玉觀夜恒明。筵羞太官膳，酒釀步兵營。懸床接高士，隔帳授諸生。流水琴前韻，飛塵歌後輕。大子難為弟，中子難為兄。小子輕財利，實見陶朱情。龍軒照人轉，驥馬嘶天門。入門俱有說，至道勝金籯。出門會親友，天官奏德星。大婦訓端木，中婦誨劉靈。小婦南山下，擊缶和秦箏。群賓莫有戲，燈來告絕纓。
>
> （隋·李德林《相逢狹路間》）

「狹斜」一詞再不使用，狹路在其詩中換作「九經天衢」，任冠蓋縱橫，古辭中的家室貴盛在詩中是與都市的繁華開闊並存。而且主人之家尚「至道」勝於「金籯」，貴氣更添文儒之風。雖然「住河陽浦」，能望見的帝城應是洛陽，但這洛陽無疑是新都的代稱。這位來自北齊的著名文士、隋代貴臣，心緒是複雜的，此處他必須歌頌周隋都城長安；這也

〔註 56〕謝惠連父謝方明曾任劉宋南郡相，史載方明治江陵縣獄囚，遠近咸服。謝惠連大概對此地並不陌生。《宋書》卷五三《謝方明傳》，第 1522～1525 頁。

符合他入周隋後的政治表現。詩中，曲巷狹路像消失不見，新時代的新氣象堂堂皇皇地撲面而來。〔註57〕

四、兩京道上的俠少年：唐人「兩京」典型意象的形成

　　採桑羅敷與狹斜道是南朝人心目中兩京意象的一部分，它沒有被唐人所接納，甚至在隋人那裡就開始了取捨，它們或因外來沒有根基，或因與現實截然區別，不能被生活於長安、洛陽的當地人所接受，抑或改造。它們終究只能作為南朝詩人在特定時間內、特定地域中對於遠離自身經驗的北方地域的人和景的設想。在隋唐人樂府中，更能代表兩京的是俠少年。

　　　　名都多妖女。京洛出少年。（魏・曹植《名都篇》）

　　　　劍騎何翩翩，長安五陵間。秦地天下樞，八方湊才賢。
荊、魏多壯士，宛、洛富少年。（宋・袁淑《白馬篇》）

　　　　少年本六郡，遨遊遍五都。（梁・劉孝威《結客少年場行》）

　　　　京洛出名謳，豪俠競交遊。（北周・王褒《遊俠篇》）

　　　　長安重遊俠，洛陽富才雄。（唐・盧照鄰《結客少年場行》）

　　　　咸陽遊俠多少年。（唐・王維《少年行》）〔註58〕

上述漢末至唐的樂府詩中，兩京之地多少年、遊俠，這些少年與俠有些

〔註57〕沈佺期在《長安道》中用「狹斜」一詞（第348頁），正可解釋為沈氏本人和初唐文壇對南朝文風的繼承。隋代詩人何妥在《長安道》中首句是「長安狹斜道」，緊接次句描述是「縱橫四達分」（第346頁），顯然，這位隋代詩人此長安中的「狹斜道」已不是小街曲巷的模樣，而是四面通達的大道的氣派。何妥的《長安道》顯示了正在經歷的轉變，他用南朝舊詞，如王褒般，但詩歌氣象格局取意不同南朝，這種氣象的轉變未必是生活其中的作者自覺的。而沈詩是個人喜好，也有身臨初唐文風不自覺的表達。

〔註58〕《樂府詩集》卷六三，第912頁。卷六三，第915頁。卷六六，第949頁。卷六七，第967頁。卷六六，第951頁。卷六六，第954頁。

並非生於兩京，而多聚於兩京，他們仗劍而行，以武為生，交遊接納，成為京城各色人等中耀眼的一類。

史漢稱遊俠「不軌於正義」、「不入於道德」，以匹夫而犯王法，「權行州域，力折公侯」，其絕異足稱者，「溫良泛愛，振窮周急」，廉潔退讓。至於末流豪暴之徒，恣欲自快，遊俠亦醜之。〔註59〕則遊俠在漢時已是品流混雜，毀譽不一。漢代兩京特別是長安，最為遊俠所聚。《樂府詩集》的兩京道樂府中，《洛陽道》、《長安道》各有二首提到遊俠。〔註60〕但樂府中關於遊俠的集中描述，則在《少年行》曲題中。

秦漢遊俠中多青少年，大俠身邊往往跟隨著大批的年輕追慕者，因此少年被認為是當時遊俠風尚的重要社會基礎，當時「惡少年」乃至「少年」一詞，往往成為遊俠的代名辭。〔註61〕《結客少年場行》題解解釋「少年場」由來：「《廣題》曰：『漢長安少年殺吏，受財報仇，相與探丸為彈，探得赤丸斫武吏，探得黑丸殺文吏。尹賞為長安今，盡捕之。長安中為之歌曰：『何處求子死，桓東少年場。生時諒不謹，枯骨復何葬』」。尹賞其人《漢書》歸入「酷吏」，他的這次捕殺實是殘酷詭詐，但尹賞傳中所記這些被捕殺的「少年」也確多「輕薄」者與「惡子」，收屍的親屬雖然號哭，而「道路皆歡欣」，實未以為冤。其後長安歌謠中對少年「生時諒不謹」的敘述，少年的形象並不正面與光明。〔註62〕《結客少年場行》的題解總結道：「按結客少年場，言少年時結

〔註59〕 《史記》卷一二四《遊俠列傳》，第 3181～3183 頁。《漢書》卷九二《游俠傳》，第 3698～3699 頁。

〔註60〕 《洛陽道》中陳後主第 4、5 首；《長安道》中徐陵、何妥二首。

〔註61〕 詳見王子今：《說秦漢「少年」與「惡少年」》，氏著《秦漢社會史論考》，北京：商務印書館，2006 年，第 19～40 頁。

〔註62〕 《漢書》卷九〇《酷吏傳》：「(尹)賞以三輔高第選守長安令，得壹切便宜從事。賞至，修治長安獄，穿地方深各數丈，致令辟為郭，以大石覆其口，名為「虎穴。」乃部戶曹掾史，與鄉吏、亭長、里正、父老、伍人，雜舉長安中輕薄少年惡子，無市籍商販作務，而鮮衣凶服被鎧捍持刀兵者，悉籍記之，得數百人。賞一朝會長安吏，車數百兩，

任俠之客，為遊樂之場，終而無成，故作此曲也。」長安少年在漢時已有「輕薄惡少」的聲名，北宋時的樂府編纂者回望漢唐的少年輩與任俠客結交遊樂，認為最終將會是虛耗時光而無所成。但在唐代人劉餗所作《樂府解題》中卻說：「《結客少年場行》，言輕生重義，慷慨以立功名也。」〔註63〕何以唐人認為少年是輕生重義之人，少年任俠是慷慨，且其行可成就功名？在漢至唐的樂府詩中，少年任俠的形象從來不是單一良善或始終不堪，而為何唐代詩人大多願意將少年與俠相繫，又予其清白堅貞的形象？試舉樂府詩中主題為「少年」與「俠」的曲題，〔註64〕列表簡析個中演進：

表 8　《樂府詩集》「少年」、「俠」系列曲題內容分析表

曲題	作者	作者時代	主角	行蹤	行為	裝束	褒貶
《結客少年場行》〔註65〕	鮑照	宋	1. 返鄉者	出於京城，返於京城	酒間殺人，離鄉避禍三十年	驄馬金絡頭、錦帶、吳鉤	懷百憂

分行收捕，皆劾以為通行飲食群盜。賞親閱，見十置一，其餘盡以次內虎穴中，百人為輂，覆以大石。數日壹發視，皆相枕藉死，使輿出，瘞寺門桓東，楬著其姓名，百日後，乃令死者家各自發取其屍。親屬號哭，道路皆歔欷。長安中歌之曰：『安所求子死？桓東少年場。生時諒不謹，枯骨後何葬？』賞所置皆其魁宿，或故吏善家子失計隨輕點願自改者，財數十百人，皆貰其罪，詭令立功以自贖。盡力有效者，因親用之為爪牙，追捕甚精，甘耆奸惡，甚於凡吏」第3673～3675頁。

〔註63〕《樂府詩集》卷六六，第 948 頁。

〔註64〕俠或遊俠主題詩歌研究者眾多，可參賈立國：《宋前詠俠詩研究》，揚州大學博士論文，2010 年。霍志軍：《論唐人俠風和詠俠詩》，《天水師範學院學報》第 24 卷第 1 期，2004 年 2 月，第 41～44 頁。康震：《長安俠文化傳統與唐詩的任俠主題──「長安文化與唐代詩歌研究」之一》，《人文雜誌》2004 年第 5 期，第 135～139 頁。又可參陳平原：《千古文人俠客夢》，第一章「千古文人俠客夢」、第二章「唐宋豪俠小說」、第八章「浪跡天涯」相關內容，北京：新世界出版社，2002 年，第 1～2，24～35，167～188 頁。

〔註65〕《樂府詩集》卷六六，第 948～951 頁。

	劉孝威	梁	2. 少年	出於六郡，遊於五都	應徵西北邊警	鵕羽銀鏑，犀膠象弧	惡少不憚險途
	庾信	北周	3. 少年	不知所出，仕於京城	拜郎官，歡宴	歌如李陵，貌如潘安	輕鬆樂事
	孔紹安	隋	4. 未明寫	不知所出，戰於隴頭外	戰於邊	佩吳鉤	定邊封侯（褒）
	虞世南	隋	5. 少年	出於韓、魏，遊於吳、燕	戰於西部邊疆	金絡轡	輕身殉知己（褒）
	虞羽客	唐	6. 俠少年	出於幽并，各處協難	戰於西部邊疆	金絡	輕生辭鳳闕，百戰摧枯（褒）
	盧照鄰	唐	7. 未明寫	出於兩京，遊於兩京	出征西部邊疆	玉劍、金鞍	橫行徇知己（褒）
	李白	唐	8. 少年	不知所出，遊於洛陽、長安	學劍，交接遊俠，殺人都市中	珠袍錦帶	勇氣勝荊軻（褒）
	沈彬	唐	9. 布衣劍士	不知所出	報仇歸來獨行酒市無人問	布衣	重義輕生（褒）
《少年行》〔註66〕	李白	唐△	少年	1. 不知所出，遊於幽并	交接豪傑	C	負壯氣，奮烈有時（褒）
			少年	2. 出於長安(五陵)，遊於洛陽（金市）	買酒胡姬酒肆中	銀鞍白馬 C＊ ☆	輕鬆樂遊（褒）
			少年遊俠客	3. 出於淮南	交接王侯，遊樂，不惜黃金，報仇不遠千里	渾身綺羅 BC	赤心為知己，求眼前富貴，不顧身後名（褒）
	王維	唐△	少年（遊俠）	4. 出於咸陽	相逢豪飲	C＊	意氣遇人（褒）
			將軍	5. 不知出處	以戰功封侯，君臣歡宴於洛陽	AC ☆	高義雲臺論戰功（褒）

〔註66〕《樂府詩集》卷六六，第 953～958 頁。

		羽林郎	6. 不知出處	隨將出戰漁陽邊庭	A	縱死猶聞俠骨香（褒）
		箭士	7. 不知所出	戰場上射殺單于	金鞍 A	虜千騎視作無物（褒）
王昌齡	唐△	俠年少	8. 出於長安	單于寇邊，赴難井陘不求名	A＊	氣高輕赴難（褒）
		未明寫	9. 不知所出、所遊	結交飲酒贈金	C	深相託付（褒）
張籍	唐	少年	10. 不知所出，仕遊於京城（長楊）	拜羽林郎，隨侍出獵，百里報仇，斬虜王得封侯	AB ☆	不為六郡子，百戰始取邊城功。（略貶）
李嶷	唐△	少年	11. 不知所出，仕於長安（建章）	羽林郎侍君出遊	C ☆	（平）
		未明寫	12. 不知所出	侍獵長楊	C ☆	（平）
		未明寫	13. 不知所出	遊樂長安，為豪吏猜忌	C ☆	（平）
劉長卿	唐	未明寫	14. 不知所出，不知所遊	遊樂深巷美人間	C	（平）
令狐楚	唐	青年	15. 出於邊州	從軍中	A	（平）
		未明言	16. 出於清河，住於五城	期以箭術得功名	☆	（平）
		未明言	17. 出於長安	戰於河湟地	攜劍 A＊	誓取失地（褒）
		未明言	18. 不知所出	飲宴憶當年	C	當年徹夜飲（平）

杜牧	唐	未明言	19. 不知所出,仕於長安	駿馬監,職帥羽林兒,遊獵,與貴戚宴飲,出塞報捷	白玉鐙,紫金鎚 A C ☆	(平)
		未明言	20. 不知所出,不知所遊	走馬春雨中	連環轡玉,綠錦蔽泥 C	(略貶)
杜甫	唐△	未明言	21. 不知所出、所遊	飲酒	C	(非寫少年)(樂)
		少年	22. 不知所出、所遊	年華流逝	黃衫	(非此題主流義)(平)
		白面郎	23. 不知所出、所遊	索酒	C	粗豪無禮(平)
張祜	唐	少年	24. 不知所出	置裝	金師子、錦駏驉 C	(平)
韓翃	唐	未明言	25. 不知所出	晚出章臺路冶遊	玉驄馬、青絲結尾 C ☆	(平)
施肩吾	唐	少年	26. 不知所出	醉走長安街頭遇金吾(五鳳街)	半垂衫袖 C ☆	惡少(貶)
貫休	唐	未明言	27. 不知所出、所遊何處	錦衣閒行	錦衣鮮華,手擎鶻 C	貌輕忽,不知稼穡,不知三皇五帝(貶)
		未明言	28. 不知所出、所遊何處	擊毬入人宅,鞭打奴僕	C	(貶)
		白面人	29. 不知所出	遊於長安曲江	黃金鞍 C ☆	猖狂(貶)
韋莊	唐	豪客	30. 出於長安(五陵)	遊於長安、邯鄲、大梁	C * ☆	五陵豪客(貶)

《漢宮少年行》〔註67〕	李益	唐	少年	不知所出，仕於京城	伴君寵衰不定		人事無定勢，朝暮翻掌（平）
《長樂少年行》〔註68〕	崔國輔	唐	未明言	不知所出	遊樂長安	白馬，珊瑚鞭	驕、章臺折柳（貶）
《長安少年行》〔註69〕	何遜	梁	美少年	出於長安	戰於西部邊疆（望祁連）	玉羈瑪瑙勒，金絡珊瑚鞭	（褒）
	沈炯	陳	好少年	出於長安	遊於長安，聽老父講漢長安事	驄馬，金鞭	頹齡值福終（平）
	李廓	唐	少年郎	不知所出，仕於長安	遊樂長安（杏園）	金紫、揚州帽、異國香	（平）
			未明言	不知所出	出獵、打毬、歌舞飲酒、閒遊	未著緋	輕薄（貶）
			未明言	不知所出	遊樂長安	銀魚袋、金犢車	（平）
			未明言	不知所出、所遊處	徹夜飲、賭作樂		（貶）
			未明言	不知所出、所遊處	攜妓遨遊，宴飲	豔妓男裝	（平）
			未明言	不知所出、所遊處	遊宴賞春	袨衣	多狂慣袨衣，倡樓常醉（貶）
			未明言	不知所出	飲酒歌舞長安教坊中（戟門）		（平）
			未明言	不知所出	新年君王賜飲大殿中	玉雁方帶，金鵝仗衣	（平）
			未明言	不知所出、所遊何處	遊於街市，飲於倡家		（略貶）
			未明言	不知所出、所遊何處	醉醒		（平）

〔註67〕　《樂府詩集》卷六六，第958頁。
〔註68〕　《樂府詩集》卷六六，第958～959頁。
〔註69〕　《樂府詩集》卷六六，第959～961頁。

	皎然	唐	少年	出於長安，遊於長安	醉飲，遊於街市(蝦蟆陵)	花驄	（平）
《渭城少年行》〔註70〕	崔顥	唐	行人	出於長安，客於洛陽	三月自洛陽返長安	五陵少年金鞍白馬	（贊）
《邯鄲少年行》〔註71〕	高適	唐	遊俠子	生長邯鄲，遊樂邯鄲	城中游樂、射獵西山、縱博、報仇		（平）
	鄭錫	唐	未明言	出於邯鄲	赴難御秦兵	霞鞍金口驄，豹袖紫貂裘	甘心赴國仇（襃）
《遊俠篇》〔註72〕	張華	晉	戰國四公子		四公子養客護國		濁世稱賢明，門下多豪英（襃）
	王襃	北周	豪俠	不知所出，遊於京洛	交接貴戚，鬥雞走馬		（平）（仿曹植《名都篇》）
	陳良	隋	遊俠	不知所出，遊於洛陽	走馬洛陽春色中		（平）
	崔顥	唐	少年	不知所出，戰於東北（漁陽）	遼水解圍，獲綬返鄉行獵	金鎖甲、貂鼠衣	負膽氣、好勇、知機（贊）
《遊俠行》〔註73〕	孟郊	唐	壯士	不知所出、所遊何處	壯士年老劍閒		性剛決，殺人不回頭，輕生如暫別（贊）
《俠客篇》〔註74〕	王筠	梁	俠客	出於長安（平陵）	遊走廣陌，日暮歸	黃金鞘、白玉鉤	趨名利，坐相矜（平）

〔註70〕　《樂府詩集》卷六六，第961～962頁。
〔註71〕　《樂府詩集》卷六六，第962頁。
〔註72〕　《樂府詩集》卷六七，第966～968頁。
〔註73〕　《樂府詩集》卷六七，第968頁。
〔註74〕　《樂府詩集》卷六七，第968頁。

《俠客行》〔註75〕	李白	唐	趙客	出於趙？	千里殺人，深藏身與名。贊朱亥侯嬴	胡纓、吳鉤、銀鞍、白馬	俠骨香、世上英、千秋壯士（贊）
	元稹	唐	俠客	不知所出、所遊何處	白日殺人留姓名，憑劍延二國		俠客有謀（贊）
	溫庭筠	唐	未明言	不知所出	殺人於洛陽，去往長安	寶劍、白馬	（平）
《博陵王宮俠曲》〔註76〕	張華	晉	俠客	不知所出、所遊何處	室於窮山、伍於野獸，耕佃自養，秋來殺人，逃逸法令外		慷慨、壯士、一擊重千金（褒）
			雄兒	不知所出、所遊處	任氣俠，報怨殺人市中。寧死不入圜牆	吳刀利劍，素戟	俠骨香（贊）
《壯士篇》〔註77〕	張華	晉	壯士	不知所出、所遊處	懷憤激，遊於四方，聲震八荒	大宛馬、繁弱弓、長劍	四海稱英雄（贊）
《壯士吟》〔註78〕	賈島	唐	壯士	不知所出、所遊處	壯士不懷悲		懷悲無歸期（贊壯士，議荊軻）
《壯士行》〔註79〕	劉禹錫	唐	壯士	不知所出、所遊處	為里中除害殺虎	玉弰	欣、賀（贊）
	鮑溶	唐	壯士	不知所出、所遊處	為報恩別妻子	劍	知己重於山河（褒）
	施肩吾	唐	未明言	不知所出、所遊處	肝膽筋骨異於常人，不屑細作期待大事	青蛇劍鞘	膽、筋、胸襟（贊）

〔註75〕　《樂府詩集》卷六七，第 968～969 頁。
〔註76〕　《樂府詩集》卷六七，第 969 頁。
〔註77〕　《樂府詩集》卷六七，第 973 頁。
〔註78〕　《樂府詩集》卷六七，第 973 頁。
〔註79〕　《樂府詩集》卷六七，第 974 頁。

　　由上表看，「少年」與「俠」是唐人喜愛的主題，不知是否與唐代「貴壯賤老」的社會風氣有關？〔註80〕先看「少年」類，《結客少年場行》9首，唐人占5首；《少年行》30首，全為唐人所作，其中8位以此題寫作不止1首的組詩。而古今、各地的少年，也經由唐人設為曲題，特加書寫，如「漢宮」、「長樂」、「渭城」、「邯鄲」少年等等。《長安少年行》中，梁陳詩人與唐代詩人各2位，但唐詩人李廓一人就寫作10首，記敘他眼中長安少年的種種。以下按表8所列曲題順序一一分析。

（一）少年

《結客少年場行》題收錄9首，試舉3首：

> 驄馬金絡頭，錦帶佩吳鉤。失意杯酒間，白刃起相讎。追兵一旦至，負劍遠行遊。去鄉三十載，復得還舊丘。升高臨四關，表裏望皇州。九衢平若水，雙闕似雲浮。扶宮羅將相，夾道列王侯。日中市朝滿，車馬若川流。擊鍾陳鼎食，方駕自相求。今我獨何為，輾壞懷百憂。（宋·鮑照《結客少年場行》）

> 結客少年場，春風滿路香。歌撩李都尉，果擲潘河陽。折花遙勸酒，就水更移床。今年喜夫婿，新拜羽林郎。定知劉碧玉，偷嫁汝南王。（北周·庾信《結客少年場行》）

> 結客佩吳鉤，橫行度隴頭。雁在弓前落，雲從陣後浮。吳師驚燧象，燕將警奔牛。轉蓬飛不息，冰河結未流。若使三邊定，當封萬里侯。（隋·孔紹安《結客少年場行》）

梁、隋、唐5首（標2、4、5、6、7）中的少年都戰於西部邊界，

〔註80〕 這在唐詩中頗有反映。如《全唐詩》卷227杜甫《戲為六絕句》「今人嗤點流傳賦，不覺前賢畏後生」句（上海古籍出版社，1986年，第556頁）；同書卷365劉禹錫《與歌者米嘉榮》「近來時世輕先輩，好染髭鬚事後生」句（第912頁）等。可參傅樂成：《唐人的生活》，氏著《漢唐史論集》，臺北：聯經出版事業公司，1977年，第118頁。

詩人以不憚險途、輕生殉知己、不受千金爵等來描述這些少年的心理，讚賞他們的赴難行為，這種類似戰國四公子養客救國的舉動，屬於司馬遷所稱道的俠中賢者。而在李白、沈彬詩中，少年未預邊事而是仗劍殺人或以劍報仇，卻仍以其勇氣與重義輕生得到詩人稱許。這自然已犯法禁，是匹夫而奪國之生殺大權，而詩人重其義舉，表彰其行令白虹貫日。宋鮑照詩中的歸鄉者是從前的少年，杯酒間殺人逃亡三十載，回鄉見都市繁華，茫然懷「百憂」。《結客少年場行》題解即說，「少年時接任俠之客，為遊樂之場，終而無成」。無成，應指聲名功業。鮑詩中的少年不是逸樂的紈絝子或暴戾的惡少，他酒中失意白刃報仇，三十年逃亡回鄉後仍是無成。比之後同題詩人，鮑照思索得要深入和沉重，任俠殺人這一行為本身的意義與價值在三十年中被遺忘，也在任俠者自己那兒銷毀，「今我獨何為？」北周庾信詩中的少年新封羽林郎，春日歡宴，輕鬆愜意。詩歌的情節、布局、主人公設置，類似普通描述貴公子生活的小詩，其詩意也最為平直淺顯。鮑詩、庾詩中的「少年」與前述報仇征戰的少年並列，一個少年場，三種情緒，三類少年郎。

這些少年中，明確記其由來出處的有 4 首（鮑照 1 首模糊地寫到京城），分別是六郡（標 2）、韓魏間（標 5）、幽并（標 6）、兩京（標 7）。梁劉孝威的「六郡」少年是取漢羽林郎多出六郡之事。唐虞世南的少年出於韓魏間，是以「韓魏多奇節，倜儻遺名利（一作聲利）」，應和了戰國四公子的出處和後人對其正面負面多種評價。虞羽客的「幽并俠少年」，是因北方幽并多善戰之士，其間易水又能自然聯想起荊軻、高漸離等人，所以他的少年「竊符方救趙，擊筑正懷燕」。而 9 首詩中的少年有 6 首是能確定他們遊於兩京，仕宦於京城的（宋 1，梁 1，北周 1，唐 3 首（標 1、2、3、6、7、8））。劉孝威的少年，出於六郡，遊於五都，應徵西北擒得虜首，戰鬥之餘蹙鞠、投壺戲樂。這是一個梁代士人心中攜弓箭、馳騁於北方戰場的少年。庾信的少年更類似作者熟悉的長安新貴，或是他記憶裏的建康貴族子弟，只是換成長安或洛陽的地點標示（詩中作例的李陵與潘岳二人一在長安一在洛陽），並添加

南方民歌的諧趣歡樂。3 位唐代詩人筆下的少年遊聚於京城內外，或為學藝（李白「少年學劍術」），或為結交同好、要人，或為鬥雞走馬遊樂。京城充滿各類虛虛實實的能人異士（郭解、劇孟、孫賓、白猿公等），發生各類事件，有些是能以刀劍解決的。這裡兇險與樂事並存，又有接近天子，獲賞封侯的最大可能，自然會讓尋找一切機會，也認為未來總是美景的少年們嚮往。而到了晚唐沈彬詩中，一直以來以金絡頭、金鞍、驄馬、玉劍作裝飾的少年郎成了行於酒市、無人識問的布衣劍士，少年那種橫掃一切無礙的昂揚氣勢似乎已經消散，雖然劍士仍以一劍報仇為重義輕生之舉，但「片心惆悵」的蕭索彌漫開去，使整首詩的情緒終由激昂歸於平靜。由劉宋至唐，或可能自漢末即已開始，〔註 81〕詩歌中的「少年」從興起、到日日流行、漸趨沈寂。如同逐漸走上一塊高臺地，又慢慢走下。只是為後人記起的，仍是臺地上那瀟灑利落、不假思索的青春模樣。這副模樣正是在唐時、特別是唐代前期被定型放大的形象。

　　《少年行》30 首，都是唐人作品。這裡的少年，按行為類型區分，禦邊型（出征、應徵、衛國）8 例（標 A），報仇型 2 例（標 B），〔註82〕更多的是逸樂型少年 22 例（標 C），有仕於公家，隨侍出獵、出遊、歡宴的（標 5、10、11、12），更多的是自由交遊、饋贈、飲宴與遊樂。而少年中能明確其由來出處的有 8 例，分別是長安 5 次（含咸陽 1 次）（標*），淮南、邊州、清河各 1 次。出於何處並不重要，更有意味的是仕宦於、遊於兩京的多達 12 例（標☆），明確在長安的為 10 例，在洛陽的僅 2 例（標 2、5），可見唐人於長安始終是求名利、求遊樂的首選，直至晚唐也未改變；改變的是對這些鮮衣閒行的少年的態度。初盛

〔註81〕曹植《結客篇》有「結客少年場，報怨洛北芒」句，「結客少年場」題
　　　　或漢末即有創作，但趙幼文《曹植集校注》無《結客篇》全文，此二
　　　　句作為曹植逸文收錄，北芒作北荒。第 541 頁。
〔註82〕這兩例（標 3、10）報仇都是作者（李白、張籍）列舉的少年的一系
　　　　列舉動中的一項，這兩位詩中少年還有諸如結交貴戚、遊樂、出獵等
　　　　等行為。李白詩中少年即是遊俠客。

唐詩人（標△）對少年們的交結遊樂尚持正面的、輕鬆樂賞的態度。中晚唐詩人對少年們徹夜宴飲、醉走街頭責之以輕忽、猖狂，無一正面評價。在中晚唐詩人筆下，這些少年大多沒有了俠之義，成了單純遊樂，不習教化，粗蠻無禮的富家少年。禦邊型、為私報仇型少年多出現在初盛唐詩中，中晚唐時此類少年僅 6 例（標 10、11、12、19、15、17），且出塞、衛邊多與侍獵、遊樂並行；有單純衛邊行動的僅 2 例（標 15、17，這兩例中，少年一從軍，一征戰河湟地，與其他中晚唐逸樂的少年形象不同，或許更多受到詩人令狐楚自身經歷的影響），這或者能說明此時詩人見到的少年確實已經不同以往了。

　　《漢宮少年行》的作者李益是中唐人，他的「少年」在漢宮中經歷「朝歡暮戚」，有說這是記漢武帝戾太子事。《長樂少年行》的崔國輔是盛唐人，他的少年策馬章臺路旁，優游安逸。這位少年的舉止倒是與中唐詩人筆下大多數少年相似。

　　《長安少年行》有梁陳詩人的作品，或許比起少年，身處長安更吸引詩人的興趣。梁人何遜寫「長安美少年」戰於西部邊塞。在他的另一首《輕薄篇》〔註 83〕中，寫一「城東美少年」遊樂於長安城，這位少年與長安的少年都是家貲殷實，城東者「白馬黃金飾」，長安人「玉羈瑪瑙勒」，只是，在《長安少年行》的曲題指引下，在長安者就需要趕赴西部邊塞。而城東者只需在長安青槐道上遊樂，玉食麗歌而已。〔註 84〕這或許就是《長安少年行》這一曲題在梁代文士心中的內涵與布局要求。曲題另一位南朝作者，標示為陳代詩人的沈炯，在西魏破江陵時曾被俘至長安。〔註 85〕他的「長安好少年」也是遊於長安大道邊，

〔註 83〕　《樂府詩集》卷六七，第 964 頁。
〔註 84〕　《樂府詩集》卷六七晉張華《輕薄篇》題解：「《輕薄篇》，言乘肥馬、衣輕裘，馳逐經過為樂，與《少年行》同意。何遜云『城東美少年』，張正見云『洛陽美少年』是也。」（第 963 頁）則《少年行》本應以敘遊樂為是。此又與作者編排前後曲題之義不符。辨析另見。
〔註 85〕　《陳書》卷一九《沈炯傳》，第 253～256 頁。《南史》卷六九《沈炯傳》，第 1677～1679 頁。

這位少年遇到「自言居漢世」的老翁，講述漢文帝、元帝直至長安遭毀時事。可知作者是借老翁之口說出「遭隨有遇」、「頹齡即福」，這是他個人的遭際感受，其中的無奈也能在杜甫《少年行》中「逝水」一詞裏找到，也或者就是鮑照《結客少年場行》中所懷「百憂」之一。少年人年華飛逝，周遭山河兀自安穩，兩個時間流以不同的速度與質量牽引著個人，這種體驗是「少年」系列中的奇異特別的情感。這三位詩人都有的別樣感觸，讓詩中的老翁、隱藏的敘述者、三十年後的少年來講述，而不是讓少年郎來體會了。

《長安少年行》的另兩位作者是中唐人，詩中描述少年在長安的逸樂生活。李廓用 10 首詩的規模仔細敘說這些少年人的出獵、打毬、歌舞、飲酒、縱賭和新年賜飲、賞春等等。這些少年並不知道是否在長安土生土長，長安在詩裏是少年樂遊的背景地，杏園、戟門是具體的地標。皎然詩中的少年也醉遊在綠槐道上。這些少年的輕狂散漫、緋衣身份在詩人看來完全是閒散無事的紈絝子弟的做派，與之前的俠少年是根本不同了。

《邯鄲少年行》兩首的作者高適、鄭錫是盛唐詩人，他們描寫邯鄲少年，都回溯、回應戰國之事。高適詩中的遊俠子富比王侯，幾度報仇全身而退，宅中歌宴，門前車馬，熙熙攘攘中游俠子憶起平原君，感慨世人交情淡薄。鄭錫詩中的少年甘心赴難、抵禦秦兵，敘述得儼然一個戰國俠士的故事。

《渭城少年行》在一眾「少年行」中別具一格：

> 洛陽二月梨花飛，秦地行人春憶歸。揚鞭走馬城南陌，朝逢驛使秦川客。驛使前日發章臺，傳道長安春早來。棠梨宮中燕初至，葡萄館裏花正開。念此使人歸更早，三月便達長安道。長安道上春可憐，搖風蕩日曲河邊。萬戶樓臺臨渭水，五陵花柳滿秦川。秦川寒食盛繁華，遊子春來喜見花。鬥雞下杜塵初合，走馬章臺日半斜。章臺帝城稱貴里，青樓日晚歌鍾起。貴里豪家白馬驕，五陵年少不相饒。雙雙挾彈

來金市，兩兩鳴鞭上渭橋。渭城橋頭酒新熟，金鞍白馬誰家
宿。可憐錦瑟箏琵琶，玉臺清酒就君家。小婦春來不解羞，
嬌歌一曲楊柳花。（唐・崔顥《渭城少年行》）

崔顥以二三月中由洛陽返回長安的遊子來寫兩京道上的風景和長
安城中的人物。詩中也有五陵少年，他們正是帝京貴里的典型人物風
景。他們挾彈過金市，走馬上渭橋，與嬌媚的麗人歌酒度日。但這些貴
里豪家的少年們在詩中似乎並不太引人生厭，因為整首詩前半段真摯
自然的思鄉之情，濃鬱得讓人除了長安道上的春色幾乎看不到其他。
全詩如同日記般仔細記錄主人公二月在洛陽聽到長安春來消息，三月
便踏上長安道，一路風景中返回京城。道上自然風光清新明麗，作者的
返程敘述又充滿了著急迫的思鄉情意，溫柔親切的生活氣息籠罩著詩
中歸鄉者的長安道。在前後詩作中，眾多樂府詩裏的少年遊宦兩京，這
位遊子的長安，更準確地說是由兩京道上漸漸靠近的長安最能引發對
這座帝都真實的好感，俠士在不在長安城中，少年如何舉動都無關緊
要了。

綜觀《樂府詩集》中的少年主題曲題，南朝詩人參與不多，《結客
少年場行》兩位，《長安少年行》兩位。梁人劉孝威在《結客少年場行》
中的少年雖應邊警擒敵首，但他本是惡少，且由重金招募而來，「千金
募惡少」。鮑照詩人的少年更是懷疑其報仇的意義。他們對於少年都不
是無條件的頌揚的。梁何遜《長安少年行》中少年的從軍更像是由「長
安」這個地點而驅動，長安相對邊地是京城，而出征西部邊疆似乎又是
以長安出發最為正常，最為應該。長安幾乎就是西行的起點，是邊界無
限延伸至內地的終點。而陳代人沈炯的長安少年則帶有世代交迭、感
慨興旺的意味。只從這幾位詩人詩作看來，南朝詩人對少年是沒有偏
愛的，對少年沒有著力刻畫。

入北的南人庾信，他借南朝民歌的語言、語氣語調寫出少年的風
流愜意，少年的這種輕鬆愜意的態度與「新拜羽林郎」之官，在唐人筆
下其實並不少見。如上述《少年行》中「逸樂型」少年，仕於公家者的

有 3 例（標 10、11、19）與羽林郎有關：「禁中新拜羽林郎」（張籍詩）、
「十八羽林郎」（李嶷），「官為駿馬監，職帥羽林兒」（杜牧）。這三位
唐人筆下的少年，風流自賞不讓庾信的少年，但又以征戰的行動、以戎
衣區別於庾信筆下僅在歡宴歌酒中的少年。自然，唐人少年的羽林官
職未必是受庾信詩的直接影響，而是唐人喜用漢時故事的又一例證；
甚至庾信本人讓他詩中少年新拜羽林郎，也可能是他身處長安、寫長
安事，用西漢典故。而《樂府詩集》的《雜曲歌辭》中本收錄有後漢辛
延年《羽林郎》一首，記述霍家奴馮子都「依倚將軍勢，調笑酒家胡」。
〔註86〕此曲題後緊接三首唐人擬作，這三首唐人《羽林行》，〔註87〕鮑
溶可以不論；孟郊一首中兩聯：「翩翩羽林兒，錦臂飛蒼鷹。揮鞭決白
馬，走出黃河凌。」與《少年行》的敘事最為相似。王建一首：

> 長安惡少出名字，樓下劫商樓上醉。天明下直明光宮，
> 散入五陵松柏中。百回殺人身合死，赦書尚有收城功。九衢
> 一日消息定，鄉吏籍中重改姓。出來依舊屬羽林，立在殿前
> 射飛禽。（唐·王建《羽林行》）

詩中惡少猖狂無度，殺人合死，因功得赦的情節比之《少年行》所記醉
酒街頭的「惡少」，程度上不可同日而語。王建的「惡少」殺人劫商，
與《少年行》中少年報仇殺人似也不應混為一談。因而王建的《羽林
行》可看作是作者記錄社會而進行創作，而《少年行》則是唐代詩人提
煉現實進而創造兩京典型人物意象的事了。《少年行》的唐代作者或多
或少會受到《羽林郎》曲題的影響，即便庾信本人也不能排除這一曲題
的影響。但就唐人的兩京少年意象而言，如庾信般，在《結客少年場
行》題中，寫少年，賦予其風流的舉止樣貌、羽林郎的官職、愜意的態
度、歡樂的氣氛，種種因素的結合，這種少年意象內涵的創造可以說是
自庾信起。而唐代作者受庾氏的影響似乎更切近明顯些。

　　若再推究，漢橫吹曲中有《紫騮馬》、《騮馬》二曲，橫吹曲是「馬

〔註86〕《樂府詩集》卷六三，第 909～910 頁。
〔註87〕《樂府詩集》卷六三，第 910 頁。

上奏之，蓋軍中之樂」，〔註88〕《紫騮馬》題解引《古今樂錄》曰：「《紫騮馬》古辭云：『十五從軍征，八十始得歸。道逢鄉里人，家中有阿誰？』又梁曲曰：『獨柯不成樹，獨樹不成林。念郎錦襠襠，恒長不忘心。』蓋從軍久戍，懷歸而作也。」〔註89〕《驄馬》題解為：「一曰《驄馬驅》，皆言關塞征役之事。」兩曲主題都有徵戍之意。從現有「紫騮馬」系列題下樂府作品看，梁、陳、隋、唐詩人也確是圍繞著駿馬、征戰、思念征人等等來寫作。〔註90〕值得注意的是，梁陳幾位詩人對驄馬上的騎士的描寫：

　　　　長安美少年，金絡錦連錢。宛轉青絲鞚，照耀珊瑚鞭。
（梁・元帝《紫騮馬》）

　　　　玉鐙繡纏鬃，金鞍錦覆幪。風驚塵未起，草淺埒猶空。
角弓穿兩兔，珠彈落雙鴻。日斜馳逐罷，連翩還上東。（陳・
　　徐陵《紫騮馬》）〔註91〕

蕭繹筆下的這位長安美少年與徐陵筆下的馳獵洛陽上東門外者，馬匹裝飾富麗，生活優渥，形貌舉動既是上承曹植《名都篇》中「寶劍直千金，被服光且鮮」、「馳驅未能半，雙兔過我前」〔註92〕的鬥雞走馬的少年形象，又未嘗不是兩位南方人對京洛少年的想像式書寫；這種少年形象很明顯與唐人《少年行》題下三類少年中的「逸樂型」少年相似。而「紫騮馬」系列題下的其他梁陳詩人作品中也有集中表述久戍懷歸之意的，《紫騮馬》古辭本來就能很自然地申發出與曹植《白馬篇》中「白馬飾金羈，連翩西北馳」、「捐軀赴國難，視死忽如歸」

〔註88〕《樂府詩集》卷二一，《漢橫吹曲》題解、《橫吹曲辭一》題解，第311、
　　　　309頁。
〔註89〕《樂府詩集》卷二四，第352、355頁。
〔註90〕包括《紫騮馬》、《驄馬》、《驄馬曲》、《驄馬驅》四題。《樂府詩集》卷
　　　　二四，第352～357頁。
〔註91〕《樂府詩集》卷二四，第352～353頁。徐陵詩又可參〔陳〕徐陵撰；
　　　　許逸民校箋：《徐陵集校箋》，卷一「樂府」《紫騮馬》，北京：中華書
　　　　局，2008年，第40～42頁。
〔註92〕《樂府詩集》卷六三，曹植《名都篇》，第912頁。

〔註93〕相似的主題意識，而這一些梁陳詩人筆下的征戰邊疆者的形象又與唐人《少年行》中「禦邊型」少年頗多類似。從漢末經南朝而隋唐，在這個（系列）曲題下，主題的承繼與選擇似乎能看出一個時代脈絡。〔註94〕

如隋代詩人孔紹安筆下的少年便是「結客佩吳鉤，橫行度隴頭」，此少年似乎是以個人的身份參與到邊戰中，這也是唐代少年意象的意涵之一。由庾信的嶄新的羽林郎形象、孔紹安的少年俠士形象，唐人建構的兩京少年意象在一層層的形成中。接下來再看樂府曲題中的「俠」。

（二）俠

在少年系列中，徑直指稱主人公為「俠少年」的只有 2 例（虞羽客《結客少年場行》詩「俠少年」、王昌齡《少年行》詩之一「俠年少」），這些少年赴難衛邊，不求聲名。稍微寬泛稱俠少年的有 4 則，除虞、王二位，為李白（《少年行》之三「少年遊俠客」）、王維（《少年行》之一「咸陽遊俠多少年」）。而這四位都是盛唐詩人。他們筆下的「俠少年」不惜錢財，相逢盡興，飲酒交結，千里報仇。「俠少年」2 人出於長安，1 人出於淮南，1 人來自幽并，但他們都在長安漫遊，長安是這些「俠少年」生活經歷的背景。

而在《遊俠篇》中，晉、北周、隋、唐四位作者，唯唐人崔顥將主人公設定為少年。晉張華寫戰國四公子養客護國事。北周王褒寫豪俠遊於京洛貴戚間，隋陳良寫遊俠遊於洛陽春色中：

> 京洛出名謳，豪俠競交遊。河南朝四姓，關西謁五侯。
> 鬥雞橫大道，走馬出長楸。桑陰徒將夕，槐路轉淹留。（北周·
> 王褒《遊俠篇》）〔註95〕

〔註93〕《樂府詩集》卷六三，曹植《白馬篇》，第 914～915 頁。
〔註94〕自然，唐人是直承漢末或是轉承自南朝，還可再就個別曲題加以討論。
〔註95〕王褒詩有明顯的模仿、致敬曹植《名都篇》的意味。

　　　　　洛陽麗春色，遊俠騁輕肥。水逐車輪轉，塵隨馬足飛。
　　雲影遙臨蓋，花氣近薰衣。東郊鬥雞罷，南皮射雉歸。日暮
　　河橋上，揚鞭惜晚暉。(隋‧陳良《遊俠篇》)

王褒、陳良二詩中的遊俠實與遊樂於京洛間的貴戚無異：王詩中俠之
豪者競交遊，且遊於兩京的四姓五侯中；陳詩中游俠「騁輕肥」、「鬥雞
射雉」，絕非匹夫布衣輩。

　　崔顥詩中的遊俠是負膽氣、好勇知機的少年：

　　　　　少年負膽氣，好勇復知機。仗劍出門去，孤城逢合圍。
　　殺人遼水上，走馬漁陽歸。錯落金鎖甲，蒙茸貂鼠衣。還家
　　行且獵。弓矢速如飛。地迥鷹犬疾，草深狐兔肥。腰間懸兩
　　綬，轉眄生光輝。顧謂今日戰，何如隨建威。(唐‧崔顥《遊
　　俠篇》)

仗劍殺人遼水上，解圍獲綬，還家行獵，灑脫自得。比之之前詩作中的
四公子、豪俠、遊俠，崔詩裏的遊俠是單個人以武行事，有智識、有膽
量。這位年輕的少年俠者，不受名與利束縛，不從遊、不依附，解難報
國、接受嘉獎，又不進入朝廷、與官方權力保持一段距離。滿不在意、
來去自如。與從騎重重、結託遊樂的貴氣遊俠相比，實在是清新迷人。

　　再回來比照「少年」系列中的「俠少年」與「遊俠少年」，「遊俠」
二字確實會增添相交知己、飲酒作樂、報仇殺人等意氣的情節。這種種
行為實際在史傳中的遊俠、刺客們身上常能看到。但這種區別真的是
唐人意識到的麼？在《俠客行》曲題下，三位作者分別是盛唐、中唐和
晚唐人，詩中俠客都有殺人舉動。李白詩中是千里殺人，不留姓名，又
贊侯嬴、朱亥是千秋二壯士。元稹詩中俠客有智謀，不願被當作盜賊，
特地在白日殺人，彰顯姓名。溫庭筠詩中的俠客殺人出城，氣氛如同他
逃亡時的雪夜一樣陰冷(「欲出鴻都門，陰雲蔽城闕。寶劍黯如水，微
紅濕餘血。白馬夜頻嘶，三更灞陵雪。」)。而李白、元稹詩中俠客殺人
時意氣縱橫，堂堂皇皇，非法之行卻似壯士所為。溫詩中殺人者看似沉
靜，實則急迫。晚唐詩人筆下的俠者報仇殺人，真已是切切實實地犯法

禁的行為了。而遊俠自興起之時就存在交結權貴、救難、樂遊種種層面行為，側重哪一（幾）層面都不影響其遊俠的身份。而俠則重在急難，周人之急也救自己。對於以武救難、殺人的行為，各個時代有不同的看法；同樣，對遊俠的逸遊，如上所述，中唐以後也開始有了態度的轉變。

　　再看晉張華《博陵王宮俠曲》二首，俠客結室於窮山荒嶺，與野獸為伍，耕佃度日，待到秋來，一擊殺人於狹路間。〔註96〕另一首中，雄兒任氣俠，報仇殺人於市中。這兩位「俠」都沒有飲宴遊樂交際的行為。而梁王筠的《俠客篇》中，俠客盛飾鞘鉤馳逸於長安附近，詩中說「俠客趨名利」，這種俠客就是更多地類似於遊俠了。或者，正是在長安，使俠更多地轉向遊俠。之前分析的《遊俠篇》中，北周與隋代作者將遊俠們的遊樂交結之地安排在兩京，這或許即是生活在京師的作者目睹了此地形形色色的權貴之士交遊後的有感而作。而崔顥詩中的少年俠士就沒有遊於京洛的確切暗示，也沒有交結宴飲的情節設置。張華沒有將他的窮困俠客置於京洛狹路間；王筠《俠客篇》中偏向遊俠風格的俠客，白天馳逸廣陌，日暮回到平陵，這是符合漢代遊俠歷史實際的，也能回應上述「俠」與「遊俠」的區分，回到長安地域範圍內「遊俠」之「遊」才有著落。《俠客行》中三位報仇殺人的俠客，只有一位似乎回到灞陵。遊在兩京間是貴遊，俠客則多是遊於四方，這或者即是唐代詩人看待「俠」與「遊俠」的一種認識。

　　由漢末至唐，從曹植《名都篇》開啟的京洛少年形象，其騎射、遊騁之貌與漢長安遊俠形象頗多類似，而由劉宋起、經梁、北周、隋，少年的形象一層層豐富。唐人組合庾信的羽林郎形象、隋人的少年俠士形象，再結合自己對於「俠」與「遊俠」的理解，塑造形成了唐人樂府詩中的少年俠客形象：尚武、任氣、有智識、有膽魄。他們聚集於兩京，交託同好，縱酒逸樂，報仇殺人，四方救難，征戰邊地。這一兩京典型意象在唐代近三百年間一直存在，其內涵也受到時代的影響。在

〔註96〕這位窮困固守的俠客頗似史傳中隱忍報仇的刺客。

中唐以前，禦邊型、報仇型少年居多，中唐後，遊樂的少年逐漸增多，惆悵的劍士也開始出現。〔註97〕而長安是少年們的遊樂地，洛陽是賞春、交結貴戚之地。由樂府詩來看，唐人眼中的洛陽不如長安，有唐一代大體如此。兩京道上，行人大約都像崔顥一樣，由二月梨花的洛陽滿心歡喜地踏上三月的長安道。

五、結語

　　梁陳詩人用「兩京」主題來模寫中原故都，他們的兩京是對漢、西晉都城的美化：他們的「洛陽」是春光明媚，俊士佳麗滿城，安寧繁華的西晉洛陽；他們的「長安」是漢代盛極一時的長安。在他們的長安與洛陽城裏，有採桑的麗人、有狹窄曲折的小巷。這種對兩京人與景的描述，一方面承自古典文獻記載，另一方面摻雜有南朝建康自然地理狀況的異地設想。這種「兩京」與西晉京城的實際狀況相差甚遠，與中唐之後的兩京相比，也有現實的差別。對於兩京本地生活者，周、隋、唐代文人而言，南朝詩人的兩京敘述是難以想像，更不可能實地對應的。於是採桑女沒有成為兩京任何一個城市的代表女性，狹斜小巷也在充盈著盛世氣象的帝國首都長安城消失蹤跡。南方詩人塑造的北方都城意象被北方在地生活者棄而不用。

　　唐代兩京的典型意象是「俠少年」。南朝詩人對少年形象沒有刻意塑造，由南入北的北周詩人庾信以南方民歌的語言語調、配合漢末樂府《羽林郎》的敘述，塑造出容貌出眾、風流自賞、怡然自得的少年羽林郎形象，這一形象與隋代詩人的少年俠士形象結合，再融入唐人對漢以來「俠」與「遊俠」的理解區分，創造出唐人樂府中的少年俠客形象：尚武、任氣、有智識、有膽魄。他們聚集兩京，遊於四方，報仇救難，征戰禦邊。這一兩京典型意象在中唐後內涵發生一定變化。而在俠少年遊歷的長安洛陽兩地，由樂府詩篇可見，長安在唐人心目中勝過洛陽，從初唐到晚唐地位一直穩固。

〔註97〕上表中，「壯士」是比「俠」更正面更有力的形象，分析另見專文。

第六章　結　論

一、區域意象的南北視角及其差異、流變

　　本文在《樂府詩集》中選取了四個地域，大致上分處南、北、東、中。對這些地域進行描寫的詩歌由漢至唐層出不窮，其中南方詩人與北方詩人在對某地域的描摹上往往呈現出鮮明的視角差異，形成各具特色的地域意象。這些地域意象長久以來作為特定區域人文景觀、地方特色的表徵，已成為承載該區域地方經驗、歷史記憶、文化遺產的故實、典故，流行於區域內外。本文即以樂府詩為中心，討論區域意象的南北視角及其差異、流變。

（一）「江南」

　　在江南，原屬漢代「街陌謳謠」的樂府古辭《江南》所定格下的江南地域意象，是古江南人民對其世代生息勞作之地的集體印象或曰歷史影像，辭中已成為經典的江南意象的「採蓮」，原本是採蓮勞動場景的狀描。詩中的採蓮貌似風情旖旎，實則需要一定技術甚至具有一定危險的勞作。採蓮小船通過風急浪深的水域，進入荷莖林立、花叢茂密的湖塘深處，採蓮人相互間「亂入池中看不見」，為了採有所獲需要距離，為了相互照應又需要聯絡，「相逢畏相失」，於是彼此唱和，「聞歌始覺有人來」。古辭簡樸、斷片而往復，但關鍵詞的「魚」、「蓮」都

具有愛情象徵意義，通過採蓮人的疊唱相和，勞作場景被浪漫化為「芳晨麗景」、男女嬉戲傳情的生動畫面，豐富了「採蓮」這一經典的江南意象。

蕭梁文人通過擬作將「江南曲」納入樂府，將漢末水鄉勞作題材雅化。形式上雖仍有民間歌謠的句式用語，卻滲入了文人的審美情趣、貴族意識，他們筆下的採蓮是優游容與、高雅閒適的，感情是節制含蓄的，魚和蓮被還原為充滿自然氣息的觀察對象，採蓮女子的服飾、妝扮、舉止甚至舟楫等勞作工具，都洋溢著高雅、遊戲的宮廷貴族氣質。「採蓮」於是成為雅文化意義上的江南意象，同時也就開始脫離實際的自然場景和日常生活。經由蕭梁的雅化過程，終於形成了以「採蓮／採蓮女」為基本要素的經典「江南意象」，成為南方詩人塑造本地區域意象的典型。

在南朝形成的江南意象在帝國重歸一統後被李唐的南北詩人基本繼承下來，他們的江南擬作為「江南意象」增添了新的元素。出生江南的張籍，亦屬南人的劉禹錫，所作江南詩體現了他們對江南生活的獨特體驗。他們筆下的江南是寫實的，甚至是工筆的，描繪具體而微，但透露的卻似一位外來者對某種特異甚至不無落後的生活方式、文化氛圍的新奇和疏離。這種疏離體現在詩中，是一種遊記似的獵奇，一種對於有異於自身階層的生產生活方式和文化樣式的外在、客觀，在這種特殊的視角下，他們為江南意象提供了新的元素，包括水鄉市場交易活動，酒旗倡樓等地方風情民俗，參與現場的上層士女及南來北客。因而他們的樂府江南詩是可以當作另一種形式的地方志看待的，是一種特定視角下的江南意象——江南風土的回歸。相對於張籍、劉禹錫之偏重鄉土風情，北方人元稹和白居易樂府詩筆下的江南意象，就注入了太多太濃烈的感情，而且視角從水鄉移到了他們任官的城市。他們將這些江南城市原有的自然美景和若干文人氣質，渲染得比現實生活更加豐富，更加感人——包括感動他們自己，以至終生難以忘懷。水鄉城市「鏡澄湖面、雲疊海潮」、「春風海上、明月江頭」的自然風貌，「天

竺佛寺」、「蘭亭舊題」的人文積澱，「章甫官人」、「蓴絲姹女」的優雅士女，「長干客鬧、小市煙密」、「燈火市、笙歌樓」的經濟文化繁榮，都成了唐代江南意象的組成部分。這是一種「他者」視角下以城市文化為中心的新的「江南意象」，也是六朝隋唐間獲得顯著開發、長足進步的江南的藝術寫照。這些不同視解的交錯觀察下，我們看到了漢唐間「江南」意象的形成、變化與創新。

（二）「鄴城」

　　鄴城是因曹操而興的城市。自曹操將鄴作為根本重地、王國之都，對鄴城著意營建，鄴城才成為一座有異於東漢洛陽的新的城市。曹操大規模修建的宮苑中以銅雀三臺最為著名。三臺修建的最初目的也許是戰備防衛，而當銅雀臺——鄴城的這座標誌性建築落成後，曹操率諸子文人登臺觀賞，吟詩作賦，記錄臨高臺的貴遊生活，給這座古老的城市賦予了新的文化生命。在這些詩作中，曹氏父子與鄴下文人既感慨動亂的時代、顛沛流離的生活，又抒發著在此地實現個人抱負的熱情。建安時期的鄴城是一個富有藝術感染力與政治號召力的年輕的文化新城。西晉詩人對鄴的頌揚多是為了頌揚曹魏禪晉，此時詩歌的焦點仍在曹操與其功業。最早將「雀臺」一詞引入樂府，以之作為樂府「鄴城」地域意象的載體或符號的，是劉宋鮑照。而真正以鄴城為主題描述的樂府詩始自蕭齊。詩人們從鄴城故事如「魏武遺令」裏概括出「銅雀妓」「銅雀臺」兩個曲題，奠定了樂府鄴城詩的基調。與西晉詩人慷慨淒傷之情不同，南朝詩人變換了視角和主角，將原始故事悲情化，隱去真正的主角曹操，塑造出歌舞後向陵而泣的女伎形象。這一形象配合固定化了的季節（秋）、時刻（夜、暮）、動作（歌舞、望陵）、表情（泣）、場景（淒、冷）等等成分形成一個整體，構成「銅雀臺／銅雀妓」這一新的鄴城意象，「臺」是「妓」表演展示的舞臺，「妓」是「臺」上的新的主角。與之前的「登臺」類詩賦不同，樂府「銅雀臺」詩作弱化了「臺」所引發的宮室奢華、貴遊宴樂的聯想，又不取追悼武

帝曹操的詩文多有的慷慨悲憤之情，代之以物是人非的傷感淒涼，為「鄴城」增添了另一層南朝化意蘊。在北方，自後趙石虎遷都鄴城，鄴的重建大體上由胡人主導。東魏北齊治下的鄴城的歷史，記錄在民間流傳的謠歌中。對照北朝鄴城歌謠強烈的現實政治化色彩，南朝樂府詩中的鄴城是一個寄託幽思、交織歷史與現實複雜情懷的城市。承晉正統自居的南朝人，他們關注的不是當時的鄴都，而是與本朝有更多歷史與文化關聯的曹魏鄴城。

北朝後期，北齊詩人盧思道在樂府詩中想像京都氣象，對自己歷史和地域文化的懷念仍是從鄴下的曹魏傳統開始的。但他立足鄴下故地，依託河朔，書寫新興政治文化中心的用意尚未成型，即因北齊覆亡戛然而止。北方詩人對鄴城意象的創造顯然沒有成功。唐人鄴城主題樂府中，近三分之二是依循著南朝「銅雀」模式，選用「銅雀妓」為主角抒寫鄴城故事。這一意象的選擇與寫作模式在唐代各個時期詩人筆下都會出現，顯示出「銅雀臺／銅雀妓」已作為一種經典鄴城意象在唐代穩定傳承。當然，有些鄴城樂府詩歌的情緒與基調發生了變化，開始發出不平與控訴之音，這種聲音實是對唐代宮人奉陵制度的控訴。而中唐後鄴城周遭的大變動又使詩歌的感懷反思對象，由伎人轉至古人和作者身處的時代變遷本身去了。儘管如此，即使中唐後歷史環境有了劇變，詩人在寫作時仍然多選取南朝的「銅雀臺」模式代言式書寫，抒發別樣的感情。由鄴城「銅雀臺／銅雀妓」意象一例，突出顯示南方詩人對北方地域的想像與意象的塑造是如何深入、徹底地影響當時及帝國統一後詩人對此地域的一貫認識的。

（三）「泰山」

對於泰山，《樂府詩集》裏僅有的兩首以「泰山」為題的詩歌都是南方人創作的，他們寫作此題時一在西晉，已進入洛陽、中原王朝的首都，一在劉宋，仍在南方，他們都是以自己的歷史傳統，立足於南方人的視角，描寫這座北方的極具政治象徵意味的名山。他們筆下的「泰

山」各自側重泰山內含的兩大主題，傷逝與封禪。一個重在個人感情，一個指向政治國家。謝靈運的《泰山吟》正是歌詩體的《勸伐河北書》，作為僑姓大族的南方詩人謝靈運，儘管其家族播流江東已達百餘年之久，祖上抗胡的榮光和自身對政治的熱衷，使之常存回師中原之念。他的《泰山吟》所蘊含的期求太平、感懷中原的情愫，借由全詩的主體意象——作者歷史想像和現實理想所寄的、作為封禪聖地而被奉為五嶽之尊的泰山表達出來。《樂府詩集》收錄了大量東漢至後晉的用於國家郊廟祭典場合的封禪詩，詩中充滿歌功頌德之辭，昂揚著自豪和自信，其中的泰山正是天下太平、功成封禪的典型意象。而曹魏時由封禪的祭祀迎神變奏出的遊仙主題，則往往成為士人借仙境之酒杯，澆人世之塊壘，通過遊仙的想像來抒發不能實現宏偉政治抱負的苦惱的一個題材。

　　自東漢起，魂歸泰山、泰山主人生死的信仰在民間社會流行，泰山同時作為仙都、鬼都的雙重角色，使泰山自然生發出傷逝主題，即對生命消逝的哀傷，對死亡的弔挽。泰山附近的小丘蒿里被時人當成死人聚集之處。「蒿里」作為「泰山」意象的一個子意象自西漢中期時就承擔著死人里的含義。而《薤露》、《蒿里》也成為喪歌、輓歌的代稱，直至唐代「北邙」最終取代薤露、蒿里成為後世經典的喪葬之地。傷逝喪歌主題的變奏《梁父吟》中，發源於齊地的輓歌，被賦予了楚聲悲壯哀怨的特色，作為廣義楚人的陸機、謝靈運乃至南朝詩人，又將楚聲和南人的視角，帶到泰山這一子意象「梁甫」中。於是，可以看到，在樂府詩「泰山」意象的演繹與變奏中，南方詩人是這一複合意象的最初形塑者。在泰山意象中，生與死、個人情感與家國意識自然地交融起來。

（四）「兩京」

　　對於兩京，南方詩人對這兩處北方中心的意象的認識，並沒有被北方詩人所接受。在南朝詩人的兩京意象構築中，長安是西漢繁華都城的再現；洛陽則是春光明媚、玉人佳麗行走道上的富麗之地。自視西

晉正統繼承者的江左五朝對洛陽有著深厚感情，南方詩人筆下的洛陽是比長安寄託了更多感情的親切都城。在南朝詩人的兩京中，採桑女是佳麗的代表，狹斜是城市街巷的特徵。而對於北方都城的生活者而言，採桑女子與長安、洛陽沒有文化淵源，在兩京豐富的歷史人物與現實生活面前，這位女子的形象幾乎被北方詩人棄而不用。而曲折狹窄的小巷本不是長安街巷的生活實景；帝國統一後，新都堂皇莊嚴的京城氣象也無法容納狹窄曲折的小街小巷。在兩京典型意象的塑造中，對比前述三個地域意象的南方影響，在兩京，生活於此、遊歷於此的唐代詩人的意識佔據了主導。唐人兩京意象的典型是俠少年，這一意象由三層人物形象融合而成。由南入北的詩人庾信，運用南方民歌的語氣、語調、詞彙，在《結客少年場行》中創作出樣貌出眾，舉止風流、態度怡然的少年羽林郎形象。漢末至宋梁而隋，詩人在樂府詩中塑造出馳騁邊疆的少年俠士形象。而在《少年行》、《遊俠篇》、《俠客行》等少年與俠系列樂府曲題中，唐人對俠與遊俠的理解似乎存在一個模糊的區分：俠是急難者，救人急難、救己急難；而遊俠則有更多的結託交遊、宴飲遊樂等交際貴遊舉動。兩處少年郎形象結合唐人對「俠」的認識，形成了唐人兩京典型意象「俠少年」：他們尚武任氣、有膽有識，遊聚於兩京，縱酒逸樂，報仇殺人，四方救難，征戰禦邊。這一典型意象在唐代三百年間隨著時代的演進內涵也發生著轉移：在中唐以前，禦邊、報仇的少年居多；中唐後，遊樂的少年逐漸增加，惆悵的劍士也開始出現。少年俠士的遊樂地多在長安與洛陽，而從樂府詩的角度觀察，唐人心目中的洛陽不如長安，有唐一代長安的地位一直穩固。

二、中心與邊緣的設定與想像：區域認識與整體形象

漢唐時期是中國歷史上的「大一統體制」從建立、鞏固到瓦解、重建的時期。漢唐間的分裂，主要表現為南北的分裂，漢唐歷史變遷中的空間背景或曰區域變化，主要表現為南方的開發及南北經濟、文化重心的推移。這在樂府「江南」中體現得尤為明顯。蕭梁的江南經過精

心耕耘,在唐代成為不少詩人魂牽夢繫之地,但這塊區域中的某些地區,仍以其不同於中原的風俗讓到訪的詩人驚異,這即是在唐代逐漸成為核心區的江南,其內部存在邊緣地帶的例子。而對於北部的鄴城,在南朝詩人那裡始終不佔有文化與政治心理的優勢,隋唐之後,鄴城的政治經濟地位並未復興,加之安史亂後脫離中央,這一地域的形象仍然是南朝時建立的形象。東部的泰山也是如此,其形象內涵自漢末起穩定不變,正是其現實中政治經濟軍事地位長久來無重大變化的折射。它所包含的喪地意義在唐代轉移到洛陽北邙,並不說明它本身失去了這部分意味,而是洛陽增加了這一意味,是洛陽地位穩固的反映。

　　在中國史的討論空間中,劃分周邊最簡單直接的方法就是以天下觀為核心,利用華夏—蠻夷、化內—化外,將「邊」與「中」相對。〔註1〕邊塞正是從中央望去形成的意象。邊塞在南朝時作為南方想像北方、想像他者,構築自我認同的媒介,不是簡單與南方相對,而是與中原相對;即使在南朝詩人那裡,他們多少也有自居中央描述邊地的意味。這個邊與中,除了地理意義,也有濃厚的政治心理意味。而對於由漢至唐一直處於地理與政治心理中央的兩京,長安與洛陽的核心區地位雖有起伏,卻從未喪失,其他區域在這一時段裏始終不能完全取代其地位。描述中國地域的南北分布,潛在的起點與對照的中點仍在北方的這兩座京城。在樂府詩的敘述中,它們作為中心的吸引力,不全在經濟方面的重要性,整個唐代,長安對士子的吸引力從未消退。兩地擁有的傳統的正統地位,難以動搖。但在洛陽與長安的比較中,在唐代,作為政治與文化中心的大區域,它們在整體上是以政治成為一個區域又因為政

〔註 1〕參許倬雲:《我者與他者:中國歷史上的內外分際》對我他、內外、核心與邊緣、網絡結構、「中國」觀念的論述,北京,三聯書店,2010 年。最近討論中國歷史上的空間與區域,核心與邊緣問題的可參魯西奇:《中國歷史的空間結構》,桂林:廣西師範大學出版社,2014 年,第 1～312 頁。不少中國文學研究者也以空間為題,將視角由南北觀察擴展到地域與中心,見陳引馳:《文學傳統與中古道家佛教》「中國文學的空間展開」一節,上海:復旦大學出版社,2015 年,第 89～99 頁。

治決定了彼此的側重，這種現實政治的影響，很大程度上主導著當時
人們的實際生活抉擇與文化想像。

這裡我們還要提到本文所選個案之外的邊塞詩。〔註 2〕邊塞主要
是相對於內部、核心而言的，是比本文的「北」更「北」的北部包括西
北、東北邊境。值得特別注意的是，在唐代詩歌史上居有重要地位的邊
塞詩與南朝邊塞詩的密切關係，甚至不妨說邊塞詩實形成於南朝。

南朝的邊塞詩，原本出於南朝人在意識上將北方（北朝）視為夷
狄所居的邊塞，其中一個重要的特色，就是絕大多數作品都與漢代伐
胡有關。南朝詩人面對的雖然是江南的佳山麗水、池塘園柳，是蘭亭雅
集、山澤遨遊，這些充分反映在他們創作的山水詩中，但邊塞詩大都以
遠隔江南的長安（或咸陽）為大本營，從那裡發兵，馳騁大漠出塞征
戰。

南朝人的「隴頭」詩中，往往會有「隴底，秦川，瀚海，交河、
海西頭，樓蘭，涼州城，積石水」等等表示西北邊地的地名，又往往以
寒、冰、風、暗、雁、沙、草等渲染環境的苦寒、無人煙。詩中人從咸
陽來、從秦川來，又回望秦川，他們是從中原出關的征戰者和行路人。
這些景與人實是南朝人設想的環境和人物。它們大多存在於西北，正
北和東北都不太多，南方則絕少出現；彷彿征戰只發生在西北、只與胡
人進行似的。而到了隋唐，特別是在初、盛唐詩人筆下，邊塞詩歌不單
寫苦境、寫戍邊、寫征人，他們或寫大漠遼闊之境、或表彰征戰殺敵；

〔註 2〕 中古樂府邊塞詩研究的最新論著為丁海峰博士論文《漢魏晉南北朝邊塞
　　　　樂府詩研究》，北京大學 2012 年。關於邊塞詩裏的地理、空間問題，可
　　　　參前引田曉菲《烽火與流星：蕭梁王朝的文學與文化》第七章《「南、
　　　　北」觀念的文化建構》中「想像北方：邊塞詩的誕生」與「造作的雄健：
　　　　『北朝』樂府」二節，第 245～260 頁。前引張偉然《唐人心目中的文
　　　　化區域及地理意象》文中「塞：文化的北疆」一節，第 319～325 頁。
　　　　前引王文進《南朝山水與長城想像》「盛唐邊塞詩的真幻虛實」與「文
　　　　學史中南北文學交流論的假性結構」二節，第 197～255，277～316 頁。
　　　　另可參程千帆：《論唐人邊塞詩中地名的方位、距離及其類似問題》，收
　　　　入氏著《古詩考索》，北京：商務印書館，2014 年，第 167～192 頁。

同時也反思開邊的利與害。至晚唐時，一股寥落悲哀的氣息又出現在
隴頭詩等邊塞樂府中。（詳見文末表 9「《隴頭》、《出塞》系列曲題分析
簡表」）

　　在蕭梁，北方邊塞是南方人熱衷的詩歌對象，它是南北文化形象
中「北方」建構的重點，是南方建立自己獨特地域身份認識的表達。而
在唐代，邊塞不再是他者的對象，而是我方的前哨，唐人是以主人的心
境，用漢時故事。敘說對於當時拓邊、炫耀武力、守邊禦敵的利害互見
的矛盾心理。

　　邊塞詩中的南方詩人視角，如上所述，也反映在本文所討論的樂
府詩中兩京、泰山乃至鄴城等地域意象的形成及變化過程中。而從南
人視角到唐人視角的變化，在樂府詩兩京意象和邊塞意象的形成過程
中表現得尤為明顯。這種視角的轉換，地域意象的變化，正是反映了漢
唐間南北關係的變化，中國歷史從統一到分裂再到統一的歷史發展過
程。本文探討樂府詩中南北詩人對地域意象的不同形塑，也是企圖從
一個特殊的側面來觀察這一歷史發展過程，至少是高懸於前、心嚮往
之的目標，儘管本文研究所得離這一目標還相差甚遠。

表 9　《樂府詩集》「隴頭」、「出塞」系列曲題內容分析簡表

曲　題	作者	作者時代	方位	地　點	環　境	主角	對陣方	情緒表達
《隴頭》	後主（陳叔寶）	陳	西	隴頭、積石水、交河津	寒、驚風、苦霧、飛塵、冰合	征戍客		望佳人
	張籍	唐	西	隴頭、涼州城、隴西	散放牛羊、食禾黍	邊人	胡騎	誰能更使李將軍？
《隴頭吟》	王維	唐	西	隴頭、關、隴上、海西頭	明月照關	長安少年遊俠客、關西老將		雙淚流

	翁綬	唐	西	隴頭、樓蘭	水潺湲，隴樹黃，馬嘶，斜月，朔風急，雁過，寒雲，殘月，劍戟，平沙，見牛羊	征人	樓蘭（王）	征人隴上盡思鄉
《隴頭水》	元帝（蕭繹）	梁	西	隴頭，秦川，隴水	沙飛成幕，海氣如樓	征人		征人銜悲歸鄉
	劉孝威	梁	西	隴頭，隴水，	隴水帶沙流	從軍戍邊者	胡騎，樓蘭，郅支	欲立功封侯
	車轂	梁	西	隴頭，隴水	雪斷弓弦，風折旗杆	征人		甘心苦節
	後者（陳叔寶）	陳	西	塞外，隴頭，漠邊、山	揚沙暗，燥葉輕，風、冰、寒	征（人）		幽咽動邊情
			西	高隴，玉門東	悲風，寒聲，征蓬，落葉，移沙	（征人）		
	徐陵	陳	西	隴底，咸陽	塗千仞，川百丈	（行者）		去往隴底路難行
	顧野王	陳	西	隴底，秦川，瀚海，交河	蕭條野樹，流泉，波難息，冰未堅	（赴難者）		逐節赴危弦
	楊師道	唐	西	隴頭，隴水，關城，天山，漢地	秋月明，離別笳曲，斷腸風，雪，冰，霧，雁，沙	（戰士）（都護道，伏波營）	胡（將）	共殺敵

	鮑溶	唐	西	隴頭水	風，草，雁，	漢人入胡地？		哀
《入關》	吳均	梁	西	邊庭，交河城	烽火	戰士（張博望）		赴難交河
	賈馳	唐	西	關	樹初濕	孤客人		西來孤客急入關，與人期於上國
	張祜	唐	西？	（長安）？	百二都城，雄險			兵臨城下？
《出塞》	楊素	隋	北、東北	漠南，飛狐，塞北，碣石，遼東，龍城，長安，建章	星落，月沉，北風，朔馬，胡霜，塞鴻	漢將	胡	漢將復出征
	王維	唐	西	居延城，遼	白草連天，秋日平原	漢將霍去病（護羌校尉，破虜將軍）		獵，野火燒草，驅馬，射雕
《前出塞》	杜甫	唐	西	交河		征戰者		君已富土境，開邊一何多

參考文獻

一、古籍文獻

1. 〔漢〕司馬遷：《史記》，北京：中華書局，1982 年。
2. 〔漢〕班固：《漢書》，北京：中華書局，1962 年。
3. 〔宋〕范曄：《後漢書》，北京：中華書局，1965 年。
4. 〔晉〕陳壽：《三國志》，北京：中華書局，1982 年。
5. 〔唐〕房玄齡等：《晉書》，北京：中華書局，1974 年。
6. 〔梁〕沈約：《宋書》，北京：中華書局，1974 年。
7. 〔梁〕蕭子顯：《南齊書》，北京：中華書局，1972 年。
8. 〔唐〕姚思廉：《梁書》，北京：中華書局，1973 年。
9. 〔唐〕姚思廉：《陳書》，北京：中華書局，1972 年。
10. 〔北齊〕魏收：《魏書》，北京：中華書局，1974 年。
11. 〔唐〕李百藥：《北齊書》，北京：中華書局，1972 年。
12. 〔唐〕令狐德棻等：《周書》，北京：中華書局，1971 年。
13. 〔唐〕李延壽：《北史》，北京：中華書局，1974 年。
14. 〔唐〕李延壽：《南史》，北京：中華書局，1975 年。
15. 〔唐〕魏徵，令狐德棻：《隋書》，北京：中華書局，1973 年。
16. 〔後晉〕劉昫等：《舊唐書》，北京：中華書局，1975 年。

17. 〔宋〕歐陽修，宋祁：《新唐書》，北京：中華書局，1975 年。

18. 〔宋〕司馬光：《資治通鑒》，北京：中華書局，1956 年。

19. 〔宋〕郭茂倩編：《樂府詩集》，北京：中華書局，1979 年。

20. 〔梁〕蕭統編〔唐〕李善注：《文選》，上海：上海古籍出版社，1986 年。

21. 韓理洲等輯校編年：《全三國兩晉南朝文補遺》，西安：三秦出版社，2013 年

22. 〔清〕董誥等編：《全唐文》，北京：中華書局，1983 年。

23. 逯欽立輯校：《先秦漢魏晉南北朝詩》，北京：中華書局，1983 年。

24. 中華書局編輯部點校：《全唐詩》（增訂本），北京：中華書局，1999 年。

25. 〔三國〕曹操著；中華書局編輯部編：《曹操集》，北京：中華書局，1959 年。

26. 魏宏燦校注：《曹丕集校注》，合肥：安徽大學出版社，2009 年。

27. 趙幼文校注：《曹植集校注》，北京：人民文學出版社，1998 年。

28. 金濤聲點校：《陸機集》，北京：中華書局，1982 年。

29. 〔晉〕陸雲撰；黃葵點校：《陸雲集》，北京：中華書局，1988 年。

30. 〔南朝宋〕鮑照著；錢仲聯增補集說校：《鮑參軍集注》，上海：上海古籍出版社，2005 年。

31. 〔南朝宋〕鮑照著；丁福林，叢玲玲校注：《鮑照集校注》，北京：中華書局，2012 年。

32. 〔陳〕徐陵撰；許逸民校箋：《徐陵集校箋》，北京：中華書局，2008 年。

33. 〔北周〕庾信撰；〔清〕倪璠注；許逸民校點：《庾子山集注》，北京：中華書局，1980 年。

34. 祝尚書著：《盧思道集校注》，成都：巴蜀書社，2001 年。

35. 〔清〕方世舉著；郝潤華，丁俊麗整理：《韓昌黎詩集編年箋注》，

北京：中華書局，2012 年。

36. 顧學頡校點：《白居易集》，北京：中華書局，1979 年。

37. 冀勤點校：《元稹集》（第 2 版修訂本），北京：中華書局，2010 年。

38. 陶敏，陶紅雨校注：《劉禹錫全集編年校注》，長沙：嶽麓書社，2003 年。

39. 〔唐〕歐陽詢撰；汪紹楹校：《藝文類聚》（第 2 版），上海：上海古籍出版社，1999 年。

40. 〔唐〕徐堅：《初學記》，北京：中華書局，1962 年。

41. 〔清〕紀昀總纂：《四庫全書總目提要》，石家莊：河北人民出版社，2000 年。

42. 〔清〕永瑢等著：《四庫全書簡明目錄》，上海：華東師範大學出版社，2012 年。

43. 〔清〕陳立撰；吳則虞點校：《白虎通疏證》，北京：中華書局，1994 年。

44. 〔東晉〕袁宏撰；張烈點校：《後漢紀》，北京：中華書局，2002 年。

45. 〔漢〕班固撰；〔清〕王先謙補注；上海師範大學古籍研究所整理：《漢書補注》，上海：上海古籍出版社，2012 年。

46. 〔清〕王先慎撰；鍾哲點校：《韓非子集解》，北京：中華書局，1998 年。

47. 〔漢〕應劭撰；王利器校注：《風俗通義校注》，北京：中華書局，1981 年。

48. 北京大學《論衡注釋》小組：《論衡注釋》，北京：中華書局，1979 年。

49. 王利器：《顏氏家訓集解》（增補本），北京：中華書局，1993 年。

50. 〔宋〕李昉等編：《太平廣記》，北京：中華書局，1961 年。

51. 〔宋〕劉敞:《南北朝雜記》,《叢書集成初編》第3827冊《兩晉解疑(及其他三種)》,北京:中華書局,1991年。

52. 〔明〕顧炎武著;欒保群校注:《日知錄集釋》(校注本),杭州:浙江古籍出版社,2013年。

53. 〔清〕趙翼著;欒保群,呂宗力校點:《陔餘叢考》,石家莊:河北人民出版社,2007年。

54. 〔清〕錢大昕著;方詩銘等校點:《廿二史考異》,上海:上海古籍出版社,2004年。

55. 〔北魏〕酈道元注;楊守敬等疏:《水經注疏》,南京:江蘇古籍出版社,1989年。

56. 〔魏〕楊衒之撰;周祖謨校釋:《洛陽伽藍記校釋》(第2版),北京:中華書局,2010年。

57. 〔唐〕李吉甫撰;賀次君點校:《元和郡縣圖志》,北京:中華書局,1983年。

58. 〔清〕顧祖禹:《讀史方輿紀要》,北京:中華書局,2005年。

59. 《光緒三十年臨漳縣志》,河北省臨漳縣地方志編纂委員會印製,豫內資鄭新出通字〔2003〕796號。

二、今人著作(按出版年排序)

1. 姜亮夫:《陸平原年譜》,上海:古典文學出版社,1957年。

2. 黃節箋釋;陳伯君校訂:《漢魏樂府風箋》,北京:人民文學出版社,1958年。

3. 范文瀾:《文心雕龍注》,北京:人民文學出版社,1958年。

4. 陳高華、陳智超等:《中國古代史史料學》,北京:北京出版社,1983年。

5. 余嘉錫撰;周祖謨、余淑宜整理:《世說新語箋疏》,北京:中華書局,1983年。

6. 蕭滌非:《漢魏六朝樂府文學史》,北京:人民文學出版社,1984年。

7. 葛曉音:《漢唐文學的嬗變》,北京:北京大學出版社,1990年。

8. 袁行霈:《中國文學概論》,北京:高等教育出版社,1990年。

9. 盧云:《漢晉文化地理》,西安:陝西人民教育出版社,1991年。

10. 劉心長、馬忠理主編:《鄴城暨北朝史研究》,石家莊:河北人民出版社,1991年。

11. 劉淑芬:《六朝的城市與社會》,臺北:臺灣學生書局,1992年。

12. 曾大興:《中國歷代文學家之地理分布》,武漢:湖北教育出版社,1995年。

13. 陳引馳編校:《劉師培中古文學論集》,北京:中國社會科學出版社,1997年。

14. 吳先寧:《北朝文化特質與文學進程》,北京:東方出版社,1997年。

15. 周振鶴主著:《中國歷史文化區域研究》,上海:復旦大學出版社,1997年。

16. 袁行霈、羅宗強主編:《中國文學史》(第二卷),北京:高等教育出版社,1999年。

17. 曹道衡選注:《樂府詩選》,北京:人民文學出版社,2000年。

18. 郁賢皓:《唐刺史考全編》,合肥:安徽大學出版社,2000年。

19. 陳寅恪:《金明館叢稿初編》,北京:三聯書店,2001年。

20. 陳寅恪:《元白詩箋證稿》,北京:三聯書店,2001年。

21. 胡阿祥:《魏晉本土文學地理研究》,南京:南京大學出版社,2001年。

22. 何平立:《巡狩與封禪:封建政治的文化軌跡》,濟南:齊魯書社,2002年。

23. 陳平原:《千古文人俠客夢》,北京:新世界出版社,2002年。

24. 羅宗強:《隋唐五代文學思想史》,北京:中華書局,2003 年。

25. 曹道衡:《中古文史叢稿》,保定:河北大學出版社,2003 年。

26. 湯貴仁:《泰山封禪與祭祀》,濟南:齊魯書社,2003 年。

27. 姜劍雲:《太康文學研究》,北京:中華書局,2003 年。

28. 曹道衡、劉躍進:《先秦兩漢文學史料學》,北京:中華書局,2005年。

29. 劉屹:《敬天與崇道:中古經教道教形成的思想史背景》,北京:中華書局,2005 年。

30. 余英時著,何俊編,侯旭東等譯:《東漢生死觀》,上海:上海古籍出版社,2005 年。

31. 景遐東:《江南文化與唐代文學研究》,北京:人民文學出版社,2005 年。

32. 田餘慶:《東晉門閥政治》,北京:北京大學出版社,2005 年。

33. 梅新林:《中國古代文學地理形態與演變》,上海:復旦大學出版社,2006 年。

34. 王運熙:《樂府詩述論》(增補本),上海:上海古籍出版社,2006年。

35. 郭善兵:《中國古代帝王宗廟禮制研究》,北京:人民出版社,2007年。

36. 雷虹霽:《秦漢歷史地理與文化分區研究:以〈史記〉、〈漢書〉、〈方言〉為中心》,北京:中國人民大學出版社,2007 年。

37. 劉航:《中唐詩歌嬗變的民俗觀照》(第 2 版),北京:學苑出版社,2007 年。

38. 小田:《江南場景:社會史的跨學科對話》,上海:上海人民出版社,2007 年。

39. 嚴耕望:《唐代交通圖考》,上海:上海古籍出版社,2007 年。

40. 黃節:《黃節注漢魏樂府詩六種》,北京:人民文學出版社,2008 年。

41. 程千帆：《文論十箋》，武漢：武漢大學出版社，2008 年。

42. 李浩：《唐代三大地域文學士族研究》（增訂本），北京：中華書局，2008 年。

43. 李俊：《初盛唐時期的盛世理想與文學》，北京：中國社會科學出版社，2008 年。

44. 王文進：《南朝山水與長城想像》，臺北：里仁書局，2008 年。

45. 何祥榮：《漢魏六朝鄴都詩賦析論》，香港：香港大學饒宗頤學術館，2009 年

46. 錢志熙：《漢魏樂府的音樂與詩》（第 2 版），鄭州：大象出版社，2009 年。

47. 田曉菲：《烽火與流星：蕭梁王朝的文學與文化》，北京：中華書局，2010 年。

48. 楊念群：《何處是「江南」：清朝正統觀的確立與士林精神世界的變異》，北京：三聯書店，2010 年。

49. 許倬雲：《我者與他者：中國歷史上的內外分際》，北京，三聯書店，2010 年。

50. 陳寅恪：《隋唐制度淵源略論稿》，北京：商務印書館，2011 年。

51. 姜望來：《謠讖與北朝政治研究》，天津：天津古籍出版社，2011 年。

52. 彭黎明，彭勃主編：《全樂府》，上海：上海交通大學出版社，2011 年。

53. 汪辟疆著，張亞權編撰：《汪辟疆詩學論集》，南京：南京大學出版社，2011 年。

54. 錢志熙：《漢魏樂府藝術研究》，北京：學苑出版社，2011 年。

55. 羅根澤：《樂府文學史》，北京：東方出版社，2012 年。

56. 劉躍進：《秦漢文學地理與文人分布》，北京：中國社會科學出版社，2012 年。

57. 余冠英選注：《樂府詩選》，北京：中華書局，2012 年。

58. 曾大興：《文學地理學研究》，北京：商務印書館，2012。

59. （美）宇文所安著；胡秋蕾，王宇根，田曉菲譯：《中國早期古典詩歌的生成》，北京：三聯書店，2012 年。

60. 張偉然：《中古文學的地理意象》，北京：中華書局，2014 年。

61. （美）薛愛華著；程章燦，葉蕾蕾譯：《朱雀：唐代的南方意象》，北京：三聯書店，2014 年。

62. 魯西奇：《中國歷史的空間結構》，桂林：廣西師範大學出版社，2014 年。

63. 陳引馳：《文學傳統與中古道家佛教》，上海：復旦大學出版社，2015 年。

三、論文（按發表／出版年排序，學位論文列於最後）

1. 傅樂成：《唐人的生活》，氏著《漢唐史論集》，臺北：聯經出版事業公司，1977 年，第 117～141 頁。

2. 寇效信：《秦漢樂府考略——由秦始皇陵出土的秦樂府編鍾談起》，《陝西師範大學學報（哲學社會科學版）》1978 年第 1 期，第 35～37 頁。

3. 聞一多：《說魚》，《聞一多全集》，北京：三聯書店，1982 年，第 117～138 頁。

4. 廣州象崗漢墓發掘隊：《廣州南越王墓發掘初步報告》，《考古》1984 年第 3 期，第 222～230 頁。

5. 李文初《漢武帝之前樂府職能考》，《社會科學戰線》1986 年第 3 期，第 290～294 頁。

6. 高敏：《略論鄴城的歷史地位與封建割據的關係》，《中州學刊》1989 年第 3 期，第 111～115 頁。

7. 胡如雷：《周隋之際的「三方之亂」及其平定》，《河北學刊》1989

年第 6 期，第 57～66 頁。

8. 李文初：《句鑃與樂府》，《學術研究》1992 年第 2 期，第 74 頁。

9. 鄒逸麟：《試論鄴都興起的歷史地理背景及其在古都史上的地位》，《中國歷史地理論叢》1995 年第 1 期，第 77～89 頁。

10. 吳剛：《中國城市發展的質變：曹魏的鄴城和南朝城市群》，《史林》1995 年第 1 期，第 27～32、8 頁。

11. 黃永年：《鄴城和三臺》，《中國歷史地理論叢》1995 年第 2 期，第 167～176 頁。

12. 劉懷榮：《「採桑」主題的文化淵源與歷史演變》，《文史哲》1995 年第 2 期，第 52～55 頁。

13. 吳榮曾：《鎮墓文中所見到的東漢道巫關係》，氏著《先秦兩漢史研究》，北京：中華書局，1995 年，第 362～377 頁。

14. 余嘉錫：《積微居小學金石文字論叢序》，氏著《余嘉錫文史論集》，長沙：嶽麓書社，1997 年，第 540～545 頁。

15. 錢志熙：《樂府古辭的經典價值——魏晉至唐代文人樂府詩的發展》，《文學評論》1998 年第 2 期，第 61～74 頁。

16. 袁金春，饒恒久：《〈陌上桑〉研究的回顧與思考》，《寧夏大學學報（人文社會科學版）》第 22 卷總第 89 期，2000 年第 2 期，第 14～19 頁。

17. 張偉然：《唐人心目中的文化區域及地理意象》，李孝聰主編：《唐代地域結構與運作空間》，上海：上海辭書出版社，2003 年，第 307～412 頁。

18. 霍志軍：《論唐人俠風和詠俠詩》，《天水師範學院學報》第 24 卷第 1 期，2004 年 2 月，第 41～44 頁。

19. 閻步克：《漢代樂府〈陌上桑〉中的官制問題》，《北京大學學報（哲學社會科學版）》第 41 卷第 2 期，2004 年 3 月，第 53～59 頁。

20. 左鵬：《論唐詩中的江南意象》，《江漢論壇》，2004 年第 3 期，第

95～98 頁。

21. 康震：《長安俠文化傳統與唐詩的任俠主題——「長安文化與唐代詩歌研究」之一》，《人文雜誌》2004 年第 5 期，第 135～139 頁。

22. 胡守為：《「舉謠言」與東漢吏政》，《中山大學學報（社會科學版）》第 44 卷（總 192 期），2004 年第 6 期，第 64～69 頁。

23. 渠傳福：《再論東魏北齊時代的晉陽》，《中國古都研究》（第二十輯），太原：山西人民出版社，2005 年，第 114～126 頁。

24. 張天恩等：《陝西長安發現戰國秦陵園遺址》，《中國文物報》2006 年 1 月 25 日第 1 版。

25. 孫明君：《謝靈運〈擬魏太子鄴中集詩八首〉中的鄴下之遊》，《陝西師範大學學報（哲學社會科學版）》第 35 卷第 1 期，2006 年 1 月，第 24～28 頁。

26. 吳相洲：《關於建構樂府學的思考》，《北京大學學報（哲學社會科學版）》，第 43 卷第 3 期，2006 年 5 月，第 65～71 頁。

27. 王靜、沈睿文：《一個古史傳說的嫁接——東魏鄴城形制研究》，《北京大學學報（哲學社會科學版）》第 43 卷第 3 期，2006 年 5 月，第 86～91 頁。

28. 王子今：《說秦漢「少年」與「惡少年」》，氏著《秦漢社會史論考》，北京：商務印書館，2006 年，第 19～40 頁。

29. 范子燁：《論〈江南〉古辭——樂府詩中的明珠》，吳相洲主編：《樂府學》（第二輯），北京：學苑出版社，2007 年，第 19～46 頁。

30. 徐禮節：《張籍故鄉與南遊考辨》，《安慶師範學院學報（社會科學版）》第 26 卷第 1 期，2007 年 1 月，第 28～32 頁。

31. 顏慶餘：《論樂府古題的傳統》，吳相洲主編：《樂府學》（第二輯），北京：學苑出版社，2007 年，第 217～235 頁。

32. 郭建勳：《從〈長安有狹斜行〉到〈三婦豔〉的演變》，《文學遺產》

2007 年第 5 期，第 21～26 頁。

33. 周振鶴：《釋江南》，氏著《隨無涯之旅》（第 2 版），北京：三聯書店，2007 年，第 308～318 頁。

34. 張樹國：《漢至唐郊祀制度沿革與郊祀歌辭研究》，《陝西師範大學學報（哲學社會科學版）》第 37 卷第 1 期，2008 年 1 月，第 69～77 頁。

35. 郭建勳、張偉：《楚聲與樂府詩》，吳相洲主編：《樂府學》（第三輯），北京：學苑出版社，2008 年，第 191～200 頁。

36. 呂宗力：《略論民間歌謠在漢代的政治作用及相關迷思》，《社會科學戰線》2008 年第 9 期，第 106～124 頁。

37. 張樹國：《漢武帝時代國家祭祀的逐步確立與〈郊祀歌〉十九章創制時地考論》，《杭州師範大學學報（社會科學版）》2009 年 3 月第 2 期，第 49～57 頁。

38. 易聞曉：《〈陌上桑〉擬作的主題演變》，《貴州師範大學學報（社會科學版）》2009 年第 3 期，第 77～82 頁。

39. 趙敏俐：《漢代樂府官署興廢考論》，《文獻》2009 年第 3 期，第 17～33 頁。

40. 牛潤珍：《鄴城——中國、亞洲與世界城市史研究中的一個謎》，《史林》2009 年第 3 期，第 12～20 頁。

41. 鄧小軍、馬吉兆：《銅雀臺詩「宮怨」主題的確立及其中晚唐新變》，《北方論叢》，2009 年第 4 期，第 16～20 頁。

42. 陳四海：《樂府：始於戰國》，《音樂研究》2010 年第 1 期，第 72～78、90 頁。

43. 崔彥華：《「鄴——晉陽」兩都體制與東魏北齊政治》，《社會科學戰線》2010 年第 7 期，第 242～245 頁。

44. 渡邊信一郎著，牟發松譯：《曹魏俗樂的政治意識形態化——從鼓吹樂所見》，《襄樊學院學報》第 31 卷第 10 期，2010 年 10 月，

第 19～22 頁。

45. 廖宜方：《唐代前期的地方詩與歷史記憶——高適、孟浩然的個案》，《中國中古史研究：中國中古史青年學者聯誼會會刊（第二卷）》，北京：中華書局，2011 年，第 170～195 頁。

46. 劉安志：《從泰山到東海——中國中古時期民眾冥世觀念轉變之一個側面》，陳鋒，張建民主編：《中國古代社會經濟史論：黃惠賢先生八十華誕紀念論文集》，武漢：湖北人民出版社，2010 年，第 34～57 頁。

47. 王柳芳：《從皇居到民居——論唐前京都賦的變遷》，《江西社會科學》2011 年第 1 期，第 132～136 頁。

48. 閻步克：《樂府詩〈陌上桑〉中的「使君」與「五馬」——兼論兩漢南北朝車駕等級制的若干問題》，《北京大學學報（哲學社會科學版）》第 48 卷第 2 期，2011 年 3 月，第 97～114 頁。

49. 張煜：《樂府「行」題本義新考》，《首都師範大學學報（社會科學版）》，2011 年第 1 期，第 91～97 頁。

50. 宋亞莉：《樂府歌詩〈相逢行〉東晉南朝演變考》，《東方論壇》2011 年第 2 期，第 78～84 頁。

51. 黃壽成：《北齊文林館考》，《暨南史學》第七輯，桂林：廣西師大出版社，2012 年，第 385～396 頁。

52. 孫英剛：《洛陽測影與「洛州無影」——中古知識世界與政治中心觀》，《復旦學報（社會科學版）》2014 年第 1 期，第 2～9 頁。

53. 潘玲：《試論〈樂府詩集〉中南北詩人對鄴城歷史文化的不同書寫》，《歷史教學問題》2014 年第 1 期，第 101～106 頁。

54. 潘玲：《樂府江南詩中「江南」意象的形塑及其流變》，《江南大學學報（人文社會科學版）》第 13 卷第 1 期，2014 年 1 月，第 66～73 頁。

55. 張鵬：《樂府古辭〈江南〉考論》，中國社會科學院研究生院碩士

論文，2003 年 。

56. 李剛《中古樂府詩中的地理意象》，復旦大學碩士論文，2005 年。

57. 高崎：《鮑溶簡論（附：鮑溶詩集校注）》，首都師範大學碩士論文，2007 年。

58. 汪海：《漢唐封禪比較研究》，華東師範大學碩士論文，2008 年。

59. 潘玲：《樂府詩所見江南風貌略論》，華東師範大學碩士論文，2009 年。

60. 賈立國：《宋前詠俠詩研究》，揚州大學博士論文，2010 年。

61. 丁海峰：《漢魏晉南北朝邊塞樂府詩研究》，北京大學博士論文，2012 年。

後　記

　　本文由本人博士論文改寫而成。2015 年完成後已覺多處有待改進，如章節用力不均，某些歷史時段的敘述未能展開，若干問題存而未議等等，這些遺憾希望能有機會修訂改正。